व्यक्तित्व

और

भगवद्गीता

व्यक्तित्व विकास
और
भगवद्गीता

डॉ. सुरेशचन्द्र शर्मा

संपादक : ओमप्रकाश श्रीवास्तव (आई.ए.एस.)

MANJUL

मंजुल पब्लिशिंग हाउस

MANJUL

मंजुल पब्लिशिंग हाउस

कॉरपोरेट एवं संपादकीय कार्यालय

द्वितीय तल, उषा प्रीत कॉम्प्लेक्स, 42 मालवीय नगर, भोपाल-462003

विक्रय एवं विपणन कार्यालय

7/32, भू तल, अंसारी रोड, दरियागंज, नई दिल्ली-110002

वेबसाइट : www.manjulindia.com

वितरण केन्द्र

अहमदाबाद, बेंगलुरू, भोपाल, कोलकाता, चेन्नई,
हैदराबाद, मुम्बई, नई दिल्ली, पुणे

कॉपीराइट © 2016 डॉ. सुरेशचन्द्र शर्मा

संपादक : ओमप्रकाश श्रीवास्तव (आई.ए.एस.)

यह हिन्दी संस्करण 2016 में पहली बार प्रकाशित

ISBN 978-81-8322-762-9

मुद्रण व जिल्दसाज़ी : थॉमसन प्रेस (इंडिया) लिमिटेड

डॉ. सुरेशचन्द्र शर्मा इस पुस्तक
के लेखक होने की नैतिक ज़िम्मेदारी वहन करते हैं

गीता का उद्देश्य मानव के 'आत्मिक विकास' का पथ प्रशस्त करना है ताकि वह देह की दासता से मुक्त होकर भगवान् के साथ अपने शाश्वत सम्बन्ध के प्रति सचेत हो सके। 'आत्मिक विकास' एक व्यापक प्रक्रिया है जिसमें आंतरिक और बाह्य दोनों तरह के विकास शामिल हैं। इस प्रकार गीता 'व्यक्तित्व विकास' से भी परे जाकर मानव के 'परिपूर्ण विकास' की प्रक्रिया बताती है।

श्रद्धा-बुद्धि-धृति युक्त मधुर, समरस एवम् संगीतमय दिव्यभाव की उपस्थिति कुरुक्षेत्र (संघर्षमय जीवन) को धर्मक्षेत्र (आंतरिक उत्कर्ष) में रूपांतरित कर देती है। इसे ही मानव व्यक्तित्व का 'परिपूर्ण विकास' कहते हैं।

'व्यक्तित्व विकास और भगवद्गीता' एक नूतन और आकर्षक विषय है जिसमें वैचारिकता और व्यवहारिकता का मिलन है। 'व्यक्तित्व' एक मनोवैज्ञानिक शब्द है तथा 'विकास' शब्द में वैज्ञानिकता है। *गीता* एक आध्यात्मिक तथा दार्शनिक ग्रंथ है। पुस्तक के लेखक डॉ. सुरेशचंद्र शर्मा मूलतः वैज्ञानिक हैं परंतु स्वभाव से वे दार्शनिक भी हैं। पुस्तक में पाठक इन चारों विधाओं का समन्वय पाएँगे, जो पूर्ण व्यक्तित्व के लिए आवश्यक है।

मैं प्रकाशन और लेखक को शुभकामनाएँ देती हूँ।

प्रो. संगीता शुक्ला,
कुलपति,
जीवाजी विश्वविद्यालय, ग्वालियर

मुझे यह जानकर प्रसन्नता है कि डॉ. सुरेशचंद्र शर्मा द्वारा *'व्यक्तित्व विकास और भगवद्गीता'* शीर्षक से लिखित पुस्तक प्रकाशित हो रही है। डॉ. शर्मा इस विश्वविद्यालय के पूर्व वैज्ञानिक और प्राध्यापक हैं। विश्वविद्यालय की छात्र-कल्याण गतिविधियों में उनका सराहनीय योगदान रहा है। वे *गीता* और विवेकानन्द साहित्य के मर्मज्ञ एवम् अधिकारी प्रवक्ता हैं। मुझे पूर्ण विश्वास है कि प्रस्तुत पुस्तक, सभी के लिए और विशेषकर छात्र-छात्राओं के लिए प्रेरक सिद्ध होगी।

मैं प्रकाशन के लिए बधाई देते हुए उनके मंगलमय भविष्य तथा दीर्घायु की कामना करता हूँ।

अनिल कुमार सिंह
कुलपति,
राजमाता विजयाराजे सिंधिया
कृषि विश्वविद्यालय, ग्वालियर

अनुक्रम

आशीर्वचन

स्वामी विवेकानन्द ने श्रीयुत् आलासिंगा पेरुमल को 1895 के एक पत्र में लिखा था – "मेरा मूलमंत्र है – व्यक्तित्व का विकास। प्रत्येक व्यक्ति को शिक्षा देकर उपयुक्त बनाने के सिवा मेरी और कोई उच्चाकांक्षा नहीं है" (पत्रावली, भाग 2, पृष्ठ 392)। *गीतोपदेश* का उद्देश्य भी जीवन की विषम परिस्थिति में हतोत्साहित और अवसादग्रस्त वीरवर अर्जुन के बिखरे हुए व्यक्तित्व को सशक्त बनाकर कर्तव्यपालन के पथ पर आरूढ़ करना था। अर्जुन कायरता रूपी दोष से दुर्बल होकर अपने नियत कर्म से च्युत हो रहा था। भगवान् श्रीकृष्ण ने अर्जुन को ललकारते हुए कहा था, "तुझे यह नपुंसकता शोभा नहीं देती है। तू अपने मन की क्षुद्र दुर्बलता को त्याग कर युद्ध के लिए खड़ा हो जा" (2/3)। इस श्लोक को बोलते हुए स्वामी जी ने भारत के तरुणों से कहा था कि केवल इस श्लोक को समझ भर लेने से वे सम्पूर्ण *गीता* के आशय को समझ सकेंगे।

'व्यक्तित्व विकास और श्रीमद्भगवद्गीता' पुस्तक उपर्युक्त उद्देश्यों को जीवन में साधित करने हेतु अत्यन्त उपयोगी सिद्ध होगी – ऐसा मेरा विश्वास है। इसमें *भगवद्गीता* के आलोक में 'व्यक्तित्व विकास' की अवधारणा और प्रक्रिया को सफलता पूर्वक समझाने का निष्ठापूर्वक प्रयास किया गया है तथा *गीता* की मूल भावना के साथ न्याय किया गया है। पुस्तक को पढ़ते-पढ़ते मन *गीता* की विषय वस्तु में तथा व्यक्तित्व विकास की साधना में एकाकार हो जाता है।

प्रो. सुरेश चन्द्र शर्मा कृषि विज्ञान के प्राध्यापक एवम् वैज्ञानिक रह चुके हैं। इसके अतिरिक्त वे *गीता*, स्वामी विवेकानन्द सहित सम्पूर्ण भारतीय संस्कृति के गहन अध्येता हैं। कृषि विश्वविद्यालय के अपने शिक्षण एवं वैज्ञानिक शोधकार्य के साथ-साथ वे सदैव छात्र-कल्याण से सम्बंधित कार्यक्रमों में संलग्न रहे हैं और उनका यह कार्य आज भी तेज़ी से चल रहा है। इसी

कार्य का परिणाम यह पुस्तक है।

आज के आपाधापी के भौतिकवादी और उपभोक्तावादी युग में दैनन्दिन जीवन की आवश्यकताओं की पूर्ति के अतिरिक्त व्यक्ति के पास समय नहीं है। ऐसी स्थिति में इस छोटी पुस्तक का स्वागत किया जाना चाहिए। मनुष्य को स्वयं अपने आप (व्यक्तित्व) से अधिक प्रिय कुछ भी नहीं है। इस दृष्टि से "व्यक्तित्व विकास" शीर्षक बहुत आकर्षक है। इस आकर्षण के कारण युवाओं को *गीता* के अध्ययन का अवसर प्राप्त होगा और इस बहाने से ही सही व्यक्तित्व को विकसित करने का विचार भी मन और बुद्धि की गहराई में बैठेगा। मैं प्रो. सुरेश चन्द्र शर्मा को इस कार्य के लिए उन्हें हृदय से बधाई देता हुआ, उनके दीर्घ जीवन की कामना करता हूँ।

स्वामी राघवेन्द्रानन्द
रामकृष्ण मिशन, बेलूर
कोलकाता (पश्चिम बंगाल)

व्यक्तित्व विकास :
सार संक्षेप

व्यक्तित्व-विकास और *गीता* विषय पर विचार करते हुए हमें सबसे पहले यह जानना होगा कि *गीता* के अनुसार मनुष्य क्या है और जीवन किसे कहते हैं। *भगवद्गीता* के अनुसार मनुष्य भगवान् का अंश है (15/7) और मानव जीवन भागवत चेतना को अभिव्यक्त करने का एक अवसर है (15/19,20)। भगवान् का अंश होते हुए भी मनुष्य की भागवत चेतना भौतिक चेतना से दबी रहती है (3/37-40)। इस दृष्टि से मनुष्य चेतना के दो स्तरों पर जी सकता है। एक सतही भौतिक चेतना (Surface Physical Consciousness) और दूसरा उच्चतर आध्यात्मिक चेतना (Higher Spiritual Consciousness) (11/55)। सतही चेतना के भी दो स्तर हो सकते हैं – एक अनैतिक चेतना (Immoral Consciousness) और दूसरी नैतिक चेतना (Moral Consiousness)। न्यूनाधिक रूप से दोनों प्रकार की चेतना का उद्देश्य ऐश्वर्य और भोग (Material prosperity and sense enjoyment) प्राप्त करना ही है। इससे अधिक कुछ नहीं। शरीर, प्राण और इन्द्रियों से बद्ध जीवन सांसारिक जीवन कहलाता है। अर्जुन ऐसा जीवन जीते हुए ऊब गया था और उसमें उसे जीवन का कोई समाधान नहीं मिला। बस, यहीं *गीता* की आवश्यकता है। *गीता* न तो सतही सांसारिक जीवन का समर्थन करती है और न जीवन और कर्म का त्याग करने के लिए कहती है। *गीता* भोग और ऐश्वर्य के जीवन से ऊपर उठकर भागवत जीवन (Divine Life) जीने की ओर उत्प्रेरित करती है (2/44,45) और उसे प्राप्त करने की विधि को यह 'योग' की संज्ञा देती है (2/50)। आसन और प्राणायाम भर करने को योग नहीं कहते। योग वह व्यवस्थित और क्रमबद्ध विधि है जिसके द्वारा मनुष्य अपनी प्रसुप्त भागवत चेतना (Dormant Divine Consciousness) को जाग्रत कर उसे गतिशील (Kinetic) बनाते हुए अपनी सतही चेतना

(Surface Consciousness) को विस्थापित या रूपान्तरित (Replacement or Transformation) कर भागवत चेतना में आरोहण कर सकता है (3/42-43)। *गीता* में भगवान् ने अवसाद-ग्रस्त अर्जुन को यही करने को कहा था (6/5-6)। कुल मिलाकर मनोवैज्ञानिक दृष्टि से इसे यों भी कहा जा सकता है कि गीतोक्त योग के द्वारा व्यक्ति अपनी रुक्ष ऊर्जा (Crude Energy) को परिमार्जित करते हुए उच्च दिशा प्रदान कर जीवन के अन्तिम लक्ष्य (Summum Bonum of Life) भागवत ऐक्य (Divine Union) को प्राप्त कर कृतकृत्यता (Fulfilment) का अनुभव कर सकता है (15/20)।

गीता की प्रस्तुत व्याख्या इसी दृष्टि से की गई है। व्याख्या में विषय और ग्रंथ दोनों के साथ कहाँ तक न्याय किया गया है इसका निर्णय तो स्वयं पाठक ही करेंगे। परंतु यह निश्चित रूप से कहा जा सकता है कि व्याख्या को पढ़ते-पढ़ते स्पष्ट अनुभव होता है कि *गीता* न तो जीवन से पलायन की अनुमति प्रदान करती है और न ही भौतिक जीवन में ही आबद्ध रहने से सन्तुष्ट होती है जैसा कि साधारणतः समझा जाता है। *भगवद्गीता* मानव व्यक्तित्व के अंतर्विकास से सम्बन्धित एक आध्यात्मिक ग्रंथ है। व्यक्तित्व-विकास का अर्थ है शारीरिक व्यक्तित्व में भागवत चेतना का उन्मीलन। *गीता* के अठारह अध्यायों में भागवत चेतना के आरोही क्रम (Ascending Order) के साथ ही साथ सैद्धान्तिक तथा व्यावहारिक, बौद्धिक, आध्यात्मिक, विश्लेषणात्मक तथा समन्वयात्मक एवम् व्यक्तिगत तथा सामूहिक व्याख्या प्रस्तुत की गई है। अध्यायों का व्यक्तित्वपरक नामकरण उचित ही किया गया है। *गीता* पर यह एक अभिनव प्रयास है। इस प्रयास में किंचित भी कृत्रिमता नहीं है। पुस्तक को पढ़ते-पढ़ते अध्यायों और यहाँ तक कि श्लोकों में उत्तरोत्तर विकास का आरोही क्रम स्पष्ट प्रतीत होने लगता है। इस समझ के फलस्वरूप *गीता* एक बोझिल दार्शनिक अथवा विसंगत बातों का झमेला नहीं रहता, अपितु एक जीवनोपयोगी नित्यसंगी पथ-प्रदर्शक पुस्तक का रूप धारण कर लेती है। आवश्यकता है इसे सही-सही समझने और समझाने की।

प्रो. सुरेशचंद्र शर्मा इस कार्य के लिए एक अधिकारी व्यक्ति हैं। वे एक सुयोग्य शिक्षक, कुशल शोधकर्ता तथा सफल समाज संस्कारक भी हैं। उनमें अध्यात्म और विज्ञान का अच्छा समन्वय है। वे अध्ययन, चिन्तन, मनन में पगे हुए व्यक्ति ही नहीं अपितु एक संगठक भी हैं। उन्होंने निरंतर छात्र-छात्राओं और युवाओं के बीच कार्य किया है। मुझे अपने विद्यार्थी जीवन

में उनके सान्निध्य और मार्गदर्शन में अध्ययन करने का सौभाग्य मिला जिसने मेरे भावी जीवन की दिशा तय की। उनके इस कार्य को शिक्षण संस्थाओं में युवाओं के मध्य ले जाने की आवश्यकता है। मैं इस कार्य के उज्ज्वल भविष्य के साथ उनके सुदीर्घ जीवन की कामना करता हूँ।

– ओमप्रकाश श्रीवास्तव (आई.ए.एस.)
संपादक

आमुख

*भ*गवद्गीता घोषित एवं अघोषित रूप से विश्व का एक सार्वभौमिक आध्यात्मिक ग्रंथ है। इसे भारतीय संस्कृति का प्रतिनिधि ग्रंथ कहे जाने का गौरव भी प्राप्त है। यद्यपि इसकी रचना आज से पाँच हज़ार वर्ष पूर्व हुई थी, किन्तु इसकी प्रासंगिकता सर्वकालिक है। विश्व की सभी भाषाओं में इसके कई-कई अनुवाद हुए हैं और विश्व के मूर्धन्य मनीषियों और विभूतियों ने *गीता* पर भाष्य लिखे हैं। आज भी इसकी नई-नई टीकाएँ तथा व्याख्याएँ की जा रही हैं। ये व्याख्याएँ विविधतापूर्ण हैं। धर्म-प्रधान, दर्शन-परक, योग-आधारित, साधनोन्मुखी, नीति-प्रतिपादक, पारमार्थिक, लोक व्यवहार प्रेरक, राष्ट्रोत्थानकारी तथा मानवतावादी दृष्टियों की झाँकी इनमें देखने को मिलती है। इन व्याख्याओं की विविधता असाधारण होते हुए भी *गीता* के सामान्य विद्यार्थियों को ये भटकाने वाली भी हैं। क्लिष्ट आध्यात्मिक शब्दावली के कारण भी आम व्यक्ति या विद्यार्थी *गीता* को समझ नहीं पाता।

गीता से हम प्रेरणा और प्रकाश प्राप्त कर अपने जीवन को इस प्रकार गढ़ें कि हम स्वयं धन्य हो सकें तथा अन्यों को भी धन्य करने में सहायता कर सकें। इसके लिए आवश्यक यह है कि *गीता* को सरल शब्दों में समझें तथा उसका व्यवहारिक प्रयोग कर अपने संपूर्ण व्यक्तित्व का गठन करें। इसी उद्देश्य की पूर्ति हेतु पुस्तक का लेखन किया गया है तथा उसका नाम *"व्यक्तित्व विकास और भगवद्गीता"* रखा गया है। भगवान् श्रीकृष्ण ने जीवन की संकटपूर्ण घड़ी में अपने सखा अर्जुन के बिखरे हुए व्यक्तित्व को खड़ा किया था। भगवान् के उपदेश से वह विषम परिस्थिति सुअवसर में तथा संकट समाधान में बदल गया।

व्यक्तित्व विकास (Personality Development) को आत्म विकास (Self Development) भी कहा जा सकता है। प्रसंगानुसार परस्पर विरोधी प्रतीत होने वाले आदेशों को आत्मसात (assimilate) करते हुए लोकसंग्रह का उदाहरण प्रस्तुत करना ही गीतोपदेश का तात्पर्य है। स्वयं भगवान् श्रीकृष्ण ने भी यही किया और कहा। पुस्तक में जो कुछ कहा गया है वह *गीता* का

क्रियात्मक सन्देश है, जिसकी सभी काल में आवश्यकता रहेगी। आज समाज में जहाँ गुरुओं की भरमार है, मनुष्य मात्र के अंतरंग सखा जगद्गुरु भगवान् श्रीकृष्ण की वाणी अनावश्यक भटकाव से हमारी रक्षा करेगी, ऐसी आशा है। लोगों का संस्कृत भाषा का ज्ञान बहुत कम है। इस कारण श्लोकों को यथावत् उद्धृत नहीं किया गया है। हिन्दी भावानुवाद के साथ कोष्टक में उनके संदर्भ भर दे दिए गए हैं। अच्छा होगा कि पुस्तक पढ़ते हुए गीताप्रेस की सरल अर्थों वाली *गीता* की एक प्रति अवश्य रखें ताकि आवश्यकता होने पर इस पुस्तक के आशय का मूल ग्रंथ के साथ मिलान किया जा सके। आवश्यकता पड़ने पर अन्य आचार्यों के भाष्यों और व्याख्याओं को भी पढ़ा जा सकता है। परंतु प्रारंभ से ही बड़े-बड़े ग्रंथों के झमेले में न पड़ना ही उचित होगा। इसका कारण यह है कि हर भाष्य से उसके आशय को ग्रहण करना *गीता* के सामान्य विद्यार्थी के वश की बात नहीं है।

विश्वविद्यालयीन सेवा में प्राध्यापक तथा वैज्ञानिक के रूप में कार्य करते हुए मुझे प्रबुद्धों के साथ सम्पर्क में आने का अवसर मिला है। मैं जीवनभर छात्र-छात्राओं के बीच तथा सामाजिक सांस्कृतिक-आध्यात्मिक संगठनों में व्याख्यान देता रहा हूँ। मेरे व्याख्यानों का केन्द्र बिन्दु 'व्यक्तित्व विकास' रहा है। अब मैं महसूस करता हूँ कि युवा पीढ़ी के व्यक्तित्व को गढ़ने के लिए एक सामंजस्यपूर्ण जीवन दर्शन की अतीव आवश्यकता है। एक ऐसे सामंजस्यपूर्ण जीवन दर्शन की आवश्यकता है जो अतीत को आधार बनाकर आधुनिकता के साथ सामंजस्य करते हुए सुनहरे भविष्य की ओर अग्रसर कर सके। इस उद्देश्य से पुस्तक के लेखन में श्री अरविन्दकृत *'गीता-प्रबन्ध'* का आधार लिया गया है। *'गीता-प्रबन्ध'* की विशेषता यह है कि इसका प्रतिपादन क्रम विकास की पद्धति का अनुसरण करता है। सही अर्थों में जिसे व्यक्तित्व विकास कहा जाता है, वही इसका लक्ष्य है।

पुस्तक लेखन के द्विविध उद्देश्य हैं। प्रथम, युवा पीढ़ी को *गीता* के अध्ययन की ओर प्रेरित करना तथा *गीता* को व्यक्तित्व विकास के ग्रंथ के रूप में समाज के सामने लाना। द्वितीय उद्देश्य, यह बतलाना है कि *गीता* मात्र, उच्च कोटि के आध्यात्मिक साधकों का ग्रंथ नहीं अपितु उन सभी का नित्यसंगी ग्रंथ है जो भारतीय सांस्कृतिक दृष्टि से अपने व्यक्तित्व के विकास के लिए उचित मार्गदर्शन के इच्छुक हैं। आशा है कि आज के सांस्कृतिक संभ्रम के कारण उत्पन्न व्यामोह को दूर करने तथा आवश्यक आलोक प्रदान

करने में यह पुस्तक सहायक सिद्ध होगी।

इस पुस्तक के प्रकाशन में मेरे विद्यार्थी ओमप्रकाश श्रीवास्तव हेतु बने हैं, जो वर्तमान में कलेक्टर एवं जिला दंडाधिकारी के रूप में म.प्र. में कार्यरत हैं। उन्होंने ही यह कार्य हाथ में लेने के लिए न केवल प्रेरित किया अपितु परिश्रमपूर्वक संपादन का कठिन कार्य किया है। उनके प्रति कृतज्ञता ज्ञापित कर मैं उन्हें न तो संकोच में डालना चाहता हूँ और न ही उनके प्रयास की गरिमा गिराना चाहता हूँ। हाँ, इतना अवश्य कहना चाहूँगा कि उनके बिना यह कार्य न तो प्रारम्भ होता और न सम्पन्न।

रामकृष्ण मिशन, बेलूर के पूज्य स्वामी राघवेन्द्रानन्दजी महाराज का मैं बहुत कृतज्ञ हूँ जिन्होंने अनुक्रमणिका को देखते ही इसे 'एक अच्छा कार्य' कहकर अपना आशीर्वाद प्रदान किया। मैं डॉ. अनिलकुमार सिंह, कुलपति, राजमाता कृषि विश्वविद्यालय, ग्वालियर का भी आभारी हूँ जिन्होंने मुझे अपना सद्भावना संदेश प्रदान किया। इसी प्रकार के अन्य सद्भावना संदेश के लिए मैं जीवाजी विश्वद्यालय की कुलपति डॉ. संगीता शुक्ला का भी आभारी हूँ जिन्होंने मुझे इस कार्य के लिए प्रोत्साहित किया।

मेरी पुत्री श्रीमती गौरी त्रिवेदी, मेरी मित्र श्रीमती रंजना प्रसाद तथा छात्र प्रवेश शर्मा भी धन्यवाद के पात्र हैं जिन्होंने प्रूफ़ पढ़कर त्रुटियों को दूर करने का श्रम किया है।

पुस्तक के प्रकाशक मंजुल पब्लिशिंग हाउस के प्रबंध निदेशक श्री विकास रखेजा का पुस्तक प्रकाशन की स्वीकृति देने के लिए तथा प्रधान संपादक श्री कपिल सिंह द्वारा प्रकाशन के संबंध में दिए गए बहुमूल्य सुझावों के लिए मैं दोनों का आभारी हूँ। प्रकाशन में मदद हेतु श्री दीपक राजौरिया का भी हृदय से आभारी हूँ।

"भौंरा जैसे विभिन्न पुष्पों से उनका सार लेकर मधु संग्रह कर लेता है, वैसे ही स्वयं वेदों को प्रकाशित करने वाले भगवान् श्रीकृष्ण ने भक्तों को संसार से मुक्त करने के लिए यह ज्ञान और विज्ञान का सार निकाला है" (*भा.* XI 29.49)। मैं उनको प्रणाम करता हुआ इस प्रकाशन को भगवान् श्रीकृष्ण को ही समर्पित करता हूँ।

।। त्वदीयं वस्तु गोविन्द तुभ्यमेव समर्पये ।।

— लेखक

1

व्यक्तित्व विकास
का स्वरूप

1. मानव व्यक्तित्व क्या है?

मानव जीवन में सर्वाधिक महत्त्वपूर्ण वस्तु है मनुष्य का अपना व्यक्तित्व। यह व्यक्तित्व ही है जो मनुष्य से मनुष्य का भेद दिखलाता है। समाज पर मनुष्य के प्रभाव का आकलन भी इसके साधारण और असाधारण व्यक्तित्व के आधार पर ही किया जाता है। सामान्य रूप से आधुनिक मनोविज्ञान और सामाजिक विज्ञान के अनुसार मनुष्य की बाहरी क्रियाओं और आंतरिक मनोभावों के समायोजन को व्यक्तित्व कहा जाता है। परन्तु इतनी सी परिभाषा में व्यक्तित्व की इति नहीं की जा सकती। आधुनिक जीव-विज्ञान के अनुसार व्यक्तित्व के साथ उसके विकास की अवधारणा भी जुड़ गई है। मनुष्य यदि चाहे तो अपने व्यक्तित्व का विकास कर सकता है अथवा उसे अविकसित अवस्था में बनाए रख सकता है। परन्तु आश्चर्य की बात है कि आज के विकासवादी युग में 'व्यक्तित्व विकास' की ओर न समाज का ध्यान है और न शिक्षा का। दुर्भाग्य से मनुष्य को आज अनेक प्रकार से पारिभाषित भी किया जा रहा है। कोई मनुष्य को सामाजिक प्राणी मानता है तो कोई उसे आर्थिक बलों का प्रतिफल, कोई आनुवांशिकी और पर्यावरण का संयोग मानता है तो कोई उसे परिस्थितियों का दास। पुरुषार्थवादी मनुष्य को पुरुषार्थ करने का संदेश देते हैं तो भाग्यवादी उसे नियति के हाथों का खिलौना मानते हैं। कुछ लोग मनुष्य की नियति का निर्धारण ग्रह-नक्षत्रों की स्थिति से करते हैं तो कोई जीव रासायनिक क्रियाओं द्वारा उसके व्यवहार की विवेचना

करते हैं। ऐसी स्थिति में मनुष्य बेचारा इन झमेलों में पड़कर किंकर्तव्यविमूढ़ हो जाता है।

वर्तमान शिक्षा प्रणाली में सर्वांगीण व्यक्तित्व विकास की बात तो कही जाती है, परन्तु वह सब कुछ पाठ्यक्रम तक ही सीमित है। विद्यालयीन शिक्षा पूरी तरह व्यावसायिक हो चुकी है और विश्वविद्यालयों में सब कुछ वैज्ञानिक जड़वाद और बुद्धिवाद की चपेट में आ गया है। नीति और अध्यात्म के लिए वहाँ कोई स्थान नहीं है। परिणामस्वरूप मानव जीवन पाशविकता, प्रतिद्वन्द्विता, क्षुद्रता और स्वार्थपरता से भर गया है। जीवन में न सुख है और न शान्ति। ऐसी अंधकारमय स्थितियों में श्रीअरविन्द प्रदत्त मानव व्यक्तित्व की परिभाषा हमें प्रकाश की ओर प्रेरित कर सकती है। वे कहते हैं, "भारतीय विचार के अनुसार मनुष्य एक आध्यात्मिक सत्ता है जो प्रकृति के कार्यों में छुपी हुई है, आत्म उपलब्धि की ओर बढ़ रही है और देवत्व को प्राप्त करने में समर्थ है। वह एक अंतरात्मा है जो प्रकृति के भीतर से होती हुई सचेतन आत्म स्थिति की ओर विकसित हो रही है। वह एक देवता और एक शाश्वत सत्ता है, वह भागवत सिन्धु में नित्य लहराने वाली एक तरंग है। परम अग्नि की कभी न बुझने वाली चिंगारी है। यहाँ तक कि अपनी सर्वोच्च सत्ता में वह उस अनिर्वचनीय परात्पर सत्ता से अभिन्न है जिससे वह प्रादुर्भूत हुआ है और उन देवताओं से भी महान् है, जिनकी वह पूजा करता है। कुछ समय के लिए वह जो एक प्राकृत अर्द्धपशु-रूपी प्राणी प्रतीत होता है, वह उसकी सम्पूर्ण सत्ता कदापि नहीं है। उसकी अंतरतम सत्ता भागवत आत्मा या कम से कम इसका एक क्रियाशील सनातन अंश है और इसे प्राप्त करना तथा अपनी बाह्य प्रतीयमान सत्ता एवं प्राकृत सत्ता को अतिक्रम करना वह महत्ता है, जिसका अधिकारी पार्थिव जीवों में से केवल वही है। मानवता के परमोच्च एवं असाधारण शिखर तक पहुँचने की आध्यात्मिक क्षमता उसके अन्दर विद्यमान है और भारतीय संस्कृति उसके सामने जो प्रथम लक्ष्य रखती है, वह यही है।"

2. व्यक्तित्व विकास का आधुनिक प्रचलित स्वरूप

'व्यक्तित्व विकास' आज एक बहुचर्चित विषय हो गया है। यह एक आधुनिक शब्द है जिसका तात्पर्य अंग्रेज़ी शब्द "पर्सोना" (मुखौटा) शब्द के अनुसार लिया जा सकता है। इस दृष्टि से व्यक्तित्व-विकास का अभिप्राय होगा

शारीरिक और अधिक से अधिक मानसिक व्यक्तित्व को सजाना-सँवारना। रोज़गारोन्मुखी शिक्षा ने, जो पूरी तरह भौतिकतावादी और भोगवादी है, व्यक्तित्व विकास की अवधारणा को एक अलग ही रूप-रंग दे दिया है। इस हेतु समाज में अनेक संस्थाएँ कार्यरत हैं। इन संस्थाओं द्वारा संचालित व्यक्तित्व विकास के प्रायः सभी प्रयासों का उद्देश्य मनुष्य के बाह्य व्यक्तित्व को सजाना-सँवारना भर है। इस दृष्टि से चलाए जा रहे अनेक प्रकार के व्यक्तित्व-विकासपरक कार्यक्रम समाज में लोकप्रिय हो रहे हैं, जैसे : आकर्षक व्यक्तित्व कैसे बनाएँ, समाज में लोकप्रिय कैसे बनें, मित्रों को कैसे प्रभावित करें, प्रभावी व्यक्तित्व कैसा हो, प्रगतिशील व्यक्तित्व का निर्माण, चुम्बकीय व्यक्तित्व का निर्माण, अन्य लोगों को प्रभावित कैसे करें, बहुमुखी व्यक्तित्व कैसे बनाएँ आदि-आदि। ये सभी अवधारणाएँ व्यक्तित्व विकास की सतही अवधारणा से सम्बन्ध रखती हैं। आध्यात्मिक ज्ञान के आवरण में भी आज ऐसे अनेक कार्यक्रम आयोजित किए जा रहे हैं। अतः यहाँ यह बताना आवश्यक है कि हमारा उद्देश्य *गीता* दर्शन का चालू प्रयोग करना किंचित भी नहीं है। यहाँ पर हमारे अभिप्राय का इस प्रकार के व्यक्तित्वों से कुछ भी सम्बन्ध नहीं है।

3. व्यक्तित्व विकास और आधुनिक विज्ञान

विकास एक अत्याधुनिक वैज्ञानिक शब्द है जो लामार्क और सर् डार्विन के समय से प्रचलित हुआ है। अतः जीवनविज्ञान और आधुनिक विकासवाद के आलोक में भी व्यक्तित्व विकास पर चिन्तन करना आवश्यक है। जन सामान्य का तो इन बातों से कोई सम्बन्ध ही नहीं है, शिक्षित समाज भी अधिकांशतः भ्रमात्मक स्थिति में है। कुछ वर्षों पूर्व रसायन शास्त्र की एक पुस्तक पढ़ने में आई, जिसकी प्रस्तावना में लिखा था - "विज्ञान का लक्ष्य मनुष्य के मन में अधिकाधिक इच्छाएँ उत्पन्न कर उनकी संतुष्टि के साधन जुटाना है।" संयोग से उसी दिन उसी पुस्तक का नया संस्करण पढ़ने को मिला। उस संस्करण में से उपर्युक्त पंक्तियाँ निकाल दी गईं थीं। तात्पर्य यह है कि वैज्ञानिकता को लेकर शिक्षित समुदाय में भी एक भ्रामक स्थिति है जिससे बचना अनिवार्य है।

सर् डार्विन की दो प्रसिद्ध पुस्तकें हैं - *'ऑरिजिन ऑफ़ स्पिसीज'* एवम् *'डीसेन्ट ऑफ़ मेन।'* आज वैज्ञानिक इन दो शीर्षकों से सन्तुष्ट नहीं हैं। सर जूलियन हक्सले ने *'इवोल्यूशन आफ़्टर डार्विन'* ग्रंथ के प्रथम खण्ड

के पृष्ठ 17 (यूनिवर्सिटी शिकागो प्रेस) पर लिखा है कि इन पुस्तकों के नाम *'इवोल्यूशन ऑफ़ ऑर्गेनिज्म'* एवम् *'एसेन्ट ऑफ़ मेन'* अधिक उचित होंगे। सर् डार्विन को ये नाम तत्कालीन धार्मिक कट्टरता की प्रतिक्रिया के रूप में देने पड़े थे। भौतिक विज्ञान तथा जीव विज्ञान के आविष्कारों से उत्पन्न 'जड़वादी एवम् यांत्रिक नियतिवादी' सिद्धान्तों के कारण धार्मिक कट्टरता तो दूर हुई, परन्तु इस कारण मनुष्य को पशु के स्तर पर और मनुष्य व पशु दोनों को मशीन के स्तर पर गिरा दिया गया।

परन्तु अब विज्ञान की स्थिति परिवर्तित हो चुकी है। सर् हाइजेनबर्ग के अनिश्चितता के सिद्धान्त एवम् जीव विकासवादी आविष्कारों के परिणामस्वरूप जीवन की जड़वादी तथा यांत्रिक नियतिवादी विचारधारा समाप्त हो चुकी है। वैज्ञानिक भौतिक विज्ञान की सीमाओं को स्पष्ट रूप से समझने लगे हैं। आज इस बात को बहुमत से स्वीकार किया जा रहा है, और पदार्थ वैज्ञानिकों (Physicists) का तो इस विषय में लगभग मतैक्य है कि ज्ञानधारा की गति जड़ से अजड़ अर्थात् चेतन तत्त्व की ओर हो रही है। विश्व कोई महायंत्र होने की अपेक्षा एक महाविचार प्रतीत होने लगा है। पहले मन को भौतिक क्रियाओं का उत्पाद माना जाता था इस प्रकार मन जड़ प्रदेश में अचानक "घुस बैठने वाला" प्रतीत होता था। अब वैज्ञानिक इस संभावना पर विचार करने लगे हैं कि मन को जड़ का स्रष्टा और शासक मानना चाहिए - निस्सन्देह यह हमारा व्यक्तिगत मन नहीं है, अपितु ऐसा मन है, जिससे कि हमारे मन बने हैं और जिसमें विचार रूप में स्थित है। यह परिवर्तित स्थिति निम्नलिखित उद्धरणों से सिद्ध होती है -

"विश्व किसी ऐसी योजना बनाने वाली नियामक शक्ति को प्रमाणित करता है जो कि हमारे व्यक्तिगत मनों से समानता रखती है" (Sir J. Jeans, *The Mysterious Universe,* P. 138)।

"वह स्थूल जड़वाद जो प्रत्येक सजीव और निर्जीव को जड़ यंत्र मानता था, अब पूरी तरह दूर हो गया" (Sir A. Eddington, *New Pathways In Science*, P. 233)।

"सब बातों का निष्कर्ष स्पष्ट भाषा में यह है कि जिस तत्व का यह जगत बना है, वह मानस तत्व (ज्ञानमय) है" (Sir A. Eddington, *The Nature Of The Physical World*)।

उपर्युक्त सत्यों की पुष्टि विकासवादी वैज्ञानिकों द्वारा की जा रही है। सुप्रसिद्ध विकासवादी वैज्ञानिक सर् जूलियन हक्सले ने *'इवोल्यूशन आफ़्टर डार्विन'* नामक ग्रंथ (खण्ड 3, पृष्ठ संख्या 251-252) में लिखा है – "मनुष्य का विकास जैविक न होकर अब मनो-सामाजिक है, यह सांस्कृतिक परम्परा से परिचालित होता है। तदनुसार मानव स्तर के विकास के प्रमुख सोपान शारीरिकी या जैविक विधानों के स्थान पर नूतन वैचारिक प्रणालियों से प्राप्त किए जाते हैं।" मानव स्तर पर विकास के प्रयोजन के सम्बन्ध में सर् हक्सले (वही, खण्ड-1, पृष्ठ 20) कहते हैं – "मानव विकास का व्यापक उद्देश्य मात्र जीवित रहना या संतति वृद्धि करना या पर्यावरण पर अधिकाधिक नियंत्रण करना न होकर महत्तर परिपूर्णता प्राप्त करना होगा।" पुनः इसे स्पष्ट करते हुए सर हक्सले (वही, खण्ड-3, पृ.सं. 261-62) कहते हैं – "इससे स्पष्ट है कि मन का स्थान शरीर से ऊपर होगा तथा मात्रा, गुणवत्ता के अधीन होगी।"

ऐसा व्यक्तित्व विकास ही *गीता* की विषय वस्तु है जिसका संकेत अध्याय तीन (3/42,43) में दिया गया है।

4. व्यक्तित्व विकास का गीतोक्त स्वरूप

गीता के अनुसार मानव जीवन का लक्ष्य भौतिक चेतना से उठकर भागवत चेतना में निवास करना और भगवान् के साथ पूर्ण ऐक्य साधित करना है। परन्तु इस अन्तिम लक्ष्य के सहायक के रूप में अनेक उपलक्ष्य भी होते हैं। *गीता* के अनुसार इन्हें 'स्वभाव नियत कर्म' कहा जाता है। एक बार मनुष्य यदि अपने जीवन के 'स्वभाव नियत कर्म' को जान ले तो फिर उसके सम्पूर्ण जीवन को इस केन्द्र-बिन्दु के मध्य में रखकर ही व्यक्तित्व का गठन किया जाना चाहिए। यहाँ से व्यक्तित्व विकास की प्रक्रिया शुरू होती है।

गीता के अनुसार व्यक्तित्व विकास की इस प्रक्रिया के दो पक्ष होते हैं। एक आत्मनिष्ठ और दूसरा वस्तुनिष्ठ। आत्मनिष्ठ पक्ष के अन्तर्गत व्यक्ति को जीवन के सत्य को समझना होता है और वस्तुनिष्ठ परक पक्ष में अपने प्राण-इंद्रिय-मन को पवित्र और पूर्ण बनाना होता है। इस प्रकार आन्तरिक एवं बाह्य दोनों प्रकार का परिमार्जन तथा पूर्णता ही *गीता* के अनुसार व्यक्तित्व विकास कहलाता है। समाज में प्रचलित व्यक्तित्व विकास की पद्धतियों में आन्तरिक विकास के लिए कोई स्थान नहीं है। उनका लक्ष्य केवल सांसारिक

सफलता प्राप्त करना और स्वयं के लिए सस्ती लोकप्रियता हासिल करना है। जन सामान्य प्रायः अन्यों के सुधार की बात करता है और आत्म परिवर्तन की उपेक्षा कर देता है। *भगवद्गीता* के अनुसार व्यक्तित्व विकास की अवधारणा का तात्पर्य व्यक्तिगत रूपान्तर की उपेक्षा कर सामाजिक विकास करना नहीं है। व्यक्तित्व विकास की गीतोक्त अवधारणा व्यक्ति के विकास को ही समष्टि के विकास का आधार मानती है। इसके अतिरिक्त *भगवद्गीता* मनुष्य में निहित दिव्यता को महत्त्व देती है। मनुष्य वास्तविक रूप से ईश्वर का अंश है जो प्रकृति के प्रवाह और प्रभाव में पड़कर अपनी दिव्यता को भूल गया है। अतः वास्तविकता में जो है उसे कार्यरूप में प्रकट करना ही व्यक्तित्व विकास को समझने की कुंजी है। व्यक्ति को मात्र भौतिक विज्ञान और प्रौद्योगिकी के द्वारा पूर्ण नहीं बनाया जा सकता। व्यक्तिगत पूर्णता और सामाजिक उन्नयन हेतु चेतना का उन्मीलन अनिवार्य है। अतः व्यक्तित्व को विकसित करने हेतु व्यक्ति को सर्वप्रथम अपने आन्तरिक आयाम के प्रति सचेष्ट होना होगा एवम् तदुपरान्त अपनी शारीरिक, प्राणिक तथा मानसिक क्रियाओं को आन्तरिक सत्य के इर्दगिर्द गठित करना होगा। इस प्रक्रिया में जीवन और जगत के प्रति यांत्रिक और जैविक दृष्टिकोण, आध्यात्मिक दृष्टिकोण में परिवर्तित हो जाता है। आन्तरिक सोच में परिवर्तन के साथ ही जीवन पद्धति तथा प्रबन्धन में भी परिवर्तन आने लगता है। इस पुस्तक में इसी दृष्टि से व्यक्तित्व विकास की व्याख्या की गई है।

गीता के अनुसार व्यक्तित्व विकास के भी दो पक्ष हैं – एक विस्तार परक (Horizontal Aspect) तथा दूसरा गहनता परक (Vertical Aspect)। दोनों ही पक्ष एक दूसरे के परिपूरक (Complementary) हैं। शंकराचार्य ने *गीता भाष्य* की प्रस्तावना में लिखा है – "द्विविधो हि वेदोक्तो धर्मः प्रवृत्ति लक्षणा, निवृत्ति लक्षणश्च जगतः स्थिति कारणं साक्षात् अभ्युदय निश्रेयस हेतुः।" अर्थात वेदोक्त धर्म दो प्रकार का है, जिसके दो लक्षण हैं – 'प्रवृत्ति' (समाजोन्मुखी कर्म) जिससे सभी प्राणियों का अभ्युदय (सामूहिक सामाजिक-आर्थिक विकास) तथा 'निःश्रेयस' जिससे स्वयं का आध्यात्मिक विकास साधित होता है। सामाजिकता तथा एकान्तिकता दोनों ही समाजरूपी पक्षी के उड़ान भरने (विकास करने) वाले दो पंख हैं। 'अभ्युदय' से समाज में समृद्धि आती है तथा 'निःश्रेयस' से सांस्कृतिक आध्यात्मिक मानव मूल्यों की स्थापना होती है। सामाजिक आर्थिक तथा राजनीतिक विकास जितना

आवश्यक है उतना ही आवश्यक है मानव मूल्य आधारित जीवन। स्वस्थ समाज में 'समृद्धि' और 'मूल्य' दोनों अनिवार्य हैं। कर्मठता और ध्यान परायणता व्यक्तित्व विकास के अभिन्न अंग हैं। *भगवद्गीता* इन दोनों ही पक्षों में संतुलन (Equilibrium) स्थापित करने का प्रयास करती है।

वर्तमान युग में सर्वत्र कर्म-कर्म-कर्म, विकास-विकास-विकास की ही रट लगाई जा रही है, वह एक तरफ़ा है। समाज में चारों ओर पैसा-पावर-लीज़र् (leisure) की ही चर्चा है। इस कारण जीवन मूल्यों का क्षरण देखा जा रहा है। सामाजिक-आर्थिक विकास सामूहिक होना चाहिए और आध्यात्मिक विकास का लक्ष्य प्रमुख रूप से व्यक्तिगत होता है। इस प्रकार समाज और व्यक्ति दोनों साथ-साथ चलने चाहिए। *भगवद्गीता* में यज्ञ की अवधारणा सामूहिक और सन्तुलित विकास (परस्परं भावयन्तः 3/11) का ही पथ प्रशस्त करती है। अभ्युदय शब्द से आशय है अभि-पूर्वक (सबके साथ) उदय। जर्मन दार्शनिक शॉपेन हॉवर ने 150 वर्ष पूर्व कहा था – "जब हम सुरक्षा और समृद्धि प्राप्त कर भौतिक समस्याओं को हल कर लेते हैं तो हम 'स्वयं' के लिए भार रूप हो जाते हैं। क्योंकि हम व्यक्तिगत आध्यात्मिक विकास की उपेक्षा कर देते हैं।" अत्यधिक कर्म मनुष्य को बहिर्मुखी बना देता है और अत्यधिक ध्यानशीलता के कारण व्यक्ति अन्तर्मुखी और स्वार्थी हो जाता है। सेवा भाव से किया गया कर्म और ईश्वर केन्द्रित ध्यान दोनों ही परिपूरक हैं। गीतोक्त कर्मयोग (3/4) तथा ध्यान योग (6/3) दोनों ही व्यक्तित्व विकास में सहायक हैं।

समाज के सामूहिक और संतुलित विकास के लिए समाज में चमूम्-भावना (Team Spirit) होना आवश्यक है। कौरव और पाण्डव सेनाओं में यही अंतर था। कौरव सेना संख्या बल में विशाल होती हुई भी टीम-भावना से रहित थी, जबकि पाण्डव सेना छोटी होती हुई भी टीम-भावना के कारण विजयी हो गई। कार्य में टीम-भावना से स्वस्थ वातावरण का निर्माण होता है, जो व्यक्ति और समाज दोनों के लिए हितकारी है। हमारे देश में सहयोग भावना (Team Spirit) की अभी भी बहुत कमी है। हम गुलामी के लक्षण ईर्ष्या-द्वेष रूपी कलंक से उबर नहीं पाए हैं। समाज में कार्य करते हुए एक दूसरे की टाँग खींचते हैं। स्वामी विवेकानन्द ने अपनी पत्रावली के प्रायः हर पत्र में भारतीय चरित्र में से इसे दूर करने पर बल दिया है। मद्रास अभिनन्दन के उत्तर में स्वामी जी ने कहा था, "सर्वप्रथम तो हमें उस चिन्ह – ईर्ष्यारूपी

कलंक – को, जिसे गुलामी के ललाट में प्रकृति सदैव लगा दिया करती है, धो डालना चाहिए। किसी से ईर्ष्या मत करो, भलाई के काम करने वाले प्रत्येक को अपने हाथ का सहारा दो। तीनों लोकों के जीव मात्र के लिए शुभकामना करो" (वि.सा. 9/379)।

हम देखते हैं कि अर्जुन विषम परिस्थिति (विषमे समुपस्थितम् – 2/2) के कारण मनोविकार से ग्रस्त (भ्रमतीव च मे मनः – 1/30) होकर किंकर्तव्यविमूढ़ (उपहतस्वभावः – 2/7) तथा अकर्मण्य (विसृज्य सशरं चापं – 1/47) हो जाता है। शारीरिक तथा मानसिक दृष्टि से उसका व्यक्तित्व बिखर जाता है (वेपथुश्च शरीरे में रोमहर्षश्च जायते – 1/29)। ऐसे कायरताग्रस्त (कार्पण्यदोषो –2/7) अर्जुन की क्षुद्रता तथा दुर्बलता (क्षुद्रं हृदयदौर्बल्यं – 2/3) को, उसकी पुरुषार्थहीनता (क्लैव्यं मा स्म गमः पार्थ – 2/3) को दूर करने उसके व्यक्तित्व को उभारने, गठित करने, उन्मीलित करने, विकसित करने तथा उत्कृष्ट बनाने के लिए भगवान् *गीता* का उपदेश देते हैं। *महाभारत* के शन्तिपर्व (348/12) में कहा गया है – "अर्जुन विमनस्के च गीता भगवता स्वयं।" भगवान् श्रीकृष्ण जिज्ञासा और अभीप्सा के अनुपात में उसे पूर्ण आत्मानुसंधान की ओर ले जा रहे हैं। भगवान् अर्जुन को क्रम विकास की पद्धति से आत्मोन्मुखी, अध्यात्मोन्मुखी तथा भगवदोन्मुखी बनाते चले जाते हैं।

मानव जीवन के उन्नयन में दो सबसे बड़ी बाधाएँ हैं। एक इन्द्रिय तृप्ति का आकर्षण तथा दूसरा आधिपत्य का अहंकार। समाज में व्याप्त भोगवादी सभ्यता तथा भौतिकवादी सोच के कारण जीवन की समस्या और भी जटिल हो चुकी है। *गीता* के अनुसार वास्तव में मनुष्य, ईश्वर का अंश है – 'मनुष्य स्वयं ही अपना उद्धार करे। तुम स्वयं ही अपने मित्र हो और स्वयं ही अपने शत्रु। जो अपनी निम्न प्रकृति को जीत लेता है वह स्वयं ही अपना मित्र है और जो निम्न प्रकृति को नहीं जीत पाता वह स्वयं ही अपना शत्रु है'(6/5,6)। इन दो श्लोकों में व्यक्तित्व और उसके विकास की सम्पूर्ण अवधारणा समाई हुई है। गहराई से विचार करने पर स्पष्ट हो जाता है कि *भगवद्गीता* व्यक्तित्व विकास का एक सार्वभौमिक शास्त्र है। इसमें आदि से अन्त तक अर्जुन को निमित्त बनाकर मानव व्यक्तित्व के विकास का पथ-प्रशस्त किया गया है।

इस पुस्तक में व्यक्तित्व की गीतोक्त अवधारणा को ही चिन्तन का विषय बनाया गया है। आध्यात्मिक विचारधारा के अनुसार मनुष्य नाम का

प्राणी विकासोन्मुखी अन्तरात्मा है। हम सभी के जीवन का एक वैशिष्ट्य है। यह वैशिष्ट्य ही हमारे जीवन को एक विशिष्ट दिशा प्रदान करता है। मनुष्य के सभी संघर्ष व्यक्ति के इस लक्ष्य विशिष्ट को खोज निकालने तथा जीवन में उसे संसिद्ध करने के लिए ही हैं। इस दृष्टि से अधिकांश लोगों के जीवन में शॉपेन हॉवर का यह कथन सत्य सिद्ध होता है, 'मनुष्य जो चाहे वह कर सकता है, किन्तु वह यह नहीं जानना चाहता कि वह चाहता क्या है।'

5. व्यक्तित्व विकास गीता के आलोक में ही क्यों?

भौतिकवादी और धर्मनिरपेक्षतावादी युग में विभिन्न धर्मावलम्बियों के लिए ऐसा कौन सा शास्त्र है जो उनकी धार्मिक मान्यताओं को आघात न पहुँचाते हुए सार्वभौमिक तथा सार्वकालिक रूप से मानव मात्र के लिए अनुशंसित किया जा सके? बिना अधिक सोचे विचारे कहा जा सकता है कि *भगवद्गीता* ही एक ऐसा छोटा किन्तु सार्वभौमिक शास्त्र है जिसे समूची मानवता के लिए प्रकाश पुंज के रूप में प्रस्तुत किया जा सकता है। *गीता* की सार्वभौमिकता इसीलिए है क्योंकि इसमें वर्णित दर्शन, जिसका व्यावहारिक स्वरूप व्यक्तित्व विकास है, की प्रक्रिया धर्म की सीमाओं से परे है। *गीता* का उद्देश्य मानव का आध्यात्मिक विकास साधित करना है ताकि वह देह की दासता से मुक्त होकर भगवान् के साथ अपने शाश्वत सम्बन्ध के प्रति जाग्रत हो सके।

भगवान् श्रीकृष्ण के जीवन और सन्देश की दो प्रमुख विशेषताएँ हैं जो उसे मौलिकता एवं सार्वभौमिकता प्रदान करती हैं। पहली विशेषता है, जीवन और कर्म के बीच अनासक्ति और स्थितप्रज्ञता तथा दूसरी विशेषता है, भगवद् प्राप्ति के मार्गों का समन्वय। अनासक्ति और स्थितप्रज्ञता के भाव को *गीता* के इन दो श्लोकों में भली प्रकार दर्शाया गया है : "जैसे जल में चलने वाली नाव को वायु हर लेती है, वैसे ही विषयों में विचरता हुआ मन भी प्रज्ञा को हर लेता है। परन्तु वश में किए हुए अंतःकरण वाला राग और द्वेष से मुक्त हुआ पुरुष इन्द्रिय विषयों में विचरता हुआ भी शान्ति को प्राप्त करता है" (2/67,64)। *गीता* का उद्देश्य पवित्र, दृढ़, सशक्त एवं उदार चरित्र का विकास करना है, और इसका मार्ग है, अपने अंतर्निहित देवत्व का विकास। आध्यात्मिक शिक्षा और जीवनव्यापी साधना ही उसकी पद्धति है। *गीता* की पद्धति सार्वभौमिक है, जिसमें संकीर्ण तथा स्थानीय तत्त्वों के लिए कोई स्थान नहीं है। यह पद्धति लोक संग्रह की भावना को सर्वोच्च स्थान देती है। भगवान्

कहते हैं, "कर्म में आसक्त हुए अज्ञानीजन जिस प्रकार कर्म करते हैं, उसी प्रकार आसक्तिरहित विद्वान भी लोक संग्रह के लिए कर्म करे" (3/25)।

गीता की सार्वभौमिकता का दूसरा सिद्धान्त – पूर्णता प्राप्त करने के विभिन्न योगों का समन्वय है। *गीता* भिन्न-भिन्न मनोवैज्ञानिक आवश्यकताओं तथा क्षमताओं की आवश्यकताओं की पूर्ति के लिए प्रधान चार योगों का प्रतिपादन करती है। ये योग हैं – कर्मयोग, भक्तियोग, राजयोग तथा ज्ञानयोग। *गीता* का यह सन्देश विश्वभर में स्वीकार किया जा चुका है। *गीता* इन चारों योगों में किसी भी योग के चयन हेतु स्वातंत्र्य को सुरक्षित रखती हुई उनके समन्वय, समुच्चय तथा सामंजस्य पर बल देती है। *गीता* की उदारता इस श्लोक से स्पष्ट रूप से प्रकट होती है, "जो भक्त जिस देवता के स्वरूप को श्रद्धा से पूजना चाहता है, उस भक्त की श्रद्धा को मैं उसी देवता के प्रति स्थिर कर देता हूँ" (7/21) और "कुछ लोग ध्यानयोग से, कुछ ज्ञानयोग से कुछ कर्मयोग से परमात्मा को प्राप्त करते हैं तथा कुछ श्रवण परायण भक्त उपासना के द्वारा मृत्यु को पार कर जाते हैं" (13/24, 25)।

गीता के आलोक में व्यक्तित्व विकास की प्रक्रिया को प्रस्तुत करने का सर्वोपरि कारण यह है कि *गीता* ही ऐसा ग्रंथ है जिसमें परम सत्य को अमूर्त और निर्विशेष तत्त्व के रूप में नहीं अपितु एक समग्र और सनातन व्यक्तित्व (11/18) के रूप में प्रस्तुत किया गया है जो जीवन के इस अभिनय में हमें प्रयोजन और दिशा प्रदान करता है। आज के साधन और साध्य की भूल-भुलैया में फँसा हुआ आधुनिक मानव *गीता* के इस उदार सन्देश से लाभान्वित हो सकता है।

6. *गीता का सौन्दर्य और माधुर्य*

विश्व साहित्य में ऐसे अनेक ग्रंथ हैं जिन्हें "अमर साहित्य" की श्रेणी में रखा जा सकता है। इनमें से *भगवद्गीता* का स्थान सर्वोच्च है। आधुनिक युग के महान् इतिहासकार आल्डस हक्सले ने विश्व साहित्य में *गीता* की महत्ता को इन शब्दों में प्रकट किया है, "विश्व में अभी तक जो चिरस्थायी दर्शनशास्त्र प्रकट हुआ है *गीता* उसके अत्यन्त स्पष्ट और अत्यन्त गंभीर सारांशों में से है। अतः न केवल भारतीयों के लिए अपितु मनुष्य मात्र के लिए इसका चिरस्थायी महत्त्व है। *भगवद्गीता* संभवतः चिरस्थायी दर्शन का पूर्णतया व्यवस्थित और आध्यात्मिक दर्शन है।"

गीता शास्त्र जितना गहन है उतना ही लोकप्रिय भी है। *गीता* का सौन्दर्य और माधुर्य इसकी एक साथ गहनता तथा लोकप्रियता में निहित है। यह एक लोकप्रिय ग्रंथ है जो विभिन्न प्रकारों एवं श्रेणियों के मस्तिष्कों को समान रूप से ग्राह्य एवं प्रिय है। इसकी सार्वभौमिकता आरोपित नहीं, आमंत्रित है। प्राचीन और आधुनिक, प्राच्य और पाश्चात्य, बुद्धिमान और भाववान, कृतिशील और रहस्यविद्, विचारक और व्यावहारिक, वैज्ञानिक और दार्शनिक, एकान्तिक और सामुदायिक, युवा और वृद्ध, नर और नारी सभी के मन में *गीता* के लिए सम्मान है। इसमें आध्यात्मिकता, धार्मिकता, नैतिकता तथा सामाजिकता का सच्चा समन्वय है।

यह एक ऐतिहासिक ग्रंथ होते हुए भी इसकी उपादेयता देश और काल की सीमा से बाधित नहीं है। इसके श्रोता और वक्ता अर्जुन और श्रीकृष्ण इतिहास पुरुष होते हुए भी सनातन धर्म के रक्षक साक्षात् नर और नारायण हैं। यह ग्रंथ हृदय-स्थित नारायण तथा प्रत्यक्ष कर्मरत नर के बीच का ऐसा संवाद है जो युगों-युगों तक मानव मात्र को सामान्य और संकट की घड़ी में ऐसा अवलम्बन देता रहेगा जिसकी सानी विश्व साहित्य में नहीं है। यह वही शाश्वत संवाद है जिसे *कठोपनिषद्* में शरीररूपी वृक्ष की शाखा पर बैठे हुए जीव और ईश्वर – दो शाश्वत सखाओं – के रूप में निरूपित किया गया है। गीतोपदेशक भगवान् श्रीकृष्ण का व्यक्तित्व असाधारण एवं अद्वितीय है। भारतीय जनमानस में उनके व्यक्तित्व के अनेक रूप हैं, परन्तु *गीता* में वे एक ऐसे रूप में सामने आए हैं, जिन्हें हम पार्थसारथी के रूप में जानते हैं जो मानव मात्र के सुहृद और पथ-प्रदर्शक हैं।

आज के वैज्ञानिक युग में जब कोरी धार्मिक मान्यताओं पर टिके रहना संभव नहीं हो पा रहा है *गीता* अपने संदेश को मानव संभावनाओं के ऐसे विज्ञान (Science of Human Possibilities) के रूप में प्रस्तुत करती है जिसमें विभिन्न शास्त्रीय मान्यताओं तथा धार्मिक आस्थाओं का ऐसा समन्वय है जो समस्त दर्शन प्रणालियों को तो स्वीकार्य है ही, प्रगतिशील मानव को भी मान्य है। इस सम्बन्ध में स्वामी विवेकानन्द कहते हैं, "हम *गीता* में भिन्न-भिन्न सम्प्रदायों के विरोध के कोलाहल की दूर से आती हुई आवाज़ सुन पाते हैं और देखते हैं कि समन्वय के अद्भुत प्रचारक भगवान् श्रीकृष्ण बीच में आकर विरोध हटा रहे हैं।" *(वि.सा. भाग 5, पृष्ठ 156)*

'समन्वय और शान्ति' न कि 'मतभेद और कलह' के सन्देश की आज समाज को विशेष आवश्यकता है। श्री अरविन्द का कथन है, "अस्तित्व की सभी समस्याएँ समन्वय की समस्याएँ हैं।" श्री रामकृष्ण भी कहा करते थे कि बांसुरी के सात छिद्रों पर जो अंगुलियाँ चलाना जानता है, वह उस पर संगीत का मधुर स्वर निकाल सकता है, अन्यथा उसमें एक बेसुरा राग ही सुनाई देता है। समन्वय का स्वर ही बंशीवादक भगवान् कृष्ण की *गीता* का माधुर्य है।

भगवद्गीता का सन्देश अर्जुन को जीवन की ऐसी संकटग्रस्त विषम घड़ी में दिया गया, जबकि उसका व्यक्तित्व बिखराव की स्थिति में पहुँच गया था। *गीता* की विशेषता यह है कि यह संकट को सर्जनशीलता की ओर मोड़ देती है। परिणामस्वरूप उत्पन्न संकट व्यक्तित्व के विकास में बाधक नहीं वरदान बन जाता है। हर बाह्य परिस्थिति अन्तर विकास का कारण बन जाती है। संघर्ष और संभ्रम की हर परिस्थिति में *गीता* हमें सम्बल प्रदान करती है। किसी भी समस्या का *गीता* द्वारा प्रस्तुत समाधान जितना पारमार्थिक है उतना ही व्यावहारिक तथा जितना ही सार्वभौमिक है उतना ही स्थानीय भी है। *गीता* प्रस्तुत समाधान की पूर्णता और विशेषता बतलाते हुए जर्मनी के सुप्रसिद्ध विद्वान जे.डब्ल्यू. हॉवर ने कहा है, "इसमें हमें जीवन के अर्थ को सुलझाने का आदेश नहीं अपितु जिस कार्य की हमसे माँग की गई है, उसे जानने और करने और इस प्रकार के कर्म के द्वारा जीवन की समस्या पर प्रभुत्व प्राप्त करने का आदेश दिया गया है।" (केशवदेव आचार्य, *गीता नवनीत,* भाग-1, पृष्ठ 8) *गीता* का आदर्श पुरुष वह है जिसके स्वभाव में निर्भयता के साथ निराभिमानता एवं दार्शनिक गंभीरता के साथ बालवत् सरलता विद्यमान रहती है।

गीता का उद्देश्य मानव की चेतना को सामान्य धरातल से उठाकर उच्च धरातल पर आरूढ़ करना है जहाँ वीरता और विनम्रता का संगम है। उपनिषदों के बाद *भगवद्गीता* ही है जो मानव जाति को एक समग्र जीवन दर्शन प्रदान कर सकी है जिसमें बाह्य और अन्तर, लौकिक और आध्यात्मिक, कर्म और पूजा, अभ्युदय और निःश्रेयस साथ-साथ गुँथे हुए हैं। परम्परा से प्राप्त निम्नलिखित श्लोक में *गीता* के सौन्दर्य और माधुर्य को इस प्रकार प्रकट किया गया है –

सर्वोपनिषदोगावो दोग्धा गोपालनन्दनः।
पार्थों वत्सः सुधीर्भोक्ता दुग्धंगीताऽमृतम् महत्।।

"समस्त उपनिषद् गाय के समान हैं, उसके दुहने वाले गोपालनन्दन श्रीकृष्ण हैं, अर्जुन बछड़ा है (जिसे निमित्त बनाकर इसका दोहन हुआ है) *गीता* रूपी महान् अमृत दूध है और शुद्ध बुद्धि वाला मनुष्य इसका पान करने का अधिकारी है।" अच्छा होगा कि मानव जाति इस दुग्ध का पान कर आत्म साक्षात्कार करते हुए प्रेम, प्रकाश, शक्ति और सौन्दर्य के रूप में आत्माभिव्यक्ति के मार्ग पर अग्रसर हो सके। *गीता* का पढ़ना, सुनना तथा जिज्ञासुओं के बीच उसका प्रचार करना भी एक महत् कार्य है जो भगवान् को प्रिय है (18/68,69)।

7. गीता-रथ का प्रतीकात्मक सन्देश

आध्यात्मिक जीवन आंतरिक जीवन है और जीवन के आंतरिक सत्यों को प्रतीकों द्वारा समझाने की भारत में सनातन परम्परा रही है। यह परम्परा भारतीय संस्कृति के हर ग्रंथ में देखने में आती है। वेद, उपनिषद, पुराण, *रामायण, महाभारत* आदि सभी शास्त्रों में यह प्रतीक परम्परा देखी जा सकती है। यह एक स्वतंत्र और व्यापक विषय है। यहाँ इसके विस्तार में नहीं जाया जा सकता है। कुछ सर्वविदित उदाहरणों द्वारा प्रतीकात्मक व्याख्या की प्रासंगिकता को समझाया जा सकता है। *रामचरितमानस* में चार भाइयों के विवाह में चार वधुओं - सीता, उर्मिला, माण्डवी और श्रुतिकीर्ति को क्रमशः तुरीय, सुसुप्ति, स्वप्न और जाग्रत अवस्था का मिलन बताया गया है जो पात्रों के चारित्रिक लक्षणों के साथ सुसंगत बैठ जाता है। उसी प्रकार सम्पूर्ण *रामायण* को इस श्लोक द्वारा मनुष्य के आंतरिक जीवन को पूर्ण रूप से प्रकट कर दिया गया है -

तीर्त्वा मोहार्णवम् हत्वा रागद्वेषैश्च राक्षसान्।
सीता शान्ति समायुक्तं आत्मारामो विराजते।।

मोहरूपी समुद्र को पारकर राग और द्वेष रूपी रावण और कुम्भकर्ण जैसे राक्षसों को मारकर तथा (सत्वगुण के प्रतीक विभीषण से मित्रता कर) सीता रूपी शान्ति से युक्त होकर आत्मा रूपी राम को स्वराज्य सिंहासन

पर आरूढ़ होना ही जीवन का लक्ष्य है। इसी प्रकार *महाभारत* को दैवी और आसुरी शक्तियों का संग्राम माना जाता है। *गीता* कुरुक्षेत्र को धर्मक्षेत्र में रूपान्तरित करनेवाला प्रतीक है। *भागवतपुराण* के पुरंजनोपाख्यान (IV/25) द्वारा सम्पूर्ण मानव जीवन का विवेचन कर दिया गया है। समुद्रमंथन (VIII/6) का प्रतीक सर्वमान्य है ही। संसारारण्य की विवेचना (V/13) भवाटवी के प्रतीक द्वारा सफलता पूर्वक की गई है।

इसी क्रम में 'रथ' का प्रतीक भी भारतीय संस्कृति में सर्वमान्य है। शास्त्रों में छः रथों के प्रतीक दिए गए हैं। सर्वप्रथम रथ का प्रतीक *ऋग्वेद* में आता है जहाँ पर इन्द्र और कुत्स एक रथ पर बैठकर युद्ध करते हुए दिव्य लोक को जाते हैं। यह अलंकारिक रूप में प्रस्तुत एक रूपक ही है। दूसरे रथ के रूपक का प्रतीकात्मक वर्णन *कठोपनिषद* (1/3/3-4) में आता है, जिसमें रथ और रथी के रूप से जीवात्मा द्वारा परमात्मा की प्राप्ति के मार्ग को स्पष्ट किया गया है। *भगवद्गीता* की उपदेश परम्परा में विवस्वान् (सूर्य) की चर्चा आती है और उसी प्रतीक के आधार पर कोणार्क का प्रसिद्ध विवस्वान् मंदिर निर्मित किया गया है जो सूर्य की तरह गति का प्रतीक है। जीवन में गतिशीलता लाने के लिए विद्यालयों एवम् विश्वविद्यालयों में संचालित राष्ट्रीय सेवा योजना के प्रतीक के रूप में कोणार्क के इस मंदिर का ही आदर्श रखा गया है। ओडिशा में भगवान् जगन्नाथ जी का रथ भी सर्वविदित है। महायोगी श्री अरविन्द ने *"जगन्नाथ का रथ"* शीर्षक से एक लघु पुस्तिका लिखी है जिसमें मानवता के कल्याण हेतु भारत के पुनरुत्थान पर प्रकाश डाला गया है। इसी प्रकार *रामचरितमानस* में वर्णित धर्मरथ का चित्रण स्वयं भगवान् श्रीराम के द्वारा विभीषण को सम्बोधित करते हुए प्रस्तुत किया गया है। स्पष्ट रूप से यह चित्रण मनुष्य और सांसारिक जीवन के बीच संघर्ष का प्रतीक है। जीवन के संघर्ष में मनुष्य विजयी कैसे हो, यही धर्मरथ का प्रतिपाद्य विषय है। जीवन संघर्ष में विजयी होने के लिए विवेचना में आत्म-बल पर बल दिया गया है जिसके कारण महात्मा गांधी ने भी भारत के स्वतंत्रता संग्राम में सेनानियों को प्रेरित करने हेतु अपनी दैनन्दिन प्रार्थना में *मानस* के इस अंश को रखा था। सेनानियों को आंतरिक परिवर्तन लाने के लिए प्रेरित करना ही इसका उद्देश्य था।

हमारे चिन्तन का विषय "गीता-रथ" है। पहले ही अध्याय में दोनों सेनाओं के बीच रथ को खड़ा करना भगवान् श्रीकृष्ण और अर्जुन का परस्पर

संवाद, दोनों की भाव मुद्राएँ हमें एक प्रतीकात्मक संदेश देती हैं। पार्थ सारथि भगवान् श्रीकृष्ण की भाव मुद्रा को इस श्लोक में दर्शाया गया है –

प्रपन्न पारिजाताय तोत्रवेत्रैकपाणये।
ज्ञानमुद्राय कृष्णाय गीताऽमृत दुहेनमः।।

"जो एक हाथ में घोड़ों को हाँकने के लिए चाबुक लिए हुए हैं तथा दूसरा हाथ ज्ञान मुद्रा में है, जो शरणागत भक्तों के लिए कल्पतरु के समान हैं तथा जो गीतारूपी अमृत के दुहने वाले के नाम से जाने जाते हैं, ऐसे भगवान् कृष्ण को मैं प्रणाम करता हूँ।"

इस श्लोक में पार्थ सारथि श्रीकृष्ण की चार मुद्राओं को बतलाया गया है। इन चारों मुद्राओं का प्रतीकात्मक आशय चार योगों का समन्वय है। रथारूढ़ अवस्था "कर्मयोग" की, ज्ञानमुद्रा में स्थित हाथ "ज्ञानयोग" का, शरणागत वत्सलहृदय 'भक्तियोग' का तथा गीतारूपी अमृत को दोहने की क्रिया विश्लेषणपरक 'राजयोग' का प्रतीक है। अश्व-नियंत्रण तथा रथ संचालन रूप भगवान् का कार्य उनके असाधारण व्यक्तित्व की प्रशासन-प्रवीणता का द्योतक है वहीं मुख पर विराजित शान्तमुद्रा उनकी साधुता का परिचय भी देती है।

उपर्युक्त गुणों से युक्त व्यक्तित्व को एक पूर्ण व्यक्तित्व का आदर्श प्रतीक बतलाते हुए स्वामी विवेकानन्द ने रथारूढ़ तैलचित्र बनवाने हेतु अपने एक अनुयायी को कहा था। श्री प्रियनाथ सिन्हा के साथ हुआ यह वार्तालाप *गीता* के प्रतीकात्मक सन्देश के समर्थन में इस प्रकार है :

स्वामी जी : "आज एक मज़ेदार बात हुई। मैं एक मित्र के घर गया था। उन्होंने एक चित्र बनवाया था – कुरुक्षेत्र में अर्जुन-कृष्ण संवाद। उन्होंने चित्र दिखाकर मेरी सम्मति माँगी। मैंने कहा, ठीक ही है। किन्तु जब वे न माने, तो मुझे अपना सच्चा मत बताना पड़ा कि वह चित्र प्रशंसा योग्य नहीं है। कृष्ण की भावाभिव्यक्ति का अभाव है।"

प्रश्न : "तो फिर इस चित्र में श्रीकृष्ण का चित्रण कैसा होना चाहिए था।"

स्वामी जी : "श्रीकृष्ण की छवि से *गीता* का मूल तत्त्व झलकना चाहिए।"

यह कहते-कहते स्वामी जी ने अपनी मुद्रा और भाव भंगिमा, वैसी ही बना ली, जैसी श्रीकृष्ण की चित्र में होनी चाहिए और बोले, "देखो, श्रीकृष्ण ने घोड़ों की रास इस प्रकार पकड़ रखी है - रास इतनी तनी है कि घोड़े अपने पिछले पैरों पर उठ गए हैं, उनके अगले पैर हवा में उठे हैं, और मुँह खुल गए हैं। इससे श्रीकृष्ण की छवि में उनकी महान् कर्मशीलता प्रकट होती है। उनका मित्र, प्रथितयश योद्धा दोनों सेनाओं के बीच में, धनुष बाण एक ओर फेंक, रथ में कायर की भाँति शिथिल और शोकमग्न होकर बैठ गया है और श्रीकृष्ण, एक हाथ में चाबुक लिए और दूसरे हाथ में रास खींचे अर्जुन की ओर थोड़ा मुड़ गए हैं - उनका शिशु-सरल मुख अपार्थिव-स्वर्गीय प्रेम और सहानुभूति से दीप्त हो उठा है - और वे अपने अनन्य सखा को *गीता* का सन्देश सुना रहे हैं। अब बताओ, *गीता*-गायक के इस प्रकार के चित्र से मन में कैसे भाव जाग्रत होंगे?"

मित्र : "ऐसे चित्र से श्रीकृष्ण कर्मरत स्थितप्रज्ञ- महान् कर्मयोगी मालूम होंगे।"

स्वामी जी : "हाँ, बिलकुल ठीक है। शरीर का एक अंग कार्यरत है और फिर भी मुख पर नील गगन की गंभीर शान्ति और प्रसन्नता व्याप्त है। यही तो *गीता* का मूल तत्त्व है - सब परिस्थितियों में शान्त, स्थिर और अनुद्विग्न रहते हुए - शरीर, मन और आत्मा ईश्वर के चरणों में समर्पित कर देना।"

कर्मण्यकर्म यः पश्येदकर्मणि च कर्म यः।
स बुद्धिमान्मनुष्येषु स युक्तः कृत्स्नकर्मकृत।। 4/18।।

अर्थात् "कर्म करते हुए भी जिसका मन शान्त है, और जब कोई बाह्य चेष्टा नहीं हो रही है, तब भी जिसमें ब्रह्म-चिन्तन रूपी महान् कर्म की धारा सतत् बह रही है - वही मनुष्यों में बुद्धिमान है, वही योगी है, वही कर्म-कुशल है।" फल की चिन्ता त्याग कर, मन और आत्मा को प्रभु के चरणाविन्द में लगाकर, कर्म करना- अनन्त कर्म करना - *गीता* के इस निष्काम कर्मयोग का सन्देश हर एक तक पहुँचना चाहिए।

प्रश्न : "क्या यही कर्मयोग है?"

स्वामी जी : "हाँ, यही कर्मयोग है - पर बिना साधना के कोई कर्मयोगी

नहीं बन सकता। चारों योगों का मधुर समन्वय जब तक नहीं हो पाता - तब तक किस प्रकार मन और आत्मा प्रभु में तल्लीन हो सकेगी" (वि.सा., खण्ड 8/237-239)।

इसके साथ ही गीतारथ प्रतीकात्मक रूप से शक्ति संचार का प्रतीक भी है। इससम्बन्ध में भी स्वामी विवेकानन्द के जीवन की एक घटना इस सत्य पर अच्छा प्रकाश डालती है। घटना इस प्रकार है :

अमेरिका से लौटने पर मद्रास में स्वामी जी के सम्मान में उन्हें एक मानपत्र भेंट किया गया। सभा मण्डप में स्वागत में आई हुई जनता की भीड़ इतनी ज़बरदस्त थी तथा उसमें ऐसा जोश समाया था कि स्वामी जी सभामण्डप को छोड़कर बाहर मैदान में आ गए और पहले से ही तैयार एक रथ पर चढ़ गए। स्वामी जी ने बोलना शुरू किया, "बन्धुओ, मनुष्य की इच्छा एक होती है, परन्तु ईश्वर की दूसरी। विचार यह था कि तुम्हारे मानपत्र का पाठ और मेरा उत्तर ठीक अंग्रेज़ी शैली पर हो, परन्तु यहाँ ईश्वर इच्छा दूसरी प्रतीत होती है। मुझे इतने बड़े जन समूह से 'रथ' में चढ़कर *गीता* के ढंग से बोलना पड़ रहा है। इसके लिए हम कृतज्ञ ही हैं, अच्छा ही है कि ऐसा हुआ। इससे भाषण में स्वभावतः ओज आ जाएगा तथा जो कुछ मैं तुम लोगों से कहूँगा उसमें शक्ति का संचार होगा।"

इस प्रकार "गीता-रथ" शक्ति संचार का प्रतीक भी है। *गीता* के प्रत्येक पृष्ठ से शारीरिक, मानसिक और आध्यात्मिक शक्ति का संचार होता है। क्षुद्रं हृदयदौर्बल्यम् त्यक्त्वोत्तिष्ठ परंतप (2/3), तस्मात्त्वमुत्तिष्ठ यशो लभस्व (11/33), तस्मादुत्तिष्ठ कौन्तेय युद्धाय कृत निश्चयः (2/37) आदि शक्तिकोष (Power Capsules) ही तो है। *गीता* के प्रत्येक पृष्ठ से प्रेम और शान्ति, शक्ति और निर्भयता का सन्देश टपकता है।

8. *संतुलित व्यक्तित्व विकास*

सन्तुलित व्यक्तित्व विकास का अभिप्राय है बुद्धि और हृदय का संतुलित विकास। *भगवद्गीता* में सर्वत्र भावमय जीवन पर बल दिया गया है जो सम्पूर्ण विश्व को अपनी बाँहों में लपेट ले। इसी कारण भगवान् कहते हैं - "गीता मे हृदयं पार्थ... हे पार्थ! गीता मेरा हृदय है।" भगवान् के इस कथन का तात्पर्य है कि सूचना को ज्ञान नहीं कहा जा सकता है। सूचना से केवल

मस्तिष्क पुष्ट होता है, हृदय नहीं। हृदय का विस्तार भावमय संस्कृति से ही संभव है। इसी कारण *गीता* में बार-बार 'सर्वभूतहिते रताः' के सिद्धान्त को दोहराया गया है।

'भारत के महापुरुष' नामक अपने व्याख्यान में स्वामी विवेकानन्द ने आचार्य शंकर के मस्तिष्क तथा भगवान् बुद्ध के हृदय के मिलन पर बहुत बल दिया है। आज विश्वभर में ज्ञान के नाम पर सूचना और विज्ञान के नाम पर प्रौद्योगिकी की मानसिकता तथा आर्थिक बर्बरता दिखाई देती है। इसी कारण सर्वत्र प्रतिद्वंद्विता का वातावरण है। इसे सन्तुलित करने हेतु भावसंस्कारों की अतीव आवश्यकता है। बुद्धि और हृदय के समन्वय से ही व्यक्तित्व संतुलित होता है।

9. निष्काम कर्म और कार्यक्षमता

कभी-कभी प्रश्न उठाया जाता है कि कर्म के पीछे जब कामना की प्रेरक शक्ति ही नहीं है तो व्यक्ति की कार्यक्षमता में वृद्धि तो संभव ही नहीं और कार्य क्षमता के अभाव में कार्य में गुणवत्ता भी नहीं होगी। इस शंका का सामाधान किया जाना आवश्यक है। *गीता* में कहा गया है – "फल को हेतु न बना" (मा कर्मफलहेतुर्भूः) इस कथन का यह अभिप्राय नहीं है कि मनुष्य इस प्रकार के कर्म करें कि जिसका कुछ भी फल न हो। इसका यह अभिप्राय भी नहीं है कि कर्ता के मन में कर्म के फल का ज्ञान न हो। कारण, इस प्रकार का कर्म तो पागल व्यक्ति ही कर सकता है। "योगः कर्मसु कौशलम्" के अनुसार साधारण मनुष्य की अपेक्षा योगी अधिक बुद्धिमान और कार्य कुशल होता है। वह कर्म के अच्छे-बुरे फल पर अच्छी तरह विचार करता है। अतः योगी को कर्म-फल का ज्ञान रहना अनिवार्य है। अतः जिस वस्तु का यहाँ त्याग करना है वह फल का ज्ञान नहीं अपितु फलासक्ति है। 'कर्मफल को हेतु न बना,' इस कथन का तात्पर्य है – कर्मफल में आसक्त न हो।

आसक्त न होने का तात्पर्य है कार्य के सफल या असफल होने अथवा अनुकूल या प्रतिकूल फल प्राप्त होने में भी बुद्धि की समता बनाए रखना। फलासक्ति के कारण मनुष्य दुष्कर्म पर उतारू हो जाता है और इस कारण वह जीवन के अन्तिम लक्ष्य – भगवत्प्राप्ति से वंचित हो जाता है। कर्म करने में अपनी शक्ति का पूरा उपयोग करना कर्ता का धर्म है। यदि वह कर्म के

अल्पपरिणाम से सन्तुष्ट हो जाता है तो वह कर्म नहीं अकर्म है, अधर्म है। अनासक्ति की ग़लतफ़हमी से कर्म के प्रति असावधानी, आलस्य, लगनहीनता आदि दोष आ जाते हैं। अनासक्ति का अर्थ उदासीनता या उपेक्षा भी नहीं है। उदासीन और उपेक्षावृत्ति को दूर करने हेतु मनुष्य को भगवान् में आसक्ति पूर्वक भगवान् के लिए कार्य करना चाहिए जिससे साधक में कार्य के प्रति उदासीनता के स्थान पर उत्साह उत्पन्न होगा जिससे व्यक्ति की कार्य क्षमता तो बढ़ेगी ही उससे कर्म की और कर्मफल की गुणवत्ता भी बढ़ेगी।

10. अद्वितीय व्यक्तित्व के उदाहरण - भगवान् श्रीकृष्ण

भगवान् श्रीकृष्ण का बहुआयामी व्यक्तित्व असाधारण एवं अद्वितीय है। उनकी सानी का व्यक्तित्व पूर्व और पश्चिम में दूसरा नहीं है। भारत में वे एक अवतार के रूप में पूजे जाते हैं। ऐतिहासिक महापुरुषों और विभूतियों में अवतार का अपना एक अनोखा स्थान होता है। अवतार निर्वैयक्तिकता तथा वैयक्तिकता का संयुक्त रूप होता है जिसे *माण्डूक्यकारिका* जैसे वेदान्त ग्रंथ में 'द्विपादंवरम्' की संज्ञा दी गई है (Swami Ranganathanand, *Eternal Values for a Changing Society*, Vol.1, Page 126)।

भगवान् श्रीकृष्ण ऐसे द्विपादंवरम् अर्थात् नरश्रेष्ठ या पुरुषोत्तम हैं, जिनमें मनुष्य और भगवान् तथा व्यष्टि और समष्टि (सार्वभौमिक) का अपूर्व समन्वय है। भारतीय संस्कृति में से यदि कृष्ण को हटा दिया जाए तो उसमें जो कुछ बचेगा वह नगण्य ही होगा। भगवान् श्रीकृष्ण हमारे धर्म, दर्शन, योग, काव्य, कला, साहित्य, संगीत, नृत्य एवं अन्य सभी विधाओं में बस गए हैं। उनका व्यक्तित्व सभी प्रकार तथा सभी स्तर के व्यक्तियों के लिए अक्षय प्रेरणा का स्रोत है। वे भारतीय हृदय और मस्तिष्क को समान रूप से ग्राह्य हैं। वे नर-नारी, बालक-बालिका, साधु-महात्मा, भक्त-योगी आदि सभी के लिए आकर्षण के केन्द्र हैं। इसी कारण भागवतकार वेदव्यास को कहना पड़ा कि अन्य अवतार तो अंश और कला हैं किन्तु श्रीकृष्ण तो स्वयं भगवान् हैं (*श्रीमद्भागवत* 1.3.28)।

भगवद्गीता भगवान् श्रीकृष्ण की वाङ्गमयी मूर्ति है। *गीता* में श्रीकृष्ण सभी के लिए एक विजिगीषु (विजयाभिलाषी) जीवनवादी जीवनदर्शन प्रदान करते हैं जिसके द्वारा हम पूरे उत्साह के साथ जीते हुए जीवन के परमोच्च

लक्ष्य को प्राप्त कर सकते हैं। देखा जाता है कि जीवन में जब तक हम आसक्तिमय जीवन जीते हैं तब तक तो हम उत्साही रहते हैं परन्तु जैसे ही हमारा स्वार्थ समाप्त हो जाता है वैसे ही हम निष्क्रिय हो जाते हैं। *गीता* हमें बतलाती है कि जब हम निःस्वार्थ और निराभिमानी हो जाते हैं तभी हमारे जीवन में शक्ति और सज्जनता, निर्भयता और प्रेम, महानता और विनम्रता का यथार्थ सामंजस्य होता है। भगवान् श्रीकृष्ण का जीवन इसी प्रकार की अपौरुषेयता का प्रत्यक्ष उदाहरण है जिसकेसम्बन्ध में वे स्वयं कहते हैं, "मेरे परमतत्त्व को न जानने वाले मूढ़ लोग मनुष्य का शरीर धारण करने वाले मुझ सम्पूर्णभूतों के महान् ईश्वर को तुच्छ समझते हैं। परन्तु हे कुन्तीपुत्र! दैवी प्रकृति के आश्रित महात्माजन मुझको भूतों का सनातन कारण और अविनाशी अक्षरस्वरूप जानकर अनन्यमन से युक्त होकर निरन्तर भजते हैं (9/11,13)। हे अर्जुन! इस प्रकार मेरे दिव्य जन्म और कर्मों को तत्त्वतः जानकर वह शरीर को त्याग कर फिर जन्म को प्राप्त नहीं होता, मुझे ही प्राप्त होता है। राग, भय और क्रोध से मुक्त होकर मुझमें अनुरक्त होकर मेरे शरणागत होकर, ज्ञानरूप तप से पवित्र होकर अनेक तपस्वी मेरे स्वरूप को प्राप्त हुए हैं" (4/9,10)।

इस प्रकार भगवान् श्रीकृष्ण का जीवन तथा उसकी व्याख्या स्वरूप *गीता* विश्ववासियों के लिए नितनूतन तथा चिरशाश्वत बनी हुई है। पूर्ण व्यक्तित्व विकास के लिए यह शाश्वत मार्गदर्शक है।

2

व्यक्तित्व विकास की गीतोक्त पद्धति

1. आध्यात्मिक शिक्षा के दो सोपान

*गी*ता मनुष्य को दो स्तरों पर शिक्षित करने का प्रावधान करती है। प्रथम स्तर है जब व्यक्ति स्वार्थ केन्द्रित होकर भोग और ऐश्वर्यों के संग्रह में जुटा रहता है (भोगैश्वर्य प्रसक्तानाम् - 2/44) और इस कारण समाज के लिए घातक सिद्ध होता है। दूसरा स्तर वह है जब वह जीवन की सुख और सुविधाओं को कोसता नहीं वरन् समाज के साथ परस्पर निर्भरता और आनन्द का भाव लेकर एक-दूसरे को उन्नत करते हुए परमकल्याण (परस्परं भावयन्तः श्रेयः परमवाप्स्यथ - 3/11) के मार्ग पर अग्रसर होते हुए आध्यात्मिक पूर्णता प्राप्त कर लेता है। *गीता* कर्ममय जीवन व्यतीत करने की शिक्षा देती है, परन्तु कर्तव्य को तीन उच्च सोपानों की ओर ले जाने के लिए भी प्रेरित करती है - जिन्हें श्रेष्ठ, श्रेष्ठतर तथा श्रेष्ठतम सोपान कहा जा सकता है। कर्तव्यपालन का श्रेष्ठ सोपान वह है जिस पर हम समाज या शास्त्र के भय मिश्रित अनुशासन के द्वारा कर्म में प्रवृत्त होते हैं। इस सोपान पर हमें अपने अहम् का नाश करना होता है। अतः कर्तव्य पालन की यह स्थिति कटु और कठोर तथा संघर्षमय होती है। दूसरी अवस्था वह होती है जब हम अपने कर्तव्य को ईश्वर आराधना या अर्चना के रूप में करते हैं। कर्तव्यपालन की श्रेष्ठतम अवस्था वह होती है जब सभी कर्मों का सम्पादन 'सर्वभूतहिते रताः' की भावना से किया जाता है। यह मुक्त पुरुष का कर्म है। *गीता* में अनेक स्थानों (2/71, 3/17, 4/18, 12/13, 14/19,20) पर इस प्रकार के मुक्तकर्म की चर्चा की गई है।

2. आत्म-विकास के तीन सोपान

सामाजिक जीवन पर हम यदि दृष्टिपात करें तो देखेंगे कि मनुष्य को अपने आत्म-विकास में तीन अवस्थाएँ पार करनी होती हैं। सामान्यतः मनुष्य समूह जीवन में रहने तक ही सन्तुष्ट रहता है। आहार, निद्रा, सुरक्षा की चिन्ता तथा प्रजनन से ही मनुष्य की पहचान की जाती है। इसे समूह जीवन (Collectivity) या भीड़ (Crowd) की अवस्था कहा जाता है। जब कोई मनुष्य इस भीड़ में अपनी कोई खास पहचान बना लेता है तो उसे व्यष्टिभावापन्न मनुष्य (Individual) कहा जाता है और जब वह अन्य व्यष्टिभावापन्न लोगों के साथ समायोजन करते हुए समरसता पूर्वक रह सकता है तो वह एक विकसित-व्यक्ति (Person) कहा जा सकता है। ऐसा विकसित व्यक्ति भी जब अपनी शारीरिक सीमाओं (Organic Limitations) को पार करते हुए आत्मसंयम, आत्मप्रभुत्व तथा आत्मदान (Self Control, Self-Mastery and Self-Dedication) का परिचय देता है तो वह आध्यात्मिक व्यक्तित्व (Spiritual or Divine Personality) कहलाता है।

भगवद्‌गीता व्यक्तित्व विकास की इन तीन अवस्थाओं को स्वीकार करती है। संकट की घड़ी में अर्जुन का व्यक्तित्व बिखर जाता है तो भगवान् उसे व्यष्टि भावापन्न (Individual) बनने का आह्वान करते हैं। भगवान् कहते हैं - "हे अर्जुन! तू नपुंसकता का त्याग कर, तुझ जैसे श्रेष्ठ व्यक्ति के लिए यह शोभा नहीं देती। अतः तू हृदय की तुच्छता को त्यागकर युद्ध के लिए खड़ा हो जा" (2/3)। इसे स्वयं को स्थापित करना कहा जा सकता है जो आत्म-विकास में पहला सोपान है।

व्यक्तित्व भावापन्नता के पश्चात् आवश्यक है कि वह देह, प्राण और मन की दुर्बलताओं से ऊपर उठे, अपनी निम्न प्रकृति पर उच्च्व-प्रकृति के नियंत्रण का परिचय दे। इस अवस्था में मनुष्य अपने विवेक का सहारा लेकर आत्मजयी बने। भगवान् कहते हैं कि वह सामान्य जीवन से या सतही जीवन (Surface Life) से ऊपर उठने की अवस्था है। विकास की इस अवस्था में मनुष्य स्वयं ही अपना मित्र भी है और स्वयं ही अपना शत्रु है। यदि वह मानवीय दुर्बलताओं को जीत लेता है तो वह अपना मित्र है और यदि वह उन दुर्बलताओं से पराजित हो जाता है तो वही अपना शत्रु है (6/5,6)। अब वह दूसरे सोपान पर पहुँचने के लिए तैयार हो जाता है। इस अवस्था

में वह अहंकार और आसक्ति से रहित होकर धैर्य और उत्साह से समन्वित होकर सफलता-असफलता, हर्ष और शोक-विकारों से मुक्त हो जाता है। यह एक विकसित व्यक्तित्व की अवस्था है जो आत्म-विकास की यात्रा में दूसरा सोपान है (18/26)।

इसके उपरान्त वह त्रिगुणातीत जीवन जीने हेतु अभीप्सा करता है जिसका वर्णन भगवान् इन शब्दों में करते हैं – "विशुद्ध बुद्धि से युक्त, विषयों का त्यागी, मन, वाणी और शरीर को वश में करने वाला, राग-द्वेष से सर्वथा उठा हुआ, अहंकार, दम्भ, काम, क्रोध आदि से मुक्त, ध्यान योग, परायण, ममता से रहित शान्त पुरुष ब्रह्म में अभिन्न भाव से स्थित होने योग्य हो जाता है तथा ब्रह्मीभूत होकर मेरी परा भक्ति को प्राप्त कर लेता है तथा पूर्ण ज्ञान में प्रतिष्ठित हो जाता है" (18/51-55)। इस अवस्था में रहते हुए जीवन जीना ही जीवन का लक्ष्य है जो आत्म-विकास का तीसरा और अन्तिम सोपान है।

3. मानव चेतना के दिव्य चेतना में रूपांतरण के चार सोपान

सम्पूर्ण *गीता* में दो बातें सर्वाधिक महत्त्व की हैं। पहली तो यह कि भगवान् के अवतारी जन्म और कर्म दिव्य हैं। मानव के रूप में उनके अवतरण का उद्देश्य मनुष्य को यह सिखाना है कि मनुष्य जीवन का परम उद्देश्य दिव्य चेतना, भागवत चेतना में पहुँचना है (4/9) और दूसरी महत्त्वपूर्ण बात यह है कि इस दिव्य अवस्था को यहीं पृथ्वी लोक में ही प्राप्त करना है (5/19)।

इन दो महान् सत्यों की घोषणा के कारण *गीता* केवल परलोक में सिद्धि प्राप्ति की बात करने वाला ग्रंथ नहीं रहता अपितु इस धराधाम पर ही दिव्य-जीवन स्थापना की उद्घोषणा करने वाला आधार ग्रंथ हो जाता है। *गीता* में आध्यात्मिक सिद्धि की सर्वोच्चावस्था अनिर्वचनीय ब्रह्म में लय अथवा भगवान् के लोक में पहुँचने को नहीं बताया गया अपितु भागवत-चेतना में निवास – "निवसिष्यसि मय्येव" (12/8) को ही बतलाया गया है। यह मानव जीवन से दिव्य-जीवन में पहुँचने की सीढ़ी है। मानव चेतना का दिव्य चेतना में रूपान्तरण ही वह समाधान है जो भगवान्के द्वारा अर्जुन को दिया गया है जिसके सोपान हैं :

1. प्रभु प्रीत्यर्थ कार्य करना (मदर्थम् कर्म)।

2. प्रभु कार्य करना (मत्कर्म)।

3. 'मन्मना भव' नियति को प्राप्त करना।

4. 'सर्वधर्मान् परित्यज्य' की अवस्था को प्राप्त करना।

भगवान् के द्वार केवल आध्यात्मिक दृष्टि से विशिष्ट स्थिति प्राप्त लोगों के लिए ही नहीं, अपितु, सभी के लिए खुले हैं, चाहे वे शूद्र हों या स्त्री या वैश्य या पापयोनि वाले अथवा अत्यन्त दुराचारी जन। सभी इस स्थिति को प्राप्त कर सकते हैं।

4. जगत की व्याख्या और उसका रूपांतरण

यहाँ एक प्रश्न किया जा सकता है कि *गीता* भारतीय दर्शन की व्याख्या तो करती है किन्तु क्या उसके रूपान्तरण की प्रक्रिया भी देती है? पूर्णावतार भगवान् श्रीकृष्ण के द्वारा प्रस्तुत गीतादर्शन न केवल एक विचार है अपितु एक जीवन रूपान्तरकारी साधना भी है। रूपान्तरण की यह साधना व्यक्ति और समाज दोनों स्तरों पर की जाती है। भारतीय दर्शन में ईश्वर ज्ञान, इच्छा तथा क्रिया के संगम हैं। *गीता* के सामाजिक रूपान्तरण की प्रक्रिया में मनुष्य को भगवान् का अंश और पवित्र माना जाता है जो जड़वादी दर्शनों में नहीं है। *गीता* का आह्वान यद्यपि आध्यात्मिक दृष्टि से परिपक्व मानसिकता वाले व्यक्ति के लिए किया गया है परन्तु उसमें सामूहिक जीवन की समस्याओं का समाधान भी निहित है। मानव जाति, एक ऐसे सामुदायिक जीवन के लिए अभीप्सा कर रही है जो प्रकाशयुक्त बौद्धिक आधार पर नैतिक आदर्श को और यथासंभव क्रियाशील आध्यात्मिक आदर्श को मूर्तिमंत करे। *गीता* की स्पष्ट घोषणा है कि नीच से नीच तथा पापी से पापी भी यदि चाहें तो इस योग मार्ग पर आरूढ़ हो सकते हैं (9/30-32) और इस आश्वासन में हमें एक व्यापकतर आशा की किरण दिखाई देती है कि समाज भी पूर्णता की ओर अग्रसर हो सकता है। हाँ, भगवान् की ओर सुनिश्चित रूप से जुड़ना उनकी महत्तर आध्यात्मिक प्रकृति के साथ एक होना, अपने सभी अंगों में भगवदाचरण एवम् भगवद्रूप होने का सच्चा एवम् दृढ़ संकल्प करना परम आवश्यक है।

5. योगों का समन्वय

भगवद्गीता की दो प्रमुख विशेषताएँ हैं जिन्हें हर भाष्यकार, टीकाकार तथा व्याख्याकार ने रेखांकित किया है - अनासक्त जीवन और योगों का समन्वय। योग समन्वय को धर्म समन्वय भी कहा जा सकता है। कारण, धर्म का अन्तिम लक्ष्य भगवान् के साथ मिलन (Union with Divine) है और इस मिलन को ही *गीता* में 'योग' कहा गया है। मनुष्य की मनोवैज्ञानिक माँग के अनुसार *गीता* के योग को प्रमुख चार भागों में विभाजित किया गया है। यह विभाजन मनुष्य की रुचि (Taste), स्वभाव (Temperament) तथा योग्यता (Competence) के अनुसार है। जो भावुक स्वभाव के हैं उनके लिए 'भक्तियोग', जो कर्मठ स्वभाव के हैं उनके लिए 'कर्मयोग', जो विचारक हैं उनके लिए 'ज्ञानयोग', तथा जो विश्लेषणपरक हैं उनके लिए 'राजयोग।'

गहराई से विचार करने पर हम देखेंगे कि विश्व के चार प्रधान धर्मों - हिन्दू धर्म, बौद्ध धर्म, ईसाई धर्म तथा इस्लाम धर्म को इन चार योगों के अंतर्गत ही रखा जा सकता है। व्यक्तित्व के विकास में सहायक के रूप में *गीता* इन चारों योगों के समन्वय और सन्तुलन पर बल देती है। समन्वय से तात्पर्य है - "प्रत्येक योग मनुष्य को जीवन के अन्तिम लक्ष्य - भगवान् के साथ मिलन अथवा सत्य का साक्षात्कार कराने में समर्थ है।" सन्तुलन से तात्पर्य है - "व्यक्तित्व को कर्मठ, विचारक, भावुक तथा विश्लेषक चारों प्रकार का होना चाहिए।" व्यक्तित्व की आवश्यकता के अनुसार *गीता* कभी कर्म, कभी भक्ति, कभी ध्यान तथा कभी विचार पर बल देती है जो प्रसंगानुसार है, पक्षपाती दृष्टिकोण के कारण कदापि नहीं। हम स्वयं अपनी ही पक्षपाती मानसिकता के कारण *गीता* की एकांगी (One Sided) व्याख्या कर देते हैं जो सर्वथा अनुचित है। योगों का समन्वय *गीता* का विश्व संस्कृति के लिए प्रमुख योगदान है। एक श्लोक में *गीता* का यह स्वर स्पष्ट रूप से ध्वनित होता है, जिसका तात्पर्य है, "उस परमात्मा को कितने ही तो ध्यान के द्वारा प्राप्त करते हैं, अन्य कितने ही ज्ञान योग के द्वारा प्राप्त करते हैं, कितने ही कर्मयोग के द्वारा तथा कुछ उपासना के द्वारा संसार सागर से तर जाते हैं" (13/24-25)।

यहाँ चार योगों की समरसता स्पष्ट दृष्टिगोचर होती है। इसी कारण *गीता* को सार्वभौमिक और सार्वकालिक शास्त्र कहा गया है। *गीता* के इसी सत्य को स्वामी विवेकानन्द ने इन शब्दों में प्रस्तुत किया है - "मैं एक

ऐसे धर्म का प्रचार करना चाहता हूँ, जो सब प्रकार की मानसिक अवस्था वालों के लिए उपयोगी हो, इसमें ज्ञान, भक्ति, योग और कर्म समभाव से रहेंगे। यदि कॉलेज से वैज्ञानिक और भौतिक शास्त्री अध्यापक आएँ तो वे युक्ति-तर्क पसन्द करेंगे। उनको जहाँ तक संभव हो युक्ति-तर्क करने दो, अन्त में वे एक ऐसी स्थिति पर पहुँचेंगे, जहाँ से युक्ति-तर्क रखकर वे और आगे बढ़ नहीं सकते – यह वे समझ लेंगे। इसी तरह यदि कोई योग प्रिय व्यक्ति आएँ, तो हम उनकी आदर के साथ अभ्यर्थना करके वैज्ञानिक भाव से मनस्तत्व-विश्लेषण कर देने और उनकी आँखों के सामने उसका प्रयोग दिखाने को प्रस्तुत रहेंगे। यदि भक्त लोग आएँ, तो हम उनके साथ एकत्र बैठकर भगवान् के नाम पर हँसेंगे और बोलेंगे, प्रेम का प्याला पीकर उन्मत्त हो जाएँगे। यदि एक पुरुषार्थी कर्मी आए, तो उसके साथ यथासाध्य काम करेंगे। भक्ति, योग, ज्ञान और कर्म का समन्वय सार्वभौमिक धर्म का अत्यन्त निकटतम आदर्श होगा। इस तरह चारों ओर समभाव से विकास करना ही 'मेरे' कहे हुए धर्म का आदर्श है" (वि.सा./3/150-151)।

6. *समग्र योग की ओर*

गीतोक्त चार योगों के बीच कठोर चहरदीवारी खड़ी करना अव्यावहारिक है। *गीता* इन सभी के महत्त्व को स्वीकार करती है। ये योग मनुष्य के तीन मनोवैज्ञानिक पक्षों – बौद्धिक, भावात्मक तथा संकल्पात्मक पर आधारित हैं। ज्ञानयोग बौद्धिक, भक्ति योग भावात्मक तथा कर्मयोग एवम् राजयोग संकल्पात्मक पक्ष हैं। *गीता* में कहीं कर्म पर बल दिया गया है, कहीं ज्ञान पर और कहीं भक्ति पर। परन्तु ऐसा प्रसंगवश किया गया है न कि किसी एक को श्रेष्ठ तथा अन्य को अपेक्षाकृत कम बताने के लिए। *गीता* स्वीकार करती है कि मनुष्य अपनी विशिष्ट प्रकृति के अनुसार इनमें से किसी भी एक योग का अवलम्बन कर उसे प्रधानता देता हुआ परम लक्ष्य पर पहुँच सकता है। परन्तु यह योग-समन्वय को श्रेष्ठ मानती है। यही *गीता* का समग्र योग है। इसलिए आध्यात्मिक विकास के आरोहण क्रम में *गीता* योग-समन्वय से समग्रयोग (Integral Yoga) की ओर अग्रसर होती है।

समग्रता के बीज तो प्रारम्भिक अध्यायों में ही दिखाई देते हैं, परन्तु सातवें अध्याय में पहुँचकर ये प्रस्फुटित हो जाते हैं। भगवान् सातवें अध्याय के पहले ही श्लोक में कहते हैं – "मुझे समग्र रूप से कैसे जानेगा, हे अर्जुन!

उसे सुन" (समग्रं मां यथा ज्ञास्यसि तच्छृणु - 7/1)। फिर कहते हैं कि इसे जानने के बाद अन्य कुछ भी जानना शेष नहीं रहेगा (7/2)। समग्र योग के विवेचन का रसास्वादन तो *गीता* के गहन अध्ययन से ही संभव है। यहाँ इतना ही कहा जा सकता है कि समग्र योग के संश्लेषण (Synthesis) की प्रमुख तीन अवस्थाएँ हैं। पहली अवस्था है - 'भगवान् सब में हैं' (God is in All), दूसरी अवस्था है - 'सब भगवान् में है' (All is in God) तथा तीसरी और अन्तिम अवस्था है - 'सब कुछ भगवान् हैं' (God is All)। सामान्य बोलचाल की भाषा में हम कहते ही हैं - 'गॉड इज ऑल इन ऑल।' *गीता* में इसे धागे में गुँथी हुई मणियों के रूपक के रूप में बताया गया है (7/7)। भगवान् स्पष्ट रूप से कहते हैं कि योग के जानकार अपूर्ण (अकृत्स्नविद्) तथा पूर्ण (कृत्स्नविद्) दोनों प्रकार के होते हैं (3/29)। *गीता* की ओर से यह स्पष्ट संकेत है कि योग को उसकी समग्रता में समझा जाए। इस सम्बन्ध में महायोगी श्रीअरविन्द के ये शब्द हृदयंगम करने योग्य हैं - "*गीता* का सिद्धान्त केवलाद्वैत नहीं है यद्यपि इसके मत से एक ही अव्यय, विशुद्ध, सनातन आत्मतत्त्व अखिल ब्रह्माण्ड की स्थिति का आश्रय है। *गीता* का सिद्धान्त मायावाद भी नहीं है यद्यपि इसके मत से सृष्ट जगत में त्रिगुणात्मिका प्रकृति की माया सर्वत्र फैली हुई है। *गीता* का सिद्धान्त विशिष्टाद्वैत भी नहीं है यद्यपि इसके मत से उसी एकमेवाद्वितीय परब्रह्म में लय नहीं बल्कि निवास ही आध्यात्मिक चेतना की परा स्थिति है। *गीता* का सिद्धान्त सांख्य भी नहीं है यद्यपि इसके मत से यह सृष्ट जगत प्रकृति पुरुष के संयोग से ही बना है। *गीता* का सिद्धान्त वैष्णवों का ईश्वरवाद भी नहीं है यद्यपि पुराणों के प्रतिपाद्य श्री विष्णु के अवतार श्रीकृष्ण ही परमाराध्य देवाधिदेव हैं और इनमें और अनिर्देश्य ब्रह्म में कोई तात्विक भेद नहीं है, न ब्रह्म का दर्जा किसी प्रकार से भी इन 'प्राणिनां ईश्वरः' से ऊँचा ही है। उपनिषदों में जैसा समन्वय हुआ है वैसा ही *गीता* का समन्वय है जो आध्यात्मिक होने के साथ-साथ बौद्धिक भी है और इसलिए इसमें ऐसा कोई अनुदार सिद्धान्त नहीं है जो इसकी सार्वलौकिकता में बाधक हो" (*गीता प्रबन्ध,* पृष्ठ 6)।

इस परिच्छेद में आध्यात्मिक, बौद्धिक, अनुदार और सार्वलौकिक शब्द महत्वपूर्ण हैं। सोचिए! ये शब्द *गीता* के माध्यम से अपने व्यक्तित्व का विकास करने वालों के लिए कितने अधिक महत्त्वपूर्ण हैं। समुद्रवत् गहन तथा गगनवत् विस्तीर्ण (as deep as Ocean And as Vast as Sky) व्यक्तित्व ही आज

भारत की और विश्व की आवश्यकता है।

7. ज्ञान और वैराग्य

आध्यात्मिक जीवन में वैराग्य का और व्यक्तित्व के विकास में ज्ञान का योगदान असाधारण है। *गीता* के पहले अध्याय का नाम जो विषाद योग रखा गया है उसका अभिप्राय भी वैराग्य से ही है। विषाद के कारण अर्जुन अवसाद (Depression) में डूब गया था और वैराग्य भी मन की एक निराशाजनक दशा (Depressed State of Mind) ही है। यह स्थिति सामान्य और आध्यात्मिक दोनों प्रकार के जीवन में एक मोड़ (Turning Point) सिद्ध होती है। वाल्मीकि, तुलसीदास, भर्तृहरि, विल्वमंगल, बुद्ध, महावीर आदि सभी के जीवन में इसका प्रभाव और परिणाम देखा जा सकता है। वैराग्य के कारण एक नूतन मनोदशा का निर्माण होता है जो जीवन में एक उछाल (Jump) या उत्परिवर्तन (Sudden Change) लाता है जो अन्तिम रूपान्तरण के लिए उत्तरदायी होता है। हमारा पुराण साहित्य इसके प्रभाव से भरा पड़ा है। *भागवत* के महाराज परीक्षित इसके एक उत्कृष्ट उदाहरण हैं।

वैराग्य केसम्बन्ध में हमें दो बातों का ध्यान विशेष रूप से रखना है। पहली बात यह है कि हमारे भौतिकवादी तथा भोगवादी युग में अनेक पंथ समाज में चल रहे हैं जो आध्यात्मिक जीवन में वैराग्य की आवश्यकता नहीं मानते। उनकी मान्यता है कि यह एक नकारात्मक वृत्ति है। अतः इसे महत्त्व नहीं दिया जाना चाहिए। यह मान्यता सरासर धोखा है। *गीता* में वैराग्य के अभाव में (6/35, 13/8, 18/52) आध्यात्मिक विकास को असंभव माना गया है। हाँ, सभी प्रमाणिक शास्त्रों में वैराग्य की दो स्थितियाँ मानी गई हैं। ये स्थितियाँ हैं, फल्गु वैराग्य या अल्प वैराग्य की तथा दूसरी स्थिति है युक्त वैराग्य या स्थायी वैराग्य की। जीवन में जब किसी भी घटना के कारण जो वैराग्य (Detachment or Depression) आता है उसके कारण विषय भोगों के जीवन से मन उचट जाता है; परन्तु मन की यह दशा हर समय नहीं रह पाती। भौतिक आकर्षणों के कारण मन उच्च दशा से फिर से निम्न दशा में आकर अधोगामी हो जाता है। ऐसी दशा में आध्यात्मिक प्रकाश संभव नहीं है। इस स्थिति से ऊपर उठने तथा प्राप्त वैराग्य को स्थायी बनाने एवं जीवन को एक उच्च दिशा देने हेतु युक्त वैराग्य की आवश्यकता है जिसका आशय है भगवान् के साथ अपना सम्बन्ध बनाकर अपने सभी साधनों

तन-मन-धन को एक महान् उद्देश्य हेतु अर्पित कर देने का दृढ़ संकल्प। ध्यान रहे कि यह मोड़ (Diversion) नहीं है। यह जीवन का एक रूपान्तरकारी परिवर्तन है जिसका लक्ष्य सामान्य जीवन के विधान का परित्याग (Rejection) करते हुए उच्च जीवन की ओर अभीप्सा की अभिव्यक्ति (Manifestation of Intense Aspiration) है। बाद में चलकर साधक को पता चलता है कि ये ही वे दो उत्तोलक (Levers) हैं जिन पर व्यक्तिगत विकास आश्रित है।

8. पुरुषार्थ से कृपा प्राप्ति तक

गीता एक आध्यात्मिक ग्रंथ है। आध्यात्मिकता को हमने भूल से चमत्कार का पर्यायवाची मान रखा है। *गीता* के अनुसार सम्पूर्ण जीवन ही आध्यात्मिक है। सम्पूर्ण जीवन ही प्रकृति का परमेश्वर के साथ योग कराने की प्रक्रिया है। *गीता* के सात सौ श्लोकों को दो भागों में बाँटा जा सकता है। ये दोनों भाग मानव चेतना के विकास के स्तरों को बतलाने वाले हैं। किशोर अवस्था में आते ही मनुष्य को सबसे पहले प्रकृति और पर्यावरण का ज्ञान होता है। मनुष्य अपने आत्मविकास हेतु उनका उपयोग करना चाहता है। जीवन के इस भाग में उसे अपने अन्दर पुरुषार्थ का बोध होता है। वह अपने प्रयास से आत्मनिर्भर होने का प्रयत्न करता है। आत्मनिर्भरता के प्रयत्नों में उसमें सामाजिक सहयोग और कुछ-कुछ सेवा का भाव भी उत्पन्न होता है। चेतना की यह अवस्था पुरुषार्थ पूर्वक प्रयत्नों के द्वारा अपने व्यक्तित्व विकास की ओर प्रेरित करती है। व्यक्ति अपनी शक्तियों के द्वारा प्रकृति पर नियंत्रण पाने हेतु परिश्रम करता है। इस परिश्रम के फलस्वरूप उसे सफलता और कभी-कभी असफलता भी प्राप्त होती है।

कुछ समय बाद उसमें मन और बुद्धि से परे आत्मा-परमात्मा का आन्तरिक आभास भी होने लगता है। चेतना की इस विकसित अवस्था को आध्यात्मिक आयाम (Spiritual Dimension) कहा जाता है; परन्तु अभी भी हमारे अन्दर इस जीवन को जानने और उस ओर अग्रसर होने की तीव्र इच्छा नहीं होती। कुछ समय बाद हमारे भीतर उस ओर जाने की चाह तो होती है, परन्तु ईश्वर-निर्भरता जैसी कोई चेतना नहीं होती। हम अपने अन्दर शक्ति और साहस का अनुभव ही अधिक करते हैं, ईश्वर-विश्वास और ईश्वर-निर्भरता का नहीं। चेतना की यह अवस्था भी पुरुषार्थ (Manliness) की द्योतक है।

काल-क्रम से चेतना का और अधिक विकास होने पर उसे अपने अंतर्मन में एक शक्ति स्रोत का अनुभव होता है। उसे ऐसा लगता है कि जीवन मे कोई मेरा संगी-साथी है और वह उससे अपनी सहायता हेतु प्रार्थना भी करता है। यहाँ से व्यक्ति के जीवन में भागवती शक्ति का प्रवेश होता है। व्यक्तित्व विकास की इस अवस्था पर पुरुषार्थ के साथ ही एक अतीन्द्रिय शक्ति के प्रति प्रार्थना करने की आवश्यकता का अनुभव भी होता है। इस अवस्था में वह उस अतीन्द्रिय शक्ति को स्वयं से अधिक महान् और शक्तिशाली समझने लगता है। इस प्रकार उसके जीवन में आत्म-निर्भरता से भी उच्च्च अवस्था आत्म-समर्पण का बोध होने लगता है। वह स्वयं को भगवान् के प्रति आत्म-समर्पण करने का अभ्यास भी प्रारंभ कर देता है। धीरे-धीरे वह पूर्ण आत्म-समर्पण का भी प्रयास करता है। अब व्यक्ति पुरुषार्थ (Manliness) से उठकर ईश परायणता (Godliness) की ओर आरोहण करने लगता है।

विश्व के प्रमुख चार धर्मों - हिन्दू, ईसाई, इस्लाम तथा बौद्ध के महायान मत में ईश्वर शरणागति में ही आत्म-विकास ओैर आत्म परिपूर्णता मानी गई है। *न्यू टेस्टामेन्ट* (जॉन 1.17) में कहा गया है कि मूसा ने नियम (Law) का उपदेश दिया था और ईसा कृपा (Grace) का सन्देश लेकर आए थे। ये दोनों बातें ही सत्य हैं। अतः इनमें से एक को छोड़कर दूसरे को लेने का कोई अर्थ ही नहीं है। इन दोनों का श्रेष्ठतम और सुन्दरतम समन्वय जैसा *गीता* में किया गया है, वैसा अन्यत्र नहीं है। *गीता* के बारहवें अध्याय में इन दोनों (Law And Grace) को धर्म और अमृत (12/20) कहा गया है और भगवान् कहते हैं कि जो धर्म और अमृत दोनों को एक साथ लेकर मेरी उपासना करते हैं वे मुझे अतिशय प्रिय हैं। धर्म (Law) का अर्थ है - 'नियमाधीन जीवन' तथा अमृत (Grace) से तात्पर्य है 'नियमातीत-जीवन।' दोनों ही अभिन्न भाव से जुड़े हुए हैं और दोनों में पूर्वापर सम्बन्ध (Prelude-Sequel Relationship) है।

इस प्रकार सम्पूर्ण *गीता* पुरुषार्थ (Manliness) से भगवतकृपा (Divine Grace) की ओर बढ़ने का पथ-प्रशस्त करती है। सामान्यतः हमारे जीवन में ऊपरी धार्मिकता (Religious Piety) रहती है जिसमें न पुरुषार्थ का महत्त्व समझा जाता है, न ईश्वर कृपा का। जीवन दोनों का बेमेल मिश्रण हो जाता है। पुरुषार्थ को हम अहंकार समझ बैठते हैं और कृपा को चमत्कार। सामान्य

जीवन और आध्यात्मिक जीवन में यह एक दुखदायी संभ्रम की स्थिति है। इससे हमें बचना चाहिए।

डॉ. एस. राधाकृष्णन् ने इसे दो उदाहरणों द्वारा समझाया है। एक है 'मर्कट-किशोर न्याय' (बन्दर के बच्चे की विधि) तथा दूसरा है – 'मार्जर-किशोर न्याय' (बिल्ली के बच्चे की विधि)। इन दोनों उदाहरणों द्वारा 'शरणागति' की दो अवस्थाओं को दर्शाया गया है। बन्दर के बच्चे की स्थिति शरणागति की पहली अवस्था है जिसमें बन्दर स्वयं अपनी माँ को पकड़ रखता है। शरणागति की दूसरी अवस्था वह है जिसमें बिल्ली का बच्चा अपनी माँ पर पूर्णरूपेण निर्भर रहता है। माँ स्वयं उसे अपने मुख से पकड़ लेती है। पहली अवस्था को 'भक्ति' कहा जाता है और दूसरी को 'प्रपत्ति।' दोनों ही शरणागति की अवस्थाएँ हैं। पहली अवस्था में बन्दर के बच्चे की तरह कुछ प्रयास करना पड़ता है और दूसरी में पूरी तरह माँ पर ही निर्भर रहना होता है। *गीता* भक्ति (पुरुषार्थ) से प्रपत्ति (पूर्ण निर्भरता) तक पहुँचने का परामर्श देती है। बन्दर का बच्चा बने बिना बिल्ली का बच्चा नहीं बना जा सकता। पुरुषार्थ किए बिना कृपा की अवस्था प्राप्त नहीं की जा सकती।

निष्पक्ष दृष्टि से देखने पर, किसी को भी यह पता चलेगा कि प्रारंभिक छः अध्यायों में भगवान् अर्जुन में आत्म-विश्वास जगाने और उसे पुरुषार्थ प्रकट करने का उपदेश देते हैं। भाँति-भाँति से उसकी दुर्बलता, उसकी कायरता, उसकी क्षुद्रता, उसकी संकीर्णता, उसकी स्वार्थपरता, उसकी फल-लोलुपता, उसकी हीनभावना, उसकी धर्म-सम्मूढ़ता, उसकी युद्ध पलायनता को दूर करने का प्रयास करते हैं। अतः *गीता* के हर अध्येता को गंभीरता पूर्वक अपनी आंतरिक चेतना का अंतर्निरीक्षण करते हुए अपने जीवन में पुरुषार्थ (Manliness) को उचित स्थान देना होगा। व्यक्तित्व विकास की दृष्टि से यह *गीता* के पूर्वार्द्ध का सन्देश है।

गीता के सातवें अध्याय में 'अहम् तथा माम्' शब्दों से भगवान् श्रीकृष्ण अर्जुन के जीवन में व्यक्तिगत प्रयास के साथ-साथ भागवत चेतना जगाने का प्रयास भी करते हैं। उदाहरण के तौर पर सातवें अध्याय के पहले श्लोक से ही अनन्य प्रेम के साथ भगवान् का 'आश्रय' लेकर (मय्यासक्तमनाः पार्थ) योगसाधना करने (योगं युञ्जन्मदाश्रयः) पर बल देते हुए व्यक्तिगत प्रयास और ईश्वर के आश्रय को ही जीवन के समग्र ज्ञान की कुंजी बतलाते हैं।

भगवान् इस अध्याय के हर श्लोक में ईश्वर को ही सभी प्राणियों का सनातन बीज, बलवानों का बल बताते हुए भगवान् का सहारा लेकर ही जगत के आकर्षणों पर विजय प्राप्त करने का आह्वान करते हैं। जगत वासुदेवमय ही है (वासुदेवः सर्वमिति – 7/19) ऐसा कहकर मनुष्य की चेतना का विस्तार करते हैं। वे यह भी कहते हैं कि जगत के आकर्षणों के कारण भागवत चेतना का प्रकाश नहीं हो पाता (7/25) इसलिए जगत के आकर्षण और विकर्षणों से प्रभावित हुए बिना (7/27) मनुष्य को स्वयं में भागवत चेतना विकसित करने, उसका आश्रय लेने का प्रयास करना चाहिए। इस प्रकार सातवें से लेकर बारहवें अध्याय तक पुरुषार्थ के साथ भगवतकृपा को जोड़ देते हैं। चेतना के इस स्तर पर मनुष्य स्वयं को अकेला न समझकर भगवान् को अपना नित्यसंगी (Eternal Companion) जान लेता है। ध्यान देने योग्य बात यह है कि जीवन में भागवत चेतना अध्यायों के क्रमानुसार उत्तरोत्तर वर्धित होती जाती है। एकादश अध्याय में तो *गीता* स्पष्ट घोषणा कर देती है कि मनुष्य यंत्र मात्र है सर्वव्यापी संकल्प तो एक ईश्वर का ही है (11/33)।

यहाँ से मनुष्य भागवती शक्ति के समक्ष 'आत्म-समर्पण' करना प्रारंभ कर देता है। पुरुषार्थ नहीं रहता – ऐसी बात नहीं बल्कि यह इतना सहज हो जाता है कि उसमें से 'अहं' धीरे – धीरे समाप्त होता जाता है और मनुष्य को सर्वत्र कृपा की ही अनुभूति होने लगती है। अध्याय तेरह से भक्त और भगवान् के बीच अभिन्नता और अनन्यता बढ़ने लगती है और सांसारिकता का अतिक्रमण होकर एकान्तिक सुख का अनुभव (14/26-27) करने लगता है। पन्द्रहवें अध्याय से अठारहवें अध्याय तक आत्म-समर्पण का भाव गंभीर होते-होते अंत में (18/66) यह पूर्ण हो जाता है।

खेद का विषय है *गीता* के इस सही आशय को न समझ पाने के कारण हम प्रारंभ से ही 'आत्म-समर्पण' की बात करने लगते हैं। फलस्वरूप हमारा व्यक्तित्व अधकचरा ही रह जाता है, न हम पुरुषार्थ का विकास कर पाते हैं और न आत्म-समर्पण की उच्च अवस्था पर पहुँच पाते हैं।

9. *भय के धर्म से प्रेम के धर्म की ओर*

गीता को यदि तल्लीनता के साथ एक क्रम विकास के शास्त्र की दृष्टि से पढ़ा जाए तो स्पष्ट पता चलेगा कि अर्जुन एक भयभीत व्यक्ति है और भगवान् भाँति-भाँति से उसके भय को दूर करने का प्रयास कर रहे हैं। युद्ध में पाप

का भय, पराजय का भय, स्वजन वियोग, परिवार विनाश, सामाजिक पतन आदि अनेक कारणों से अर्जुन व्यथित एवम् भयभीत है। अर्जुन की ही तरह संसार में हर जीव भयभीत है तथा वह उससे मुक्ति चाहता है। यहाँ तक कि व्यक्ति भगवान् की भक्ति भी भय के कारण ही करता है और जीवन भर वह भक्ति करते हुए भी भय से मुक्त नहीं हो पाता। यही कारण है कि समाज में एक धार्मिक व्यक्ति की पहचान 'गॉड-फ़ियरिंग' व्यक्ति के रूप में कराई जाती है। गॉड-फ़ियरिंग मानसिकता से धर्म का अन्त 'गॉड-लविंग' मानसिकता में होना चाहिए। भारतीय सनातन धर्म की यही मान्यता है और इसी कारण भारत के संत, महात्मा सभी ईश्वर-प्रेम की ही बात कहते हैं।

भगवान् श्रीकृष्ण अर्जुन की ही तरह मनुष्य मात्र को भय से मुक्त कर ईश्वर प्रेमी बनाना चाहते हैं। गॉड-फ़ियरिंग व्यक्तित्व किस प्रकार गॉड-लविंग व्यक्तित्व में रूपान्तरित हो, इसकी स्पष्ट झाँकी *गीता* में दिखाई देती है। पहले अध्याय (1/30) में अर्जुन स्वयं कहता है कि भय के कारण मेरे शारीरिक अंग शिथिल हो गए हैं और गाण्डीव धनुष हाथ से गिरा जा रहा है। भगवान् कहते हैं कि युद्ध न करने से तो तू पलायनवादी कहलाएगा जो तुझ जैसे वीर योद्धा के लिए मृत्यु से भी अधिक दुखदायी है (2/34,35)। इसलिए तू कर्मयोग की वृत्ति से युक्त होकर कर्म कर जिसका स्वल्प आचरण भी तुझे महान् भय से मुक्त कर देगा (2/40)। इस प्रकार भगवान् अर्जुन में पौरुष जाग्रत करते हुए कहते हैं कि मैं तुझ जैसे साधु पुरुषों की रक्षा के लिए अवतार लेता हूँ (4/8) तथा मेरे अवतार के रहस्य को समझकर मनुष्य भय से सर्वथा मुक्त हो जाता है (4/10)। अतः तू निर्भय होकर समत्व रूप से कर्मयोग में स्थित हो जा (4/42)। हे अर्जुन! जो व्यक्ति निर्भय हो गया है समझ कि वह मुक्त ही है (5/28)। तू निर्भय होकर साधन कर (6/14) और विश्वास रख कि साधन करने वाले की कभी दुर्गति नहीं होती (6/40) और इस आत्म-विश्वास के बल पर तू द्वन्द्वरहित हो जाएगा (7/28)। तू पुनर्जन्म के भय से मुक्त होकर (8/5) अशुभ से ऊपर उठ जाएगा (9/1)। तू मुझसे प्रेम कर मैं तेरी रक्षा करूँगा (9/22)। अब साधक के जीवन में भगवान् हस्तक्षेप करने लगते हैं और बार-बार उसे रक्षा का आश्वासन देते हैं (9/30-32)। भगवान् आत्मीयता पूर्वक कहते हैं कि इस योग का आश्रय लेने से हे अर्जुन! तू समस्त पापों से छूटकर अविकम्प अर्थात् पूर्ण निर्भयता की स्थिति को प्राप्त कर लेगा (10/7)। मैं तेरे अन्दर

स्थित होकर तेरे अज्ञानान्धकार को नाश कर दूँगा (10/11)। इन आश्वासनों का परिणाम यह होता है कि वह भगवान् के विराट रूप को देखना चाहता है (11/3-4)। यह सब भगवान् के साथ आत्मीय सम्बन्ध का स्वाभाविक परिणाम है। यद्यपि प्रारम्भ में अर्जुन भगवान् के रौद्ररूप को देखकर भयभीत हो जाता है (11/20-24, 35) परन्तु अपने भक्त को भयभीत देख भगवान् उसके भय को दूर कर देते हैं (11/49) तथा उसे अपना सौम्य रूप दिखाते हैं (11/50)। जैसे-जैसे अर्जुन का भगवान् के साथ सम्बन्ध घनिष्ट होता है, भगवान् उसे सर्वथा भयमुक्त करने और अपना परमप्रिय होने का आश्वासन प्रदान करते हैं (12/13-20)।

भगवान् कहते हैं कि ईश्वरीय ज्ञान से युक्त होकर भक्त मृत्युभय से सर्वदा मुक्त हो जाता है और किसी भी स्थिति में व्यथित नहीं होता (14/2) और द्वन्द्वातीत अवस्था में उपनीत हो जाता है (15/5)। इसी कारण भगवान् "अभय" के गुण को व्यक्तित्व-विकास का प्रथम साधन मानते हैं (16/3)। अतः भय के धर्म (God Fearing Mentality) से मुक्त करते हुए प्रेम के धर्म (God Loving Mentality) की ओर ले जाना तथा अर्जुन, उद्धव, नारद, हनुमान्, परीक्षित, प्रह्लाद, आदि की तरह व्यक्तित्व को प्रेममय (Loving Personality) बना देना ही गीतोपदेश का लक्ष्य है।

10. *कुरु और भव*

उपसंहार करते हुए *गीता* के आलोक में व्यक्तित्व विकास के दर्शन को केवल दो शब्दों में रखा जा सकता है, 'कुरु' और 'भव।' 'हे अर्जुन (मानव) सबसे पहले तू कर्मयोग का आश्रय ले (कुरु कर्मैव तस्मात्त्वं 4/15) और अपनी अंतरात्मा में ऐसी अभीप्सा जाग्रत कर कि मैं भगवान् के हाथ का यंत्र बन जाऊँ।' (निमित्तमात्रं भव सव्यसाचिन - 11/33) बस इतना भर करने से मनुष्य के सम्पूर्ण व्यक्तित्व को गठित करने का सम्पूर्ण दायित्त्व भगवान् स्वयं अपने ऊपर ले लेंगे' (9/22)।

3

व्यक्तित्व विकास के परिप्रेक्ष्य में गीता के विभिन्न शब्द-युग्मों के अर्थ

भगवद्गीता की विषय विवेचन की अपनी एक शैली है। इस शैली की विशेषता यह है कि *गीता* धर्म, दर्शन, अध्यात्म, योग, भक्ति, कर्म आदि सभी प्राचीन शब्दों को ग्रहण तो कर लेती है, किन्तु उनका प्रयोग अपने निजी व्यापक अर्थों में करती है। ऐसा करने का कारण है - *गीता* का समन्वयी दृष्टिकोण। समन्वयी पद्धति के कारण शब्दों एवम् उनके अर्थों में भ्रम होना स्वाभाविक है। इसलिए *गीता* के प्रकाश में व्यक्तित्व विकास की प्रक्रिया का विशद ज्ञान प्राप्त करने के पूर्व आवश्यक है कि इसमें प्रयुक्त शब्दों को उनके सही अर्थों में समझा जाए।

1. सांख्य और योग

सांख्य और योग दो शब्द ऐसे हैं जो *भगवद्गीता* में पहले अध्याय से लेकर अन्तिम अध्याय तक बार-बार आते हैं। ये दोनों दार्शनिक शब्द हैं तथा *गीता* में इनका प्रयोग प्रसंगानुसार भिन्न-भिन्न अर्थों में किया गया है। अतः इस सम्बन्ध में स्पष्ट होना आवश्यक है। यह स्पष्टीकरण केवल दार्शनिक तथा आध्यात्मिक दृष्टि से ही नहीं वरन् उचित मनोवैज्ञानिक दृष्टि से भी किया जाना चाहिए। योग शब्द कहते ही लोगों के मन में पातंजलि योग की विचारधारा उभरती है, परन्तु *गीता* ने योग शब्द का प्रयोग आधारतः 'जीवात्मा का परमात्मा के साथ संयोग' के रूप में किया है और साधनात्मक दृष्टि से 'कर्मयोग' के लिए किया गया है, भक्ति योग जिसका अभिन्न अंग है। उसी प्रकार सांख्य शब्द का प्रयोग आधारतः 'ज्ञानयोग' के अर्थ में तथा 'सत्य को जानने की विश्लेषणपरक शैली' के लिए किया गया है। यही बात

यज्ञ, तप, संन्यास, त्याग शब्दों के सम्बन्ध में भी है। इन शब्दों की गहराई में तो पाठकों को स्वयं ही मूल श्लोकों के पठन के द्वारा ही प्रयास करना होगा, किन्तु मनोवैज्ञानिक दृष्टि से यहाँ कुछ इशारा भर किया जाना आवश्यक है। सांख्य का अर्थ है विश्लेषणात्मक पद्धति (Analytical Approach) तथा योग से तात्पर्य है संश्लेषणात्मक पद्धति (Synthetic Approach)। *गीता* का कहना है कि दोनों पद्धतियाँ एक ही लक्ष्य की ओर अंगुलि निर्देश करती हैं। साधक का लक्ष्य है 'अहम्' से छुटकारा जो सत्य की प्राप्ति में बाधक है। अहं दो प्रकार का होता है - एक मिथ्या अहम् तथा दूसरा है सच्चा अहम्। देह, प्राण, इन्द्रिय, मन युक्त अहम् सच्चा अहम् नहीं है, यह मिथ्या अहम् है। सच्चा अहम् इन सबके त्याग देने से प्राप्त होता है, और सच्चा अहम् है - मैं भगवान् का सनातन अंश हूँ और मेरा स्वरूप अजर-अमर आत्मा है। 'सांख्य' मिथ्या अहम् के त्याग की पद्धति है तथा 'योग' है सच्चे अहम् की अनुभूति। अंतिम परिणाम दोनों का एक ही है - जीव का ईश्वर के साथ मिलन (Union of Soul with Divine)। इस अनुभूति में ही व्यक्तित्व की पूर्णता है। इसे एक व्यावहारिक उदाहरण द्वारा और भी अधिक सरल तथा स्पष्ट किया जा सकता है।

किसी विद्यार्थी ने शान्ति निकेतन में गुरुदेव रवीन्द्रनाथ ठाकुर से अपनी डायरी में उनका सन्देश माँगा। डायरी गुरुदेव के व्यक्तिगत सहायक की मेज़ पर रख दी गई। सद्भावना से सहायक महोदय ने एक वाक्य लिखकर गुरुदेव के पास भेज दिया। सहायक ने वाक्य लिखा था - "Know Thyself" (स्वयं को जानो) जब डायरी गुरुदेव के पास पहुँची तो उन्होंने उस वाक्य को काट दिया तथा एक दूसरा वाक्य लिखकर अपने हस्ताक्षर कर दिए। दूसरा लिखा हुआ वाक्य था - "Forget Thyself" (स्वयं को भूल जाओ)। यह बड़ा ही ज्ञानवर्धक संस्मरण है। स्वयं को जानने का अर्थ है अपने "सच्चे स्व" को जानो तथा स्वयं को भूल जाने का अर्थ है - अपने "आभासी स्व" को भूल जाओ। पद्धति भिन्न-भिन्न होते हुए भी प्राप्ति एक ही है। इसी कारण तो *गीता* में कहा गया है, "सांख्य और योग दो भिन्न वस्तुएँ हैं ऐसा बचकाने लोग कहते हैं, ज्ञानवान नहीं। दोनों में से किसी एक में भी सम्यक् स्थिति हो जाने पर दोनों का फल प्राप्त हो जाता है (5/4)।

इससम्बन्ध में एक दिलचस्प बात है कि *विष्णुसहस्रनाम* में भगवान् का एक नाम है - "कुण्डली" जिसका भाष्य करते हुए शंकराचार्य ने लिखा है -

'ऐसे भगवान् जो अपने कानों में सांख्य और योग के दो कुण्डल पहने हुए हैं। कानों के कुण्डल दो होते हुए भी एक समान ही होते हैं।'

2. श्रद्धा और बुद्धि

भगवद्गीता में आद्योपान्त श्रद्धा और बुद्धि को महत्त्व दिया गया है। अंग्रेज़ी में इन्हें फ़ेथ ऐंड रीजन (Faith And Reason) कहते हैं। समान्यतः इन दोनों को परस्पर विरोधी माना जाता है। शिक्षित समुदाय में भी इन दोनों घटकों केसम्बन्ध में भ्रम की स्थिति है। इसका प्रमुख कारण पाश्चात्य प्रभाव है। पाश्चात्य समाज में श्रद्धा और बुद्धि को परस्पर विरोधी माना गया है। वहाँ फ़ेथ को बिलीफ़ या किसी सिद्धान्त में बिना सोचे विचारे विश्वास कर लेना माना जाता रहा है; जबकि आधुनिक विज्ञान तर्क पर आधारित है। अतः कोरे विश्वास एवं तर्क या बुद्धि में विरोध होना स्वाभाविक ही है। हमारे देश की शिक्षा भी आज़ादी के पूर्व से लेकर आज तक पाश्चात्य सोच से प्रभावित रही है। अतः शिक्षा जगत भी श्रद्धा और बुद्धि के बीच दरार पैदा करने में एक बड़ा कारण रहा है।

परन्तु भारतीय धर्म और दर्शन में श्रद्धा और बुद्धि को कभी भी परस्पर विरोधी नहीं माना गया है। धर्म के क्षेत्र में बुद्धि के और विज्ञान के क्षेत्र में श्रद्धा के महत्व को पर्याप्त रूप से स्वीकारा गया है। *गीता* में कहा गया है – "श्रद्धावानूलभते ज्ञानं" अर्थात् श्रद्धावान मनुष्य ज्ञान को प्राप्त करता है (4/39) और साथ ही यह भी कहा गया है – "बुद्धौ शरणमन्विच्छ" अर्थात् "बुद्धि का ही आश्रय ग्रहण कर" (2/49)। इन दोनों वक्तव्यों में श्रद्धा और बुद्धि के बीच किंचित् भी विरोध प्रतीत नहीं होता।

श्रद्धा और बुद्धि परस्पर विरोधी नहीं है। किसी भी ज्ञानानुसन्धान के पूर्व चाहे वह वैज्ञानिक हो या आध्यात्मिक, प्रारम्भिक श्रद्धा तो रखनी ही होगी। हाँ, इस श्रद्धा को सुदृढ़ करने तथा जीवन में उसे धारण करने में बौद्धिक चिन्तन का खुलकर प्रयोग किया जाना चाहिए (सत्य बुद्धि अवधारणम्)। तर्क पूर्वक बुद्धि के प्रयोग के उपरान्त मनुष्य में यदि श्रद्धा का प्रादुर्भाव नहीं होता तो वह तर्क का दुरुपयोग है और अंत में व्यक्ति सर्वत्र नकारात्मक सोच (Cynical Attitude) वाला हो जाता है, जिसे कहीं भी सकारात्मकता या सार्थकता दिखलाई नहीं देती। यदि ऐसा होता है तो उस व्यक्ति का व्यक्तित्व विपथगामी (Perverted) समझा जाना चाहिए।

भारतीय सनातन धर्म के हर धर्माचार्य ने जहाँ एक ओर श्रद्धा का अवलंबन किया है वहीं उच्च कोटि के बौद्धिक चिन्तन का भी परिचय दिया है। उसी प्रकार हर पाश्चात्य वैज्ञानिक ने अनुसंधान कार्य में बुद्धि का प्रयोग किया है परंतु अनुसंधान में संलग्न होने के पूर्व अपार श्रद्धा का परिचय दिया है। मैडम क्यूरी के अथक परिश्रम के पीछे अनुसंधान की अर्थवत्ता की कितनी प्रचण्ड श्रद्धा या आस्था रही होगी – इसका अनुमान लगाया जा सकता है।

हाँ, यह अवश्य है कि *गीता* में जिस बुद्धि की प्रशंसा की गई है वह प्रदीप्तबुद्धि (Enlightened Intelligence) है और जिस श्रद्धा की अपेक्षा की गई है वह सुनिश्चितता से युक्त सत्य की पकड़ (Ascertained Grasp Of Truth) है। *भगवद्गीता* में व्यक्तित्व के विकास में न केवल श्रद्धायुक्त बुद्धि की आवश्यकता पर बल दिया गया है अपितु धृति या संकल्प (will power) को भी उसका अभिन्न अंग माना गया है। श्रद्धा का अर्थ है – शास्त्रों के सत्यों में आस्था के साथ ही साथ उन्हें निजी जीवन में संसिद्ध कर सकने की स्वयं की क्षमता में विश्वास और उनके प्रयोग का दृढ़संकल्प। इस प्रकार हम देखते हैं कि श्रद्धा-बुद्धि और धृति से युक्त व्यक्तित्व (Personality Endowed with Faith-Enlightened Intelligence and Will to Become) न केवल आध्यात्मिक जीवन की अपितु वैज्ञानिक एवं सामाजिक जीवन की भी माँग है।

एक आदर्श मानव व्यक्तित्व में इन दोनों का समन्वय होना ही चाहिए। दोनों के बीच द्वन्द्व का कारण हमारी अधकचरी सोच है। अधकचरे शिक्षित व्यक्ति की सोच होती है कि पशु में बुद्धि या तर्कशक्ति नहीं होती और मनुष्य को प्रकृति की ओर से तर्कशक्ति का उपहार दिया गया है। इस कारण वह स्वयं को पशु से श्रेष्ठ मानकर अभिमान करने लगता है और श्रद्धा शब्द पर चिन्तन करना भी आवश्यक नहीं समझता। वह यह भूल जाता है कि पशु जिस प्रकार विचार नहीं कर सकता उसी प्रकार वह श्रद्धा भी नहीं रख सकता। पशु में बुद्धि और श्रद्धा दोनों का अभाव है और मनुष्य को प्रकृति की ओर से ये दोनों उपहार स्वरूप प्राप्त हुए हैं जिनके अवलंबन से वह अपने व्यक्तित्व का गठन पूर्णता के साथ कर सकता है।

3. बुद्धियोग और बुद्धिवाद

गीता में बुद्धियोग को बहुत महत्त्व दिया गया है। 'बुद्धियोगाद्धनंजय', 'बुद्धौशरणमन्विच्छ' (2/49), 'ददामिबुद्धियोगम्' (10/10), 'बुद्धियोगमुपाश्रित्य' (18/57) आदि *गीता* के शब्दों से स्पष्ट है। इस कारण भ्रमित होकर कुछ लोग बुद्धियोग और आधुनिक बुद्धिवाद को एक ही चीज़ मानने लगते हैं; परन्तु *गीता* के बुद्धियोग और आज के बुद्धिवाद में इतना ही अन्तर है जितना प्रकाश और अन्धकार में। गीतोक्त बुद्धियोग का तात्पर्य है भगवद्-प्रदत्त सत्य का ज्ञान, तथा समत्व बुद्धिरूप निष्काम कर्म जबकि आधुनिक बुद्धिवाद का अर्थ है सर्वत्र सन्देह बुद्धि (Total Cynicism)। गीतोक्त बुद्धियोग ऋषि-मुनि अनूभूत सत्य दर्शनयुक्त आत्मा, परमात्मा, परलोक, पुनर्जन्म, पाप-पुण्य, शास्त्र और सदाचार में पूर्ण आस्था पर आधारित है जबकि आधुनिक बुद्धिवाद है - मात्र इन्द्रियग्राह्य अनुभव के आधार पर जड़वादी तथा धर्मनिरपेक्षतावादी सोच के अनुसार क्षणिक सुख प्राप्ति में रत बुद्धि। *गीता* का बुद्धियोग सर्वशक्तिमान ईश्वर में विश्वास करता है तथा शास्त्र सम्मत नैतिक आचरण की प्रेरणा देता है जबकि आधुनिक बुद्धिवाद ईश्वर के अस्तित्व में सन्देह-युक्त है तथा उसका हर कार्य विषय सुख की वासना से प्रेरित है। *गीता* का बुद्धियोग पूर्व जन्मों के प्रारब्ध के अनुसार प्राप्त सुविधा सामग्री अनासक्त भाव से स्वयं के उपयोग में लाने के साथ-साथ विश्व रूप भगवान् की सेवा में अर्पित करने की शिक्षा देता है जबकि आधुनिक बुद्धिवाद, भोगबुद्धि से सांसारिक वस्तुओं के संग्रह करने तथा जगत का यथा शक्ति शोषण करने की दक्षता का प्रसार करता है। कामनाओं की उत्तरोत्तर वृद्धि करने तथा उनके और-और साधन जुटाने में लगे रहना ही आधुनिक बुद्धिवाद है जबकि कामनाओं का सम्पूर्ण त्याग करते हुए सरल जीवन बिताते हुए भगवान् की प्राप्ति हेतु समर्पित रहना *गीता* के बुद्धियोग का परिणाम है। संक्षिप्त में आधुनिक बुद्धिवाद भोगवाद का जन्मदाता है जबकि बुद्धियोग का सहज परिणाम है आत्मवाद या ईश्वरवाद।

4. कर्मयोग और कर्मवाद

कर्म ही मानव समाज की उन्नति का मूल है और उसी से जगत का दुख दूर हो सकता है। अतः सभी को सुखी करने के लिए, कुछ लोग विज्ञान, साहित्य आदि की उन्नति के लिए ही, आलस्य छोड़कर दुख-कष्ट की चिन्ता न करते

हुए उल्लास पूर्वक कर्म करते रहना ही मनुष्य का कर्तव्य है ऐसा मानते हैं। इस उद्देश्य से कर्म करने वालों के अनेक विभेद एवम् विभाग हैं। कोई पूँजीवाद को ही सर्वस्व मानता है, तो कोई समाजवाद को, तो कोई साम्यवाद को, तो कोई राष्ट्रवाद को, तो कोई परोपकारवाद को, तो कोई मानवतावाद को। ये सब वादों के दीवाने ईश्वर और धर्म को अनावश्यक मानते हैं और सामाजिक पतन का कारण भी मानते हैं। ये लोग इसी को *गीता* का कर्मयोग मानकर प्रचार करते हैं। वस्तुतः यह गीता का कर्मयोग नहीं है। यह आधुनिक बुद्धिवाद है जिसके कारण समाज में सर्वत्र उथल-पुथल और अशांति व्याप्त है।

दूसरी ओर, गीतोक्त कर्मयोग कर्म के बाह्य स्वरूप को उतना महत्व न देते हुए भाव पर बल देता है। स्वधर्मपालन और "सर्वभूतहितेरताः" की भावना *गीता* प्रतिपादित कर्मयोग के दो प्रधान लक्षण हैं। कर्म का स्वरूप बाहर से भिन्न-भिन्न होते हुए भी यदि उसमें ज्ञान, भक्ति और समता है तो वह कर्मयोग की श्रेणी में आता है। *गीता* के कर्मयोग का पूर्ण दार्शनिक स्वरूप इस प्रकार है – "जिससे समस्त भूतों की उत्पत्ति हुई है और जो स्वयं विश्वरूप से प्रकट है, उस परमेश्वर की अपने स्वाभाविक कर्मों द्वारा पूजा करके मनुष्य परम सिद्धि को प्राप्त होता है" (18/46)।

गीता का कर्मयोग है स्वधर्माचरणरूप कर्तव्य जिसमें ज्ञान और भक्ति भी शामिल हैं। केवल जप-तप, पूजा-पाठ ही नहीं। इस अर्थ में सम्पूर्ण जीवन ही योग है। हाँ, स्वधर्म पालनरूप कर्म में अधिकार केवल कर्म करने का ही है। भगवान् ने उसकी फल प्राप्ति में सम रहने को ही कर्मयोग बतलाया है (2/47)। यदि फलासक्ति रही तो वह कर्मयोग न होकर कर्मभोग का रूप धारण कर लेगा। आज के कर्मवाद में, कर्मफल में आसक्ति के कारण सतत आसुरिकता बढ़ती जा रही है और ऊपर से सभी को सुखी करने के दावे भी किए जा रहे हैं। अतः ईश्वररहित तथा कामनायुक्त कर्मवाद गीतोक्त कर्मयोग कदापि नहीं है। कितना स्पष्ट स्वरूप है कर्मयोग का – "अर्जुन! तू मुझ में कर्म अर्पण करते हुए, मुझमें संलग्न चित्त होकर आशा और ममता से रहित होकर संताप से मुक्त होकर युद्ध कर" (3/30)।

इस प्रकार कर्मयोग के सम्पादन हेतु *गीता* तमोगुण और रजोगुण को जीतकर सत्वगुण विकसित करने पर निरन्तर बल देती है ताकि ईश्वर में

विश्वास, फल के प्रति अनासक्ति, ज्ञान का उदय और भक्ति का प्रादुर्भाव हो सके। कहाँ तो आज का तम-रज प्रधान कर्मवाद और कहाँ सत्वगुण आधारित तथा त्रिगुणातीत कर्मयोग? दोनों में आकाश-पाताल का अन्तर है। तमोगुण और रजोगुण हमें इन्द्रियों का गुलाम बनाता है, जबकि सत्वगुण में विकसित होकर इन्द्रियाँ हमारी गुलाम हो जाती हैं। इसी कारण *गीता* में सर्वत्र इन्द्रिय संयम हेतु विषयभोगों की क्षणभंगुरता पर सतत बल दिया गया है।

अंतःकरण शुद्ध हुए बिना भगवद्ज्ञान की प्राप्ति नहीं हो सकती और बिना भगवद्ज्ञान के कर्मयोग हो ही नहीं सकता। *गीता* की शिक्षा अनधिकारी के लिए नहीं है। अनधिकार से ही *गीता* की शिक्षा का दुरुपयोग होता है, परन्तु यह भी ध्यान में रखना होगा कि अधिकार भी *गीता* के श्रद्धा पूर्वक स्वाध्याय से तथा उसके अनुसार जीवन बिताने से ही होगा। इस प्रकार गीतोक्त कर्मयोग ईश्वरोन्मुखी है, जबकि आधुनिक कर्मवाद भोगोन्मुखी है। यही दोनों में सबसे बड़ा अन्तर है।

अतः मनुष्य को सर्वप्रथम जीवन में सत्वगुण की वृद्धि करनी चाहिए जिससे वह ईश्वरोन्मुखी हो सके। सत्वगुण का विकास, अन्तःकरण की शुद्धि, विषयवासना का परित्याग, समता में स्थिति, बोध का उदय, भगवत्प्रेम का प्रादुर्भाव, विश्वरूप भगवान् की सेवा तथा उस हेतु सभी सापेक्षिक धर्मों का त्याग एवं भगवान् की पूर्ण शरणागति यही व्यक्तित्व विकास की प्रगतिशील प्रक्रिया है। इसके लिए निरन्तर भगवान् का चिन्तन करते हुए, भगवद्ज्ञान से युक्त होकर स्वधर्म आचरण करें और उसमें अपने मन और बुद्धि को अर्पित कर दें (8/7)।

5. कर्मबंधन और कर्म से मुक्ति

भारतीय दर्शन में कर्म को आत्मा का बन्धन माना गया है। भारतीय मूल के सभी मतों और पंथों में तथा सभी साधना पद्धतियों का अंतिम लक्ष्य कर्म के बन्धन से छुटकारा है। शास्त्र, आप्तवाक्य, अनुभव और अनुमान सभी प्रमाणों से यह सत्य और स्वीकार्य है। यहाँ पर भी *गीता* ने कर्मबन्धन के स्वरूप तथा मुक्ति के उपाय पर अपनी एक नूतन धारणा प्रस्तुत की है। *गीता* दृढ़ता के साथ कहती है कि कर्म बन्धन नहीं अपितु फलासक्ति और कर्तृत्वाभिमान बन्धन के कारण हैं तथा उसी न्याय से कर्म का बाह्य

त्याग आत्मा की मुक्ति के लिए न तो अनिवार्य है और न संभव। मुक्ति के साधन हैं - कामना और अहम् का त्याग।

अब दूसरा प्रश्न पैदा होता है कि क्या अहम् और कामना के बिना कर्म हो सकता है। *गीता* का उत्तर है हाँ, कामना रहित होकर कर्म किया जा सकता है। कामना रहित होने की साधन प्रक्रिया के तीन स्तर हैं - आत्मकाम, आप्तकाम और निष्काम। निष्काम होने के पहले चरण में हमें अपने अन्दर आत्मकाम होना होगा। आत्मकाम होने का अर्थ है अपने भीतर आत्मज्ञान प्राप्त करने की इतनी तीव्र इच्छा उत्पन्न करना कि अन्य कामनाएँ इसके समक्ष तुच्छ हो जाएँ। आत्मकामना से युक्त होकर कर्म करते-करते हमें आत्मानुभूति हो जाएगी और हम आप्तकाम हो सकेंगे। आप्तकाम का अर्थ वह अवस्था है जब आत्मा का ज्ञान प्राप्त होने पर साधक कृतकृत्य हो जाता है। इस प्रकार आत्मकाम होना प्रक्रिया है जबकि आप्तकाम होना अवस्था है। आप्तकाम होते ही हम ईश्वर के हाथ का यंत्र बन जाते हैं, ईश्वर के कार्यों के निमित्त बन जाते हैं और हमारे कर्म दिव्यकर्म में परिवर्तित हो जाते हैं। यही निष्कामता है। निष्काम होते ही कर्म का बन्धन समाप्त हो जाएगा और आत्मा मुक्त हो जाएगी। *गीता* का अभिनव और सुदृढ़ सिद्धान्त यह है कि निष्काम होने के लिए कर्म का त्याग न संभव है और न आवश्यक। कर्म के न करने से निष्कामता प्राप्त नहीं होती अपितु यज्ञभाव से कर्म करने से प्राप्त होती है। *ईशोपनिषद* में भी यही सिद्धान्त प्रतिपादित किया गया है। उपनिषद् के शब्द इस प्रकार हैं - "अखिल ब्रह्माण्ड में जड़ और चेतन जो कुछ भी है यह समस्त ईश्वर से व्याप्त है। उसे ईश्वर का प्रसाद मानकर उससे अपना पोषण करते रहो, उसमें आसक्त मत होओ। इस प्रकार अनासक्त होकर ईश्वर प्रीत्यर्थ कर्म करते हुए सौ वर्ष तक जीने की इच्छा करो। कर्मबन्धन से मुक्त होने का अन्य कोई मार्ग नहीं है।"

प्रश्न यह है कि जो कर्म आत्मा के बन्धन का कारण है, वही कर्म मुक्ति का साधन कैसे हो सकता है? इसके उत्तर में ही *गीता* की विशेषता है। हम जानते हैं दूध का सेवन कभी-कभी व्यक्ति को आरोग्यदायक नहीं होता बल्कि रोग का कारण बन जाता है। ऐसी स्थिति में वैद्य दूध को दही बनाकर रोगी को देते हैं और उससे रोगी ठीक हो जाता है। यही बात कर्म के सम्बन्ध में भी है। शंकराचार्य अपने *गीता* भाष्य में कहते हैं कि स्वभाव से ही बन्धनकारी कर्म समत्व-बुद्धि के प्रभाव से अपने स्वभाव को छोड़कर

बन्धनकारी नहीं रहते। यही कर्मों में कुशलता है। कर्मों में निष्कामता ले आना ही कर्मकौशल है (2/50)। इसके लिए हमें सबसे पहले अपने अंदर अपनी आत्मा को प्राप्त करना होगा, उसी में स्थित रहना होगा। परन्तु समस्या यह है कि जैसे ही व्यक्ति से उच्च आध्यात्मिक स्थिति को प्राप्त करने के लिए कहा जाता है वैसे ही वह कर्म का त्याग कर एकान्तवास करने को उद्यत हो जाता है। *गीता* कहती है कि आत्म-तत्त्व में स्थिति कर्म से नहीं होगी, अकर्म से भी नहीं होगी। यह होगी-निष्काम कर्म से। अतः साधक को कर्म या अकर्म इन दोनों में से किसी एक का चयन नहीं करना है। *गीता* के अनुसार यह साधक की पसन्द या नापसन्द का प्रश्न नहीं है, जो अनिवार्य है वह है निष्काम कर्म, जो आत्मतत्त्व में स्थित होने के पूर्व उसके साधन के रूप में और उसके उपरान्त भी आवश्यक है। लोक-संग्रह के लिए अनासक्त होकर ही उस परमसत्य को पाया जा सकता है (3/19)।

गीता का अनासक्त कर्म का सिद्धान्त यज्ञ सम्बन्धी भावना पर आश्रित है। यज्ञ का सिद्धान्त इस सत्य पर आश्रित है कि यह संसार ईश्वर का है और ईश्वर का ही इस पर अधिकार है। सम्पूर्ण जीवन और जगत उसी का अर्चनालय है, जहाँ स्वतंत्र अहंकार की तुष्टि और पुष्टि एक अशुद्ध और अपरिमार्जित जीवन है। जीवन का परमोद्देश्य तो, भगवान् की प्राप्ति, अनन्त देवेश की पूजा और खोज है तथा उसका साधन वह यज्ञ है जिसकी परिपूर्णता पूर्ण आत्मज्ञान पर प्रतिष्ठित पूर्ण आत्मदान में होती है।

यज्ञमय संसार में अहंकार और कामना से विमूढ़ व्यक्ति चोर और लुटेरे के समान है जो सब कुछ लेना ही चाहता है, देना कुछ नहीं चाहता। वह इस बात को भूल गया है कि यज्ञ के अतिरिक्त किया जाने वाला कर्म ही बन्धन का कारण है। इस बन्धन से छूटने का उपाय, निम्न प्रकृति की क्रियाओं को अपने अधीन करके, कामना के प्रभुत्व को घटाकर, अहंकारमय जीवन को त्यागकर किसी महत्तर उद्देश्य के लिए स्वयं को न्यौछावर करना है। ऐसे यज्ञमय जीवन का परिणाम होता है, आत्मोत्सर्ग और आत्म-प्रभुत्व के रूप में प्राप्त दिव्यानन्द का आस्वादान।

कर्मयोग का तात्पर्य है - कर्म, अकर्म और विकर्म के भेद को समझकर अकर्म और विकर्म का त्याग तथा कर्म को ईश्वर समर्पित बुद्धि से करना। कर्म का अर्थ है देश, काल और पात्र के अनुसार अपने कर्तव्यों को करना;

अकर्म का तात्पर्य है प्रमाद, आलस्य और निद्रा की प्रचुरता तथा उत्साह का अभाव; विकर्म का अर्थ है शास्त्र विरोधी, समाज निन्दित, अशुभ एवं विपरीत कर्म; इसी प्रकार कर्मयोग का तात्पर्य है विकर्म और अकर्म से बचना तथा कर्मों को भगवत्समर्पित बुद्धि से करना। कर्म करते हुए इस भावना को मन में मज़बूत करो, कर्म का कर्तापन तथा भोक्तापन हम भगवान् को सौंप रहे हैं और हम उनके हाथों के यंत्र मात्र हैं। इस भावना से प्रेरित होकर व्यावहारिक जीवन व्यतीत करते हुए भी मनुष्य अपने व्यक्तित्व का विकास करते हुए ईश्वर की प्राप्ति कर सकता है।

6. प्रवृत्ति और निवृत्ति

प्रवृत्ति और निवृत्ति भारतीय दर्शन और अध्यात्म के दो महत्त्वपूर्ण शब्द हैं। प्रवृत्ति का सामान्य अर्थ है कर्ममय जीवन तथा निवृत्ति का अर्थ है कर्म का त्याग। गृहस्थ आश्रम को प्रवृत्ति का जीवन माना जाता है और संन्यास आश्रम निवृत्ति परायण माना जाता है; परन्तु *गीता* इन दोनों शब्दों की एक नूतन व्याख्या प्रस्तुत करती है। *गीता* के अठारहवें अध्याय में अर्जुन के प्रश्न (18/1) से यह व्याख्या शुरू होती है। प्रायः ऐसा माना जाता है कि गृहस्थ होने के नाते व्यक्ति को स्वार्थमय कर्म करने ही पड़ते हैं इसलिए प्रवृत्ति और कर्म, स्वार्थी जीवन के पर्यायवाची बन गए हैं। दूसरी ओर संन्यास आश्रम में कर्म का त्याग किया जाता है इसलिए संन्यास को कर्महीन जीवन का पर्यायवाची मान लिया गया है।

गीता ने निष्काम कर्म की अवधारणा प्रस्तुत कर इनकी परिभाषा ही बदल दी है। *गीता* का कहना है कि मनुष्य बिना कर्म किए एक क्षण भर के लिए भी नहीं रह सकता (3/5)। अतः गृहस्थ और संन्यासी से प्रवृत्ति और निवृत्ति को जैसा समझा जाता है वैसा सम्बन्ध नहीं है। कर्म जब अनिवार्य ही है तो उसे दो प्रकार की चेतनाओं के साथ किया जा सकता है। निस्वार्थ या निष्काम चेतना के साथ अथवा स्वार्थमयी या सकाम चेतना से युक्त होकर। *गीता* की इस मान्यता से एक गृहस्थ व्यक्ति का और संन्यासी का रूप ही बदल गया। एक गृहस्थ भी निष्काम हो सकता है और एक संन्यासी भी निष्क्रिय न होकर कर्मठ हो सकता है। दोनों का बाह्य रूप भिन्न होते हुए भी चेतना दोनों में आत्म त्याग की हो सकती है। गृहस्थ होना या संन्यासी होना रुचि और अधिकार के अनुसार होगा, परन्तु कर्म का लोप अनिवार्य

नहीं है। दोनों अपने-अपने क्षेत्र में महान् हैं और दोनों की ही आवश्यकता भी है। इस आन्तरिक स्थिति को *गीता* ने सम्पत्ति (Fulfilment) कहा है। इसके बिना जीवन एक बोझ (Burden) और मनहूसियत (Boredom) ही है।

7. साधना और लोक-संग्रह

साधना शब्द न केवल आध्यात्मिक जीवन के लिए अपितु ज्ञान के हर संकाय के लिए एक अनिवार्य शर्त है। अध्यात्म साधना में इसे तप भी कहा गया है। हाँ, आधुनिक युग में साधना या तप जैसे आध्यात्मिक मूल्यों को महत्त्व नहीं दिया जा रहा है। साधना या तप के स्थान पर येन-केन-प्रकारेण सफलता को ही स्थान दिया गया है। आधुनिक सभ्यता का लक्ष्य किसी भी प्रकार से जीवन में सफलता प्राप्त करना ही है न कि सार्थक जीवन जीकर स्वयं को व समाज को धन्य करना। साधना के अभाव में व्यक्तित्व और कृतित्व पूरी तरह खोखला हो गया है। इस खोखलेपन को दूर करने के लिए *गीता* में लोक-संग्रह की अवधारणा प्रस्तुत की गई है। *गीता* में अध्याय तीन के सात श्लोक (3/20–26) विरल श्लोक हैं। इसमें कर्मठ जीवन, लोक-संग्रह की साधना तथा श्रेष्ठ पुरुषों के आचरण की महिमा गाई गई है। *गीता* का "लोक-संग्रह" शब्द साधना और सिद्धि की बड़ी खाई को पाटने वाला महत्त्वपूर्ण शब्द है। *गीता* से पूर्व आध्यात्मिक जीवन प्रणाली में "एकान्तिक साधना" को बहुत मान्य किया गया है। इस मान्यता के कारण आध्यात्मिकता एकांगी हो गई थी। सामाजिक जीवन से हटकर या विरक्त होकर साधना करना आध्यात्मिकता का पर्यायवाची बन गया है। एकान्तिक साधना को *गीता* भी पर्याप्त महत्त्व देती है; परन्तु उसका बल पूरी तरह सामूहिक साधना पर है। समाज के बीच रहकर ही साधना करने को *गीता* ने "लोक-संग्रह" का नाम दिया है। "लोक-संग्रह" शब्द में साधना और सिद्धि दोनों का भाव समाया हुआ है। *गीता* के अनुसार साधक का जीवन और सिद्ध का जीवन दोनों साथ-साथ चलना चाहिए। एक साधक के रूप में हम ऐसा आदर्श जीवन जीने की साधना करें, जो अन्यों के लिए एक उदाहरण बनकर सामने आए। "लोक-संग्रह" के आदर्श के अभाव में सामाजिक जीवन एक ऐसे अरण्य के समान है जहाँ मानव आकार में वन्य पशु ही रहते हैं। यह कर्मयोग की साधना द्वारा ही संभव है। यही कारण है कि हमारा स्वतंत्रता आन्दोलन श्री अरविन्द, गोखले, तिलक, गांधीजी, बिनोवाजी आदि कर्मवीरों और

कर्मयोगियों से भरा हुआ है।

आजकल मानवता की सहायता की बात बहुत की जाती है और उसके लिए "आर्थिक विकास" के अतिरिक्त हमारे पास कोई दूसरी चर्चा ही नहीं हैं परन्तु वास्तविक मानव कल्याण जीवन में उत्कृष्ट उदाहरणों से ही हुआ करता है, आर्थिक विकास से नहीं। जीवन में सद्गुण आध्यात्मिक विकास के उपफल हैं। इस सम्बन्ध में वैज्ञानिक आइन्स्टीन के ये उद्गार हमारे लिए प्रेरक सिद्ध हो सकते हैं, "मेरी सुनिश्चित मान्यता है कि विश्व की कितनी ही सम्पत्ति चाहे यह लक्ष्य के प्रति कितने ही समर्पित कार्यकर्ताओं के हाथों में क्यों न हो, मानवता की सहायता नहीं कर सकती है। मात्र विशुद्ध व्यक्तियों के उदाहरण ही हमें उदात्त विचारों और कार्यों के प्रति उत्प्रेरित कर सकते हैं। धन केवल स्वार्थपरता और बर्बरता को ही आमंत्रित करता है। क्या कोई मूसा, ईसा या गांधी की कल्पना धन के बोरों से लदे हुए व्यक्ति के रूप में कर सकता है?"

भागवान् श्रीकृष्ण *गीता* के चतुर्थ अध्याय में *गीता* ज्ञान की परम्परा बतलाते हुए कहते हैं, "परम्परा से प्राप्त यह योग काल-क्रम से लुप्त हो गया" (4/2)। आचार्य शंकर ने इस श्लोक का भाष्य करते हुए कहा है, "यह योग दुर्बल और अजितेन्द्रिय व्यक्तियों के हाथों में चले जाने से नष्ट हो गया है।" अलबर्ट आइन्स्टीन के कहने का भी तात्पर्य यही है कि जीवन मूल्यों की स्थापना सामाजिक अभियांत्रिकी के द्वारा नहीं की जा सकती। यह श्रेष्ठ पुरुषों के आचरण द्वारा ही संभव है (3/21)। *गीता* के आलोक में व्यक्तित्व विकास का लक्ष्य यही है।

8. इहलौकिकता और पारलौकिकता

भारतीय धर्म दर्शन पर कभी-कभी यह आरोप लगाया जाता है कि यह एक परलोकवादी विचारधारा है। इसमें इतना सत्य तो अवश्य है कि पारलौकिक अनुभूति के बिना इस जगत की अनुभूति और मीमांसा अपूर्ण रहती है; परन्तु भारतीय संस्कृति में इहलौकिक जीवन की उपेक्षा नहीं की गई है। भारतीय धर्म और दर्शन तो सदा से यह मानता रहा है कि स्वर्गलोक के सुख भी संसार के सुखों की तरह ही क्षणभंगुर और अस्थायी हैं। हाँ, भारतीय संस्कृति आध्यात्मिक जीवन को ही सर्वोच्च स्थान देती है, इन्द्रिय-परायण जीवन को नहीं। बीच के काल में निश्चय ही आत्मानुभूति को ही वरीयता दी गई और इस कारण इहलौकिक जीवन का तिरस्कार किया गया; परन्तु यह सामाजिक

प्रवृत्ति है, सनातन नहीं। भारतीय आध्यात्मिकता ने भौतिक जीवन का कभी भी तिरस्कार नहीं किया। निश्चय ही हमारा लक्ष्य आत्मज्ञान से परिपूर्ण जीवन रहा है। *गीता* ने तो अर्जुन को आह्वान दिया है, "यदि तू इस युद्ध में मर जाता है तो स्वर्ग को प्राप्त होगा और यदि विजयी होता है तो सम्पूर्ण पृथ्वी का भोग करेगा" (2/37)। *गीता* के एकादश अध्याय में दिया हुआ भगवान् का आह्वान तो रोमांचित कर देने वाला है। भगवान् कहते हैं, "इसलिए तू उठ! और शत्रुओं को जीतकर यश प्राप्त कर" (11/33)। आध्यात्मिक जीवन को सर्वोपरि उपलब्धि के रूप में स्वीकार करते हुए भी उसे यहीं इस लोक में ही संसिद्ध करने पर बल दिया गया है (5/19)। *गीता* के आठवें अध्याय में मरणोपरान्त जीवात्मा की यात्रा का विवरण विस्तार के साथ किया गया है। प्रारम्भ में पढ़कर ऐसा लगने लगता है कि *गीता* पारलौकिक ज्ञान प्राप्त करने का संकेत दे रही है, परन्तु उपसंहार करते हुए कह दिया गया है, "हे अर्जुन! इन विभिन्न यात्रा मार्गों से तुझे चिंतित होने की कोई आवश्यकता नहीं; तू तो योग युक्त होने की चेष्टा कर" (8/27)। *गीता* के पन्द्रहवें अध्याय में जहाँ पर वैराग्य का उपदेश देकर संसार की आसक्ति को समूल रूप से नष्ट करने की बात कही गई है (15/3) वहीं भगवान् इस जगत में ही भागवत सान्निध्य प्राप्त करने पर बल देते हैं। *गीता* के अनुसार आत्मानुभूति के पूर्व जगत अवश्य ही जेल खाना या जंजाल प्रतीत होता है; परन्तु ईश्वर साक्षात्कार होने पर वही जगत खेल का मैदान बन जाता है। जो कभी कुरुक्षेत्र था वही और धर्मक्षेत्र बन जाता है। *गीता* में न तो पारलौकिक जीवन की उपेक्षा की गई है और न जागतिक जीवन का तिरस्कार किया गया है। *गीता* जिस उद्देश्य को सामने रखती है वह यह है – "जगत को भागवत उपस्थिति से भरना ही जीवन का सार है (वासुदेवः सर्वमिति) और सांसारिक वासना को वासुदेव में रूपान्तरित करना ही उसका मार्ग है" (7/19)।

9. *मानव प्रेम और ईश्वर प्रेम*

गीता में सर्वत्र प्रेम की महिमा गाई गई है; परन्तु हमें यह स्पष्ट होना चाहिए कि न केवल *गीता* में वरन् सभी धर्मों के आदर्श सन्तों और महात्माओं ने जिस प्रेम की महिमा का गान किया है वह दिव्य प्रेम (Divine Love) है मानव प्रेम (Human Love) नहीं। साधारणतः समाज में प्रचलित जिसे हम प्रेम की संज्ञा देते हैं, वह भौतिक आसक्ति है। आज का बुद्धिवाद जिस मानव प्रेम

को ईश्वर प्रेम कहकर प्रचारित कर रहा है वह वास्तविक ईश्वर प्रेम नहीं है। मानव प्रेम के मूल में प्राणिक प्रेम ही रहता है, जिसमें आत्म-सुख की कामना छिपी रहती है। इसके रूप अनेक हो सकते हैं; परन्तु इसके पीछे रहती है आत्म-सुख और आत्म-सम्मान की कामना। जब प्रेमी के इस आत्म-सुख और आत्म-सम्मान को ठेस पहुँचती है, तो यह प्रेम काँच की तश्तरी की तरह चूरचूर हो जाता है। निश्चित ही इसमें दूसरे को भी सुख पहुँचता है, परन्तु वह गौण है। मानव प्रेम एक दावा करता है, उसमें एक अपेक्षा रहती है। यह स्वार्थ-निरपेक्ष नहीं होता। यदि वह स्वार्थ पूरा नहीं होता तो वह प्रतिक्रिया करता है और व्यक्ति क्रोध के आवेग में प्रेम की निस्वार्थता को भूल जाता है।

दिव्य प्रेम एक भिन्न वस्तु है। यह अन्तरात्मा से प्रवाहित होता है। दिव्य प्रेम में देना ही देना है, जबकि मानव प्रेम में लेना ही लेना है। दिव्य प्रेम की एक छटा *गीता* के बारहवें अध्याय में देखी जा सकती है (12/13-20)। इस अध्याय में ईश्वर प्रेम की गुणावली दी गई है, जिसमें निराभिमानता तथा निरपेक्षता के दो गुण सिरमौर है। गुणावली का अन्त इस वाक्य से होता है, "वे भक्त मुझे अतीव प्रिय हैं" इस एक वाक्य से ही अनुमान लगाया जा सकता है कि दिव्य प्रेम मानव प्रेम से कितना उच्च है। वस्तुतः जिसे हम मानव प्रेम कहते हैं, वह आध्यात्मिक विकास का उपफल है। अतः आध्यात्मिक विकास ही हमारा लक्ष्य होना चाहिए।

परन्तु इसका तात्पर्य यह नहीं कि हम मानवीय संवेदनाओं को समाप्त कर दें और रूखे मनुष्य हो जाएँ। नहीं, कदापि नहीं। मानव प्रेम अपूर्ण है, ऐसा कहने का तात्पर्य केवल इतना ही है कि मानव प्रेम को भगवत्प्रेम प्राप्त करने हेतु एक "जम्पिंग बोर्ड" बना लें और इस प्रकार अपने जीवन को धन्य करें। दिव्य प्रेम प्राप्त करने के पूर्व ही मानव संवेदनाओं को कुचल नहीं डालना है। कामना को कुचलना नहीं करुणा में रूपान्तरित करने हेतु भगवान् की कृपा का आह्वान करना है। भगवत्कृपा की वर्षा से सभी मानवीय संवेदनाएँ दिव्य संवेदनाओं में रूपान्तरित हो जाएँगी।

10. ध्यान : निष्क्रिय और सक्रिय

आजकल ध्यान एक बहुचर्चित विषय है। अनेक संगठन ध्यान की कक्षाएँ चलाते देखे जाते हैं। इनमें से कुछ ही वास्तविक हैं; शेष आध्यात्मिक प्रगति

की दृष्टि से निरर्थक हैं। इनमें से अधिकांश कार्यक्रम धोखाधड़ी वाले हैं। एक सच्चे साधक को इन सबसे अपना बचाव करना होगा। *भगवद्गीता* में भी ध्यान का वर्णन आता है (6/7-28, 18/51-55); परन्तु मात्र उसे पढ़कर कोई भी ध्यान योगी नहीं बन सकता। ध्यान साधना को चार स्थितियों से गुज़रना होता है - ध्यान जीवन की पूर्व तैयारी, ध्यानजीवन, ध्यानावस्था तथा ध्यान की परिपक्वावस्था। ये सभी अवस्थाएँ भी पढ़कर नहीं समझी जा सकती हैं। व्यक्तित्व के विकास में जो सहायक बात है वह यह कि साधक को निष्क्रिय ध्यान को अपने जीवन का लक्ष्य नहीं बनाना है। निष्क्रिय ध्यानजीवन भी होता है और वह भी शास्त्रीय तथा प्रामाणिक है; परन्तु उसका प्रभाव हमारे व्यक्तित्व में और विशेषकर गतिशील जीवन में देखने में नहीं आता। निष्क्रिय या यांत्रिक ध्यान हमारे व्यक्तित्व के गठन, निर्माण एवं विकास में सहायक सिद्ध नहीं हो सकता है। हमें ऐसा प्रतीत नहीं होता कि ध्यान केसम्बन्ध में अधिक कुछ लिखा जाए। अच्छा होगा कि *गीता* के द्वादश अध्याय को पढ़ा जाए तथा आध्यात्मिक जीवन की कुछ परिपक्वावस्था में इससम्बन्ध में स्वविवेक एवं अनुभव के आलोक में कुछ निर्णय लिए जाएँ। जल्दबाज़ी में किए गए ध्यान सम्बन्धी निर्णय लाभ के स्थान पर हानिकारक ही सिद्ध हो सकते हैं।

11. एकान्तिक भक्ति और सर्वभावेन भक्ति

भगवद्गीता में भक्ति की चर्चा सभी अध्यायों में की गई है और उसे साधन तथा सिद्ध दोनों ही अवस्थाओं में सर्वाधिक महत्त्व दिया गया है। यह भी कहा जा सकता है कि *गीता* के अनुसार व्यक्तित्व के उत्कर्ष हेतु भगवान् की भक्ति सबसे सरल, सबसे प्रभावी और सबसे निरापद मार्ग है। भक्ति की सबसे बड़ी और अच्छी विशेषता यह है कि इसमें अधःपतन की संभावना बहुत कम रहती है। भगवान् का स्वयं का आश्वासन है कि जो मेरा आश्रय लेते हैं उनके योग-क्षेम की चिन्ता मैं स्वयं करता हूँ (9/22)।

भक्ति के नाम से प्रायः हम जप, ध्यान, कीर्तन, भजन आदि करना ही समझते हैं। यह समझ अपने स्थान पर श्रेष्ठ है; परन्तु *गीता* एकान्त में भजन ध्यान से भी आगे जीवनमय भक्ति को सर्वोच्च स्थान देती है। भक्ति आन्तरिक भाव से प्रारम्भ अवश्य होती है; परन्तु उसकी परिसमाप्ति सर्वभावेन भक्ति में होती है। इसमें व्यक्ति के शरीर, प्राण, मन, बुद्धि और अन्तःकरण

सर्वतोभावेन भगवान् के श्री चरणों में समर्पित हो जाते हैं। इस समर्पण के प्रभाव से भागवत-चेतना व्यक्ति के व्यक्तित्व पर अपना प्रभुत्व स्थापित कर लेती है। भागवत-चेतना व्यक्ति की चेतना को परिचालित करती हुई परिपूर्ण करती है और अन्ततः भगवान् उसे अपने कार्य का यंत्र बना लेते हैं। अतः व्यक्ति को भक्ति साधना के प्रारंभिक सोपान से ही भगवान् के हाथ का यंत्र बनने की अभीप्सा करनी चाहिए। इसी में उसके व्यक्तित्व की पूर्णता है तथा यही भगवान् की भी इच्छा है। जैसे भक्त भगवान् की खोज करता है वैसे ही भगवान् भी भक्त की खोज करते हैं। दोनों का मिश्रण भगवान् के साथ अभिन्नता प्राप्त करने के रूप में होता है तथा व्यक्ति भगवान् का यंत्र बन जाता है – "निमित्तमात्रं भव सव्यसाचिन" (11/33)।

12. सांसारिकता और आध्यात्मिकता

गीता में जिस व्यक्तित्व निर्माण का प्रतिपादन किया गया है वह है – "आध्यात्मिक व्यक्तित्व।" अतः आध्यात्मिकता का अर्थ जानना आवश्यक है। आध्यात्मिकता का अर्थ ही होता है – "आत्मा से संबंधित, व्यक्ति-परक या व्यक्ति-उन्मुखी।" परन्तु "व्यक्तिपरकता" के भी दो रूप होते हैं – एक जिसमें अपनी मुक्ति का प्रयास किया जाता है और दूसरा जिसमें जगत के कल्याण अर्थात् परमार्थ का मार्ग अपनाया जाता है। मात्र अपनी मुक्ति का प्रयास करना *गीता* का लक्ष्य नहीं है।

भगवान् ने *गीता* में बताया है कि जो कुछ है, वह सब एकमात्र भगवान् ही हैं। इस बात को उन्होंने इन शब्दों में बताया है – "धनंजय! मेरे अतिरिक्त कुछ भी अन्य नहीं है। यह सब जगत सूत्र की मणियों की तरह मुझमें गुँथा हुआ है" (7/7)। इस सत्य को अनुभव कर लेने तथा तदनुरूप आचरण करने को ही आध्यात्मिकता कहा जाता है। यह केवल मानने की वस्तु नहीं, जीने और होने की वस्तु है। इसी कारण *गीता* का कथन है – "मैं अपनी योगमाया से ढँका रहने के कारण सबको प्रत्यक्ष नहीं होता, अतः अज्ञानी जन-समुदाय मुझे नहीं जानता" (7/25)। तात्पर्य यह कि जब तक मनुष्य को सत्य की अनुभूति नहीं हो जाती तब तक हमारे जीवन में आध्यात्मिकता और सांसारिकता जैसा विभेद बना रहता है।

मनुष्य भी वस्तुतः भगवान् का ही अंश है; परन्तु जब तक वह अज्ञान में रहता है तब तक वह प्रकृतिस्थ ही कहलाता है और जन्म-मरण के चक्र

में भटकता रहता है; परन्तु मानव जीवन तो इसलिए मिला है कि जीव आध्यात्मिक साधना में लगकर प्रकृतिस्थ अवस्था से स्वस्थ होकर आत्मस्थ हो जाए तथा विवश होकर संसार में जन्म लेने की आवश्यकता न पड़े। जीवात्मा का परमात्मा से मिलन होने या योग होने को आध्यात्मिक होना कहते हैं तथा तद्विपरीत विषय भोगों में लिप्त रहते हुए जीवन के इस लक्ष्य को भूले रहने की अवस्था ही सांसारिकता कहलाती है।

गीता के अनुसार आध्यात्मिक साधना का प्रारम्भ निम्नलिखित साधना से होता है – "मैं ही सब जगत का मूल हूँ, सब मुझसे प्रवर्तित हैं। इस प्रकार मानकर भाव समन्वित बुद्धिमान भक्त मुझे भजते हैं" (10/8)। *गीता* के अनुसार भजन करने की पद्धति इस प्रकार है – "जिस परमात्मा से भूतों की उत्पत्ति हुई है और जिनके द्वारा यह सब जगत व्याप्त है उन परमात्मा को अपने सहज कर्मों के द्वारा पूजकर मनुष्य सिद्धि (भगवत्साक्षात्कार) को प्राप्त होता है" (18/46)।

भगवान् के इस आदेश के अनुसार मनुष्य सर्वत्र, सर्वदा स्वकर्म के द्वारा भगवान् का भजन-पूजन कर सकता है। इसमें किसी स्थान-समय, स्थिति-परिस्थिति या पद्धति विशेष की आवश्यकता नहीं है। किसी प्रकार के पूजा के उपचारों जैसे गन्ध, पुष्प, धूप, दीप आदि की भी आवश्यकता नहीं है। बस मन का भाव यह होना चाहिए कि मैं जो कुछ कर रहा हूँ वह सर्वव्यापी, सर्वाधार भगवान् की पूजा ही है। फिर अलग से समय निकालकर एकान्त में भजन-पूजन न भी कर सकें तो भी कोई चिन्ता की बात नहीं। भगवान् का आश्वासन है ही – "तुम सब समय सतत मेरा स्मरण करो और युद्ध (जगत का कार्य) भी करो। इस प्रकार तुम मन बुद्धि को मुझ में अर्पित करते हुए निस्सन्देह मुझे ही प्राप्त हो जाओगे" (8/7)। यही वह विधि है जिससे आध्यात्मिकता और सांसारिकता के बीच का अन्तर समाप्त हो जाता है और अपने स्वाभाविक कर्मों के द्वारा अनायास ही भगवान् की प्राप्ति हो जाती है।

13. आत्म समर्पण और परिपूर्णता

हर व्यक्ति जिसने *गीता* पढ़ी है अथवा जिसने *गीता* का नाम भी सुना है वह जानता है कि *गीता* का पर्यवसान भगवान् के प्रति आत्म-समर्पण में होता है। सामान्य लोग बात-बात में 'सर्वधर्मान्परित्यज्य मामेकं शरणं व्रज' श्लोक

को भी दुहराते रहते हैं। दुहराते हुए कहते हैं, 'मनुष्य भला है क्या, कुछ भी नहीं। वह कुछ भी नहीं कर सकता। जो कुछ होता है वह उसी की इच्छा से होता है।' इन बातों को सुनकर लगता है कि 'व्यक्तित्व विकास' जैसी सब बातें थोथी हैं।

ऐसा इसलिए कहा जाता है, क्योंकि हम ईश्वर शरणागति या आत्म-समर्पण के यथार्थ स्वरूप को नहीं समझते। मनुष्य यह भूल जाता है कि वस्तुतः वह भगवान् का ही दिव्य अंश है और समर्पण करने का अर्थ है, उनकी सामर्थ्य से युक्त होकर उनका यंत्र बन जाना। समर्पण का परिणाम पराधीनता नहीं, परिपूर्णता है। समर्पण विकास की पराकाष्ठा है जिसके द्वारा मानव व्यक्तित्व पूर्ण हो जाता है। यह पूर्णतः मानव पूर्णता न होकर दिव्य पूर्णता है।

14. व्यक्तित्व विसर्जन और व्यक्तित्व विकास

कुछ निर्विशेषवादी आध्यात्मिक दर्शन ऐसे हैं जो मानव व्यक्तित्व के विसर्जन पर बल देते हैं। उसके उत्थान पर नहीं। व्यक्तित्व विकास की प्रक्रिया में एक ऐसी भी आध्यात्मिक अवस्था है, जिस पर व्यक्तित्व को अहंकार शून्य होना होता है। इसे ब्रह्मीभूत अवस्था कहा जाता है। इस अवस्था पर व्यक्ति को निम्न प्रकृति का शुद्धिकरण करना होता है। *गीता* की शुद्धिकरण की प्रक्रिया को पढ़कर ऐसा लग सकता है कि यह व्यक्तित्व का विसर्जन है न कि विकास। वास्तव में ब्रह्मीभूत अवस्था व्यक्तित्व का विसर्जन नहीं अहं का विसर्जन है। इस आरोहण क्रम में और भी अधिक अग्रसर होते हुए व्यक्तित्व का उदात्तीकरण तथा रूपान्तरण होता है जहाँ मानव चेतना भागवत चेतना में प्रतिष्ठित हो जाती है। बिना व्यक्तित्व के यह जगत एक अत्यन्त दुर्बल और नीरस जगत होगा। आध्यात्मिक जगत में जो असमानता दिखलाई देती है वह व्यक्तित्वों के कारण है, न कि केवल उनके उपदेशों के कारण। आध्यात्मिक व्यक्तित्व अपने उपदेशों के मूर्तिमान् स्वरूप ही होते हैं। भगवान् श्रीराम की उदारता, योगेश्वर श्रीकृष्ण का आकर्षण, बुद्ध का शान्त भाव, ईसा मसीह की करुणा, शंकराचार्य का वैराग्य, श्रीरामकृष्ण की व्याकुलता, स्वामी विवेकानन्द की निर्भयता और श्रीअरविन्द की अलौकिक अभीप्सा उनके उपदेशों से कहीं अधिक उनके व्यक्तित्वों से प्रकट होती है। एक विकसित व्यक्तित्व का लक्षण है उनके आंशिक गुणों का अनन्त

गुना अधिक होकर अभिव्यक्त होना।

15. प्रचार और साधना

गीता (18/67-71) में भगवान् ने इस शास्त्र के अध्ययन चिन्तन मनन तथा प्रचार की आज्ञा देते हुए कहा है कि इससे प्रिय कार्य मेरे लिए न कुछ है और न होगा। अतः प्रचार कार्य पर चिन्तन मनन करना आवश्यक है। *गीता* या किसी भी आध्यात्मिक शास्त्र के सत्यों का प्रचार टैल्कम पाउडर या अन्य सौन्दर्य सामग्री की तरह नहीं किया जा सकता। प्रचार से पहले उसका पर्याप्त चिन्तन और मनन किया जाना चाहिए। तभी प्रचार न केवल संभव है अपितु सार्थक भी है। स्वामी विवेकानन्द की विलायती शिष्या भगिनी निवेदिता ने कहा है, "जब हृदय भरा होता है तो मुख अपने आप बोलने लगता है।" प्रश्न केवल वाणी से प्रचार का नहीं व्यक्तित्व-गठन का है। जब तक मनुष्य का व्यक्तित्व गीतोक्त सत्य के अनुरूप नहीं हो जाता तब तक इस महान् दार्शनिक और आध्यात्मिक ग्रंथ का प्रचार नहीं किया जा सकता है तथा भगवान् श्रीकृष्ण का भी प्रचार का यह आशय नहीं है।

प्रचार के पहले व्यक्तित्व चाहिए और व्यक्तित्व के गठन हेतु साधना की आवश्यकता है। समाज में बुद्धि का गर्व आजकल बहुत ही बढ़ गया है और ऐसी विकृत बुद्धि से *गीता* का प्रचार कदापि संभव नहीं है। हमें यह ध्यान रखना चाहिए कि मनुष्य कोरी बुद्धि से *भगवद्गीता* के तात्पर्य को कभी नहीं समझ सकता। उसके लिए सबसे पहले हमें साधना (18/51-54) करनी होगी। आज के तर्कशील और तथाकथित बुद्धिमान लोग जो चाहें सो कहें या करें। प्रचार करने के पूर्व साधकों को अपने साधन पथ की रक्षा करनी चाहिए। कोरे सदाचार और बुद्धिवाद से काम नहीं चलेगा। अतः आवश्यकता है कि किसी प्रमाणिक आचार्य की व्याख्या को ग्रहण करते हुए अपने जीवन को वैसा बनाएँ। शंकराचार्य, रामानुजाचार्य, जैसे प्राचीन आचार्यों की व्याख्याओं को अथवा आधुनिक युग के लोकमान्य तिलक, स्वामी विवेकानन्द, श्रीअरविन्द जैसे महापुरुषों की व्याख्याओं का अवलम्बन अवश्य करें। गीता प्रेस का साहित्य भी इस सम्बन्ध में बहुत सहायक सिद्ध होगा।

4

गीता के अध्यायों के व्यक्तित्वपरक नामों का औचित्य

पाठकों के मन में प्रश्न उठ सकता है कि *गीता* के अठारह अध्यायों का व्यक्तित्व परक नामकरण क्या वास्तव में उचित है? इस प्रश्न का उत्तर दो भागों में दिया जाना उचित होगा।

भाग एक

सबसे पहले यह देखना होगा कि युद्ध जैसी भीषण घटना के अवसर पर आत्मा, प्रकृति, यज्ञ, ईश्वर, भक्ति, क्षेत्र, क्षेत्रज्ञ, क्षर, अक्षर पुरुषोत्तम आदि गंभीर विषयों का आदेश कहाँ तक प्रासंगिक है। प्रायः लोगों को युद्ध के अवसर पर गहन अध्यात्म का उपदेश अस्वाभाविक और अप्रासंगिक जान पड़ता है। इस कारण बहुत से मनुष्यों की धारणा बन जाती है कि *गीता महाभारत* में क्षेपक है और यह युद्ध आन्तरिक है, बाह्य नहीं; परन्तु अर्जुन की समस्या को गहराई से समझ लेने पर इस प्रकार की शंका निर्मूल हो जाती है।

अर्जुन एक क्षत्रिय योद्धा है और जिन प्राणिक कामनाओं की तुष्टि के लिए युद्ध किया जाता है उन्हीं के लिए वह भी युद्ध करता रहा है; परन्तु अपने विकास क्रम में तथा अपने सखा श्रीकृष्ण के सतत सान्निध्य के प्रभाव से अब वह उस अवस्था पर पहुँच गया है जहाँ वह व्यक्तिगत सुख भोग की कामना से युद्ध करने का इच्छुक नहीं है। यहाँ तक कि अन्याय के दमन के लिए तथा न्याय की रक्षा के लिए भी वह युद्ध नहीं करना चाहता। अब तक वह एक त्रिगुणाधीन मनुष्य रहा है किन्तु आन्तरिक परिस्थिति के कारण अब वह त्रिगुणातीत तथा अहंकारमुक्त व्यक्ति होना चाहता है इसलिए युद्ध नहीं

करना चाहता। अब उसके सामने दो ही विकल्प हैं, या तो वह सांसारिक जीवन का परित्याग करे और संन्यास लेकर एकान्त स्थल का तपोमय जीवन व्यतीत करे या फिर युद्ध जैसे घोर कर्म से होने वाले पाप और शोक से बचाने वाला कोई अन्य विधान हो तो उसे करे। अभी तक उसे ऐसे किसी रहस्य का ज्ञान नहीं है कि युद्ध जैसे कर्म को भी आध्यात्मिक विधान से किया जा सकता है। अतः यह युद्ध का परित्याग कर देना चाहता है। उसके मन में व्यक्तिगत, सामाजिक, धार्मिक, नैतिक कर्तव्यों के बीच भीषण संघर्ष है। वह धर्मसंकट में है। अब तक के धार्मिक और शास्त्रीय विधान उसकी आन्तरिक समस्या का समाधान नहीं कर पा रहे हैं। अतः विवश होकर वह अपने सारथि-सखा-भगवान्-गुरु श्रीकृष्ण की शरण लेकर सुनिश्चित श्रेय मार्ग को जानने की प्रार्थना करता है। यही गीतोपदेश का प्रसंग है।

अर्जुन की समस्या उसके व्यक्तित्व के गहनतम भाग से उत्पन्न हुई है, और उसका उपाय है केवल आत्मज्ञान और इसी कारण *गीता* का उपदेश आत्मज्ञान से ही प्रारंभ होता है। भगवान् कहते हैं कि संन्यास लेकर ज्ञानयोग से जिस प्रकार आत्मतत्त्व को प्राप्त किया जाता है उसी प्रकार उसे कर्मयोग द्वारा भी प्राप्त किया जा सकता है। भगवान् कहते हैं कि कर्मयोग है – फल की कामना का त्याग करके, अनासक्त होकर जीवन की अनुकूल-प्रतिकूल परिस्थितियों में सम रहते हुए, भगवदर्पण बुद्धि से यज्ञरूप में कर्म करना। इसकी व्याख्या के लिए भक्ति और यज्ञ का स्वरूप बतलाया गया है। जिस भगवान् को कर्म अर्पित किए जाते हैं उनका स्वरूप समझाया गया, जिस जगत और जीवों से मनुष्यों कासम्बन्ध है उसका निरूपण किया गया, पूछने पर दिव्य दृष्टि दी गई और विराट रूप का दर्शन कराया गया। इसके साथ ही साथ विषय से संबंधित अनेक प्रश्नों-प्रतिप्रश्नों के उत्तर दिए गए। इस प्रकार गीतोपदेश का स्वाभाविक विकास होता है जिसकी अर्जुन की समस्या के साथ पूर्णरूपेण प्रासंगिकता है।

भाग दो

उपर्युक्त विवेचन से यह सिद्ध होता है कि अर्जुन की ही तरह हम सभी भी क्रियाशील मानव (Kinetic Man) हैं और अर्जुन की ही तरह अपने कर्म क्षेत्रों में रहते हुए मानव जीवन की आन्तरिक ऊँचाइयों में भी प्रवेश करना चाहते हैं। भगवान् ने इस हेतु जो अपेक्षा अर्जुन से की थी वही हम से भी करते

हैं। एक वाक्य में यदि कहा जाए तो अर्जुन ने जीवन में श्रेय को प्राप्त करने के लिए स्वयं को परिमार्जित किया और उत्तरोत्तर पूर्णता की ओर अग्रसर होता गया। अतः हमें भी स्वयं के परिमार्जन एवम् पूर्णता हेतु अर्जुन के मार्ग का ही अनुसरण करना होगा। *गीता* के प्रत्येक अध्याय का योगपरक नाम गीताकार का ही दिया हुआ है, जो अर्जुन या साधक की आन्तरिक चेतना को इंगित करता है।

आध्यात्मिक प्रगति कभी भी सरल रेखा में नहीं होती। उसमें बहुत से उतार-चढ़ाव आते हैं तथा उसकी गति सर्पिल (Spiral) होती है। साधना में हम प्रगति करते हैं, किन्तु ऊँचाई के साथ फिर एक मोड़ आ जाता है। मोड़ के बाद फिर प्रगति की ऊँचाई और फिर से मोड़। *भगवद्गीता* के अध्याय व्यक्तित्व विकास की प्रगति और मोड़ों को बतलाने वाले मील के पत्थर हैं। आध्यात्मिक जीवन में प्रगति बाह्य परिस्थिति और आन्तरिक चेतना की स्थिति पर निर्भर करती है। *गीता* का सिद्धान्त है कि जीवन का हर मोड़ "योग" हो सकता है यदि उसे भगवान् की ओर मोड़ दिया जाए। गीतोक्त साधना में बाह्य परिस्थिति बाधक भी हो सकती है और सहायक भी, परन्तु उसके सकारात्मक दृष्टिकोणीय परिवर्तन के द्वारा वह व्यक्तित्व के विकास में सहायक हो जाती है। *गीता* का पहला अध्याय "विषाद योग" के नाम से जाना जाता है। यह कोई दार्शनिक या शास्त्रीय नाम नहीं है। यह तो योग मार्ग पर चलने वाले व्यक्ति के मनोवैज्ञानिक दृष्टिकोण को बतलाने वाला है। यही कारण है कि इस पुस्तक में अध्यायों का नामकरण व्यक्तित्वपरक नामों से किया गया है। अध्यायों की विवेचना में विकास के आरोहणक्रम को दर्शाया गया है तथा यह बतलाया गया है कि व्यक्तित्व का परिमार्जन ही विकास है। व्यक्तित्व के "विकास" से यहाँ जीवन में "बाह्य उपलब्धि" का भ्रम हो सकता है। किन्तु गीतोक्त आध्यात्मिक दर्शन के आलोक में विकास से तात्पर्य है - आन्तरिक परिमार्जन, अन्तःकरण की शुद्धि, नैतिक एवं भागवत पूर्णता। बाह्य व्यक्तित्व का विकास तो इसका छोटा सा परंतु अनिवार्य प्रतिफल है। व्यक्तित्वपरक अध्यायों के नामों द्वारा मानव व्यक्तित्व की नैतिक एवं आध्यात्मिक पूर्णता को ही परिलक्षित किया गया है जो "लोक-संग्रह" (3/20) का वास्तविक उद्देश्य है।

प्रस्तुत पुस्तक में *गीता* की व्याख्या क्रमबद्ध व्यक्तित्व विकास की दृष्टि से ही की गई है। इस दृष्टि से *गीता* ग्रंथ उलझे हुए विचारों का एक झमेला

न लगते हुए व्यक्तित्व विकास की उत्तरोत्तर प्रगतिशील प्रक्रिया को प्रस्फुटित करता हुआ विचारों का व्यवस्थित विन्यास प्रतीत होने लगता है। अध्यायों और श्लोकों का विकासोन्मुखी मनमोहक क्रम हमें बरबस अपनी ओर आकृष्ट कर लेता है। यही कारण है कि इस पुस्तक में अध्यायों का नामकरण भी उत्तरोत्तर विकसित चेतना के स्तर को सूचित करने वाली शब्दावली से किया गया है।

5

गीता के अध्यायों की व्यक्तित्व विकासपरक व्याख्या

अध्याय 1. अवसादग्रस्त व्यक्तित्व

गीता, श्रीकृष्ण और अर्जुन के बीच का एक ऐतिहासिक संवाद है जो युद्धक्षेत्र के बीच होता है। संवाद अर्जुन की व्यक्तिगत समस्या को लेकर शुरू होता है। दो शक्तिशाली सेनाएँ कुरुक्षेत्र की रणभूमि में आमने-सामने खड़ी हैं। शंखनाद हो चुका है और शस्त्रास्त्र चलने वाले हैं। तभी वीरवर अर्जुन अपने रथ को दोनों सेनाओं के बीच खड़ा करने के लिए अपने सारथी श्रीकृष्ण से कहता है। तदनुसार श्रीकृष्ण दोनों सेनाओं के बीच रथ को खड़ा कर देते हैं। अर्जुन देखता है कि यह तो गृहयुद्ध होने जा रहा है। अब तक अर्जुन जिस युद्ध को धर्मयुद्ध मान रहा था, वही युद्ध उसे पापयुद्ध प्रतीत होने लगा। कुलनाश और स्वजनों की हत्या की कल्पना से अर्जुन का कलेजा काँप उठता है। वह शोकातुर होकर विषाद से भर जाता है। केवल राज्य और सुख के लिए स्वजनों की हत्या के कारण वह आत्मग्लानि से भरकर कह उठता है, "हे कृष्ण मैं न तो विजय चाहता हूँ न राज्य और न सुख अतः, मैं युद्ध नहीं करूँगा" (1/32)। अर्जुन का मन भ्रमित हो जाता है, बुद्धि चकरा जाती है तथा वह अपने को शारीरिक दृष्टि से सामर्थ्यहीन अनुभव करता हुआ, आत्मविश्वास खो बैठता है और अवसादग्रस्त हो जाता है।

संवाद यद्यपि अर्जुन की व्यक्तिगत समस्या को लेकर शुरू होता है, परन्तु गहराई से विचार करने पर स्पष्ट हो जाता है कि अर्जुन की समस्या समस्त मानव जाति की समस्या है, जो भिन्न-भिन्न व्यक्तियों के जीवन में,

भिन्न-भिन्न परिस्थितियों में भिन्न-भिन्न रूपों में प्रकट होती है किन्तु समस्या का मूल स्वरूप वही रहता है। अतः *गीता* को भलीभाँति समझने के लिए हमें अर्जुन के व्यक्तित्व और उसकी समस्या को ठीक-ठीक समझना होगा और इसे समझने के लिए हमें यह जानना होगा कि अर्जुन युद्ध से क्यों पीछे हटना चाहता है। इसे जानने के लिए हमें यह समझना होगा कि युद्ध जैसा घोर कर्म मनुष्य क्यों करता है। कारण, पागल को छोड़कर एक मूर्ख भी निरुद्देश्य कर्म नहीं करता। युद्ध जैसा घोर कर्म जिन कारणों से किया जाता है वे हैं आसुरिक तृप्ति के लिए, बदला लेने की भावना के लिए अपने व्यक्तिगत सुख भोग के लिए, अन्याय के दमन तथा न्याय की रक्षा के लिए।

गीता 'मानव-व्यक्तित्व' की जो अवधारणा (अध्याय 16) प्रस्तुत करती है, उसके अनुसार अर्जुन एक साहंकार त्रिगुणाधीन मनुष्य है, परन्तु अपने क्षत्रिय धर्म का शुद्ध भाव से पालन करते-करते अपने विकास क्रम में उस अवस्था पर आ गया है कि त्रिगुणाधीन मनुष्य जिन उद्देश्यों से युद्ध किया करते हैं वह उसे निकृष्ट, असम्बद्ध, धर्म, कुल और समाज के लिए हानिकारक और अधर्म रूप प्रतीत होने लगे। इसी कारण वह युद्ध का परित्याग करना चाहता है। अर्जुन के मन में एक धर्मसंकट उत्पन्न हुआ है जिसका समाधान उसकी अब तक की धार्मिक और नैतिक चेतना नहीं कर पाती है। अब उसके सामने दो मार्ग हैं। पहला यह कि वह व्यावहारिक जीवन का परित्याग कर संन्यास ग्रहण कर ले और दूसरा यह कि वह कर्म के रहस्य का ऐसा ज्ञान प्राप्त करे जिससे युद्ध करने पर उसे पाप न लगे। चूँकि उसे कर्म के ऐसे किसी उच्च रहस्य का ज्ञान नहीं हैं, अतः वह पहले मार्ग का अवलम्बन करना चाहता है। यही उसके युद्ध परित्याग का मुख्य कारण है। तात्पर्य यह है कि अर्जुन अपने विकास क्रम में ऐसी अवस्था पर पहुँच चुका है जहाँ धर्म के सामान्य नियम उसे सन्तुष्ट नहीं करते। उसकी समस्या उसकी अन्तरतम सत्ता से उत्पन्न हुई है जिसके कारण उसे समस्त धर्म और नियम बन्धन के रूप में प्रतीत होने लगे हैं। उसकी समस्या अत्यन्त गहरी और आध्यात्मिक है। इस प्रकार की अन्तश्चेतना की समस्या का समाधान परिस्थिति परिवर्तन द्वारा संभव नहीं। *गीता* के अनुसार, 'बाह्य चुनौतियाँ आंतरिक विजय के लिए आह्वान करने वाली होती हैं।'

यहाँ पर दिव्य गुरु भगवान् श्रीकृष्ण और मानव शिष्य अर्जुन का साहचर्य विशेष रूप से महत्त्वपूर्ण है। मनुष्य के व्यावहारिक जीवन तथा

उसके व्यक्तित्व के विकास को समझने के लिए इस सम्बन्ध को जानना आवश्यक है। *गीता* के वक्ता श्रीकृष्ण हैं जो अज-अविनाशी भगवान् के मानव शरीरधारी अवतार हैं। श्रीकृष्ण कर्मवीर, साम्राज्य संस्थापक, कुशल राजनीतिज्ञ, योद्धा तथा महाभारतकाल के महान् इतिहास पुरुष होते हुए भी सर्वज्ञ, सर्वव्यापी, सर्वशक्तिमान, जगत्प्रभु, विश्वव्यापी वासुदेव हैं। भगवान् श्रीकृष्ण के मानव देह द्वारा होने वाले कर्मों में तथा विश्वात्मक रूप से होने वाले विश्वव्यापी कर्मों में इतनी घनिष्टता है कि इनके अवतारी कार्यों को समझ लेने पर विश्वव्यापी भगवान् के रहस्यों का भी ज्ञान हो जाता है। उनके अवतार का प्रधान प्रयोजन मानव चेतना को दिव्यचेतना में रूपान्तरित करने में है। उपदेश ग्रहण करने वाला मानव शिष्य अर्जुन अपने युग का श्रेष्ठ मनुष्य, मानव जाति का प्रतिनिधि, भगवान् का चुना हुआ यंत्र तथा वही अंतरंग सखा है जिसे उपनिषदों में 'द्वासुपर्णा सयुजा सखाया' (साथ-साथ रहने वाले पक्षी) कहा गया है। अब तक अर्जुन का जीवन सामान्य चेतना से प्रेरित रहा है, परन्तु स्वधर्म का पालन करते-करते वह ऐसी स्थिति में पहुँच गया है कि जीवन के सामान्य विधानों से परिचालित होकर कर्म करना अब उसके लिए संभव नहीं है। वह धर्म संकट में पड़ गया है तथा शोकाकुल होकर शिष्यभाव से अपने सारथी-भगवान्-गुरु श्रीकृष्ण की शरण में जाकर उनसे मार्गदर्शन की प्रार्थना करता है। अर्जुन और श्रीकृष्ण के इस संवाद में नर और नारायण दोनों आमने-सामने हैं। इस दृष्टि से *गीता* मानव विकास के एक शास्त्र के रूप में सामने आती है।

यद्यपि अर्जुन के मन में कार्पण्य और विषाद मानसिक दुर्बलता जन्य हैं, परन्तु यह दुर्बलता ही उसके भगवान् की ओर खुलने का कारण बन जाती है। मनुष्य का किसी भी कारण भगवान् की ओर उन्मुख होना, खुलना और मार्गदर्शन की याचना करना मानव चेतना के रूपान्तरण की प्रधान कुंजी है। यही कारण है कि गीताकार ने प्रथम अध्याय का नाम "अर्जुन-विषाद योग" रखा है। अर्जुन के मन का विषाद ही भगवान् के प्रति खुलने और "आत्म-समर्पण" करने का कारण बन जाता है। मनुष्य का जीवन एक व्यापक संघर्ष है। बाहरी जीवन में संघर्ष है और संघर्ष आन्तरिक जीवन में भी है। ऐसी परिस्थिति में मनुष्य का अवसादग्रस्त हो जाना बिलकुल स्वाभाविक है। परन्तु यह अवसाद ही उसका सबसे प्रबल शत्रु है। इस शत्रु से जूझने के लिए उसे साहसी और संयमी बनना होगा। इस प्रकार मनुष्य मात्र को *गीता*

का यह पहला महत्त्वपूर्ण संकेत है कि जीवन की किसी भी दुर्बलता में उसे अवसादग्रस्त नहीं होना चाहिए। श्रीअरविन्द के शब्दों में "किसी अतीत में मनुष्य ऊँट के समान निरीह रहा होगा और किसी सुदूर, भविष्य में बालवत् हो जाना संभव है, किन्तु बीच की अवस्था में उसे पुरुष व्याघ्र होना ही पड़ेगा।"

अर्जुन की समस्या 'विकास का संकट' है तथा *गीता* जीवन विकास का शास्त्र है। इस शास्त्र से प्रकाश एवं सहायता प्राप्त करने के लिए मनुष्य में दो योग्यताएँ अनिवार्य रूप से होनी चाहिए :

1. समस्त सापेक्षिक धर्मों से ऊपर उठकर भगवान् के प्रति पूर्ण आत्म-समर्पण का प्रयत्न करते हुए मार्गदर्शन की प्रार्थना।

2. भगवान् से मार्गदर्शन प्राप्त न होने तक वीरतापूर्वक मार्ग पर डटे रहना।

हर व्यक्ति अपने प्राकृतिक विधान के अनुसार कार्य करता है, परन्तु समझने और स्वीकार करने योग्य बात यह है कि प्रत्येक व्यक्ति की प्रकृति के मूल में स्वयं परमेश्वर का विधान निहित है। स्वयं परमेश्वर ही सबके हृदयों में बैठकर जीवों की प्रकृति के अनुसार उनका संचालन कर रहे हैं। अतः भगवान् ही हमारे जीवन के सच्चे नायक हैं। आवश्यकता है कि सचेत होकर अपने जीवन की बागडोर हम उन्हीं को सौंप दें और उन्हीं के अधीन होकर अपने जीवन रथ को ले चलें। ऐसा करने पर *गीता* सुदूर इतिहास का संवाद न होकर व्यक्तित्व विकास के शास्त्र का रूप ले लेगी जिसके पथ प्रदर्शन द्वारा पशुमानव दिव्य मानव में रूपान्तरित हो सकेगा।

निष्कर्ष : सांसारिक जीवन से ऊबकर उच्च प्रकाश की चाह करना आध्यात्मिक जीवन की पहली माँग है।

अध्याय 2. प्रयत्नशील व्यक्तित्व

मानव शिष्य अर्जुन की समस्या बुरी तरह उलझी हुई एक जटिल समस्या है जिसमें शोक, मोह, भय, दुर्बलता, अवसाद सभी मिलकर उसके ऊपर हावी हो गए हैं। अर्जुन का व्यक्तित्व बिखर गया है और वह भ्रमित हो गया है। क्या करें और क्या न करें के निर्णय की स्थिति में वह नहीं है। इस स्थिति से उबरने के लिए वह प्रयत्न करता है। वह स्वयं भगवान् से ही पूछता है (2/7)। जैसे ही वह भगवान् के प्रति समर्पित होकर अपनी समस्या रखता है, भगवान् उसका प्रत्युत्तर देने लगते हैं। सबसे पहले वे उसे अवसाद से बाहर लाने का प्रयास करते हैं (2/2,3) और गीतोपदेश को ग्रहण करने का आधार बनाते हैं। वे उसमें वीरता जगाकर उसकी क्षुद्रता को दूर करते हैं ताकि वह गीतोपदेश को धारण कर सके। तदुपरान्त अर्जुन के शोक का शमन करने के लिए उसमें देह-देही विवेक जाग्रत करते हैं (2/11-29)। *गीता* का यह उपदेश मानव मात्र को शोक से मुक्त करने हेतु भगवान् का आश्वासन है (2/30)। भगवान् उसे हर प्रकार से युद्ध के लिए प्रोत्साहित करते हैं (2/31-37)।

पाप की समस्या के कारण अर्जुन विशेष रूप से विचलित है। इससे मुक्त करने के लिए, भगवान् अर्जुन की सामान्य चेतना को उच्चतर चेतना पर उठाना चाहते हैं जिसे 'समत्व की चेतना' कहा गया है। इसके सम्बन्ध में भगवान् कहते हैं - "अर्जुन! दुख और सुख को, लाभ और हानि को, जय और पराजय को समान समझकर युद्ध करने से पाप नहीं लगेगा" (2/38)। भारतीय संस्कृति के अनुसार क्षत्रिय का आदर्श सत्य और न्याय के लिए सतत संघर्ष करते रहना है, परन्तु संघर्ष में होने वाले पाप का समाधान सामाजिक या नैतिक आदर्श में नहीं चेतना की आध्यात्मिक स्थिति में ही संभव है। इस कारण *गीता* अर्जुन को सामान्य चेतना से उच्च चेतना में आरोहण के लिए आमंत्रित करती है (2/39-46)। अतः भगवान् कहते हैं, "तेरा अधिकार कर्म में ही हो और साथ ही अकर्म में भी तेरी आसक्ति न हो" (2/47)। यहाँ भगवान् साधारण चेतना से किए गए तथा उच्च चेतना में किए गए कर्म में एक महत्त्वपूर्ण विभेद करते हैं। आज के इहलोकवादी युग में *गीता* के द्वारा समाज सेवा के आदर्श को प्रतिपादित करने की परिपाटी चल

पड़ी है जिसके आधार पर ऐहिक मूल्यों द्वारा समाज में आध्यात्मिक मूल्यों को विस्थापित किया जा रहा है। निश्चय ही *गीता* के नाम पर यह ग़लत प्रचार है। निःस्वार्थ होकर कर्म करने का उद्देश्य समाज सेवा नहीं अपितु योगयुक्त होना है, और कर्मों की कुशलता उसका परिणाम है अपने आप में सिद्धि नहीं। यथार्थ सिद्धि तो कर्मफल में समता की प्राप्ति है।

द्वितीय अध्याय के प्रारंभ में आत्मा की समता का उपदेश सांख्ययोग के रूप में किया गया है, परन्तु तत्काल ही *गीता* जीवन में उसके प्रयोग के लिए बुद्धियोग का सिद्धान्त प्रस्तुत करती है (2/39)। यहाँ भगवान् श्रीकृष्ण सामान्य चेतना तथा उच्च चेतना में अन्तर करते हैं। फल में आसक्ति रखकर कर्म करना सामान्य चेतना है, जबकि आसक्ति का त्याग कर कर्म करना उच्च चेतना का प्रवेश द्वार है। इस उच्च चेतना में पूरी तरह स्थित होने के लिए, *गीता* बुद्धियोग का उपदेश देती है। *गीता* प्रतिपादित बुद्धियोग के प्रसंग में हमें जानना चाहिए कि बुद्धि के दो कार्य हैं – बोध और संकल्प। जहाँ बोध है वहाँ कार्य अवश्य होगा और वह सजगतापूर्वक होगा। व्यक्तित्व विकास की दृष्टि से कर्म और बुद्धियोग के अन्तर को समझना अत्यन्त आवश्यक है। फल की इच्छा से प्रेरित होकर की जाने वाली क्रिया को कर्म कहते हैं जबकि फल में समता रखकर कार्य करना बुद्धियोग है। बुद्धियोग को स्पष्ट करने के लिए भगवान् 'व्यवसित' और 'अव्यवसित' शब्दों का प्रयोग करते हैं। व्यवसित बुद्धि निश्चयात्मक तथा एकाग्र होती है, जो व्यक्ति को आत्मवान् बनाती है जबकि अव्यवसित बुद्धि अनिश्चयात्मक तथा भटकाने वाली होती है जिसके कारण मनुष्य भोगवाद एवं भौतिकवाद में भटक जाता है। बुद्धियोग का आचरण मनुष्य को व्यक्तित्व की क्षुद्रता से ऊपर उठाता है, जबकि फलासक्ति मानव व्यक्तित्व को क्षुद्र बना देती है। भगवान् कहते हैं कि बुद्धियोग के थोड़े से आचरण से मनुष्य निर्भय और निर्द्वन्द्व हो जाता है तथा कामना से प्रेरित होकर कार्य करना उसके लिए उसी प्रकार तुच्छ और निरर्थक है, जैसे चारों ओर पानी की बाढ़ आ जाने पर प्यास बुझाने के लिए छोटे-छोटे गड्ढों की आशा करना (2/40–46)। सामान्य व्यक्ति केवल तभी कर्म करता है जब उसे कुछ फल प्राप्त होता है जबकि बुद्धियोगी न कर्म का त्याग करता है और न फल में आसक्त होता है। लोगों को प्रायः कहते हुए सुना जाता है कि *गीता* कर्म पर बल देती है। निश्चय ही *गीता* कर्म करने को महत्त्व देती है, परन्तु कामना-वासना प्रेरित कर्म पर नहीं बल्कि ऐसे कर्म पर जो मनुष्य को

पहले योगयुक्त होने में सहायक होते हैं तथा बाद में योगयुक्त होकर किए जाते हैं। *गीता* स्पष्ट रूप से फलासक्ति रहित होकर कर्म करने की प्रशंसा (2/47–50) और व्यक्तित्व के विकास में इसकी भूमिका को उद्घाटित करती हुई कहती है, "बुद्धियुक्त मनीषीगण कर्मों से उत्पन्न फलों का त्याग कर बन्धन से मुक्त होकर अनामय पद की उच्च चेतना को प्राप्त करते हैं" (2/51)। इस प्रकार बुद्धियोग का सहारा लेकर कर्म करने वाला व्यक्ति सर्वथा निभ्रांत होकर स्थितप्रज्ञ की अवस्था को प्राप्त कर लेता है (2/52,53)। स्थितप्रज्ञ शब्द को सुनकर अर्जुन के मन में जिज्ञासा उत्पन्न होती है तथा वह उसके लक्षणों को जानना चाहता है। इसका कारण यह है कि अभी तक अर्जुन बाह्य नियमों और आचारों द्वारा ही संचालित होता आ रहा था और वे बाह्य विधान ही उसके बुद्धिभ्रम का कारण थे। अब वह ऐसी किसी स्थिति पर पहुँचने के लिए उत्सुक है जो उसे इस भ्रमजाल से मुक्त कर दे। भगवान् अर्जुन के प्रश्न पर उत्तर देते हुए कहते हैं कि स्थितप्रज्ञता का सम्बन्ध व्यक्ति की अंतश्चेतना से है न कि बाहरी व्यवहार से।

गीता में स्थितप्रज्ञ के लक्षणों को इस प्रकार प्रस्तुत किया गया है कि वे साध्य और साधन दोनों अवस्थाओं को चित्रित करते हैं। इन श्लोकों का नियमित पठन-चिन्तन-मनन करते-करते व्यक्ति के मन में जीवन के लक्ष्य और उसके मार्ग का एक मानचित्र बन जाता है। इन श्लोकों के पाठ से उनका रहस्य स्वतः ही खुलने लगता है। स्थितप्रज्ञ की साधना एक आन्तरिक साधना है जो इन्द्रियों और मन को बुद्धि के अधीन करने से तथा बुद्धि को आत्मा के अधीन करने से प्राप्त होती है (2/54–69)। इस स्थिति को प्राप्त कर मानव व्यक्तित्व की सभी बाधाएँ उसी प्रकार दूर हो जाती हैं जैसे समुद्र में प्रविष्ट होकर सरिताएँ विलीन हो जाती हैं (2/70)।

निष्कर्ष : श्रीकृष्ण सर्वप्रथम उच्च आत्मज्ञान का उपदेश देते हैं और फिर घोषणा करते हैं कि इस उच्च ज्ञान को कर्मयोग से प्राप्त किया जा सकता है। कर्मयोग का अर्थ है – 'पूर्ण कार्यक्षमता के साथ पूर्ण अनासक्त जीवन।' जब मनुष्य पूर्ण रूप से अनासक्त हो जाता है तो उसे स्थितप्रज्ञ की अवस्था प्राप्त हो जाती है।

अध्याय 3. सन्देहशील व्यक्तित्व

दूसरे अध्याय में भगवान् अर्जुन को बुद्धियोग का अवलम्बन लेने का निर्देश देते हैं (2/49) परन्तु बुद्धियोग की प्रशंसा और साथ ही युद्ध जैसे घोर कर्म में लगाने के निर्देश से अर्जुन भ्रमित होकर प्रश्न करने लगता है। तीसरे अध्याय के प्रथम श्लोक में प्रश्न है – "हे केशव! बुद्धि में स्थित रहना कर्म की अपेक्षा आपकी दृष्टि में यदि श्रेष्ठ है तो मुझे युद्ध जैसे घोर कर्म में क्यों लगाते हैं?" अर्जुन को भगवान् की बातों में सामंजस्य दिखाई नहीं पड़ता और श्रीकृष्ण से वह एक सुनिश्चित उत्तर की अपेक्षा करता है। अर्जुन की शंका अत्यन्त स्वाभाविक है, क्योंकि कर्म मनुष्य को साधारण जीवन से ही बाँधे रखने वाला मुख्य कारण है। जीवन का लक्ष्य यदि सुख-दुख, जय-पराजय, हानि-लाभ आदि द्वन्द्वों से ऊपर उठना ही है तो कर्म की आवश्यकता ही क्या है? कर्ममय जीवन और उच्चतर आध्यात्मिक जीवन के बीच सामंजस्य का प्रश्न मनुष्य को अनादिकाल से उद्वेलित करता आ रहा है।

भगवान् श्रीकृष्ण अर्जुन के प्रश्न का उत्तर देते हुए मानव विकास में कर्म के महत्व का उद्घाटन करते हैं। श्रीकृष्ण कहते हैं कि बुद्धियोग को श्रेष्ठ बतलाने का तात्पर्य कर्म को हेय अथवा त्याज्य बतलाना नहीं है। भगवान् स्पष्ट करते हैं कि नैसर्गिक जीवन में कर्म अपरिहार्य है। अकर्म से कर्म श्रेष्ठ है। कर्म के बिना मनुष्य की जीवन यात्रा भी नहीं चल सकती। नैतिक जीवन में कर्म की महती भूमिका है तथा आध्यात्मिक जीवन में उसकी उपादेयता है जिसकी पूर्णता सक्रिय दिव्य-जीवन में होती है। जीवन विकास के अनेक प्रगतिशील स्तर हैं जो कर्मयोग की साधना से ही प्राप्त किए जा सकते हैं (3/3-8)। *गीता* प्रतिपादित कर्मयोग एक व्यापक आध्यात्मिक सिद्धान्त है जो मानव के विकासोन्मुखी जीवन के गहन रहस्य को प्रकट करता है। *गीता* में इस रहस्य को अनेक सोपानों के अन्तर्गत रखा गया है जो इस प्रकार हैं (3/9-35) :

संयमित जीवन – भगवान् कहते हैं कि कोई भी व्यक्ति एक क्षण के लिए भी निष्क्रिय नहीं रह सकता, क्योंकि मनुष्य प्रकृति के गुणों के अधीन है। व्यक्ति यदि कर्मेन्द्रियों को रोककर मन से विषयों को स्मरण करता रहता

है तो वह मिथ्याचारी है। इसके विपरीत जो व्यक्ति मन को संयमित रखते हुए कर्मेन्द्रियों से कार्य करता है वह निश्चय ही श्रेष्ठ है। इस प्रकार *गीता* मानव के समक्ष एक सक्रिय और संयमित जीवन का पथ प्रशस्त करती है जो उसे पशु स्तर से ऊँचा उठा देता है।

यज्ञार्थ कर्म – भारतीय दर्शन में कर्म को आत्मा का बन्धन माना गया है और उससे छुटकारा पाने के अनेक उपाय बतलाए गए हैं। *गीता* भी कर्मों के बन्धनकारी स्वभाव को स्वीकार करती है परन्तु साथ ही एक नवीन विचार का प्रतिपादन भी करती है। *गीता* कहती है कि वही कर्म बन्धनकारी है जो यज्ञार्थ नहीं किया जाता। *गीता* के अनुसार यज्ञ परस्पर आदान-प्रदान का एक नैसर्गिक विधान है जिसकी विधायिका है – प्रकृति और इस यज्ञ के अधीश्वर एवं भोक्ता हैं – स्वयं भगवान्।

जो व्यक्ति इस यज्ञ विधान से अपरिचित है वह स्वयं अज्ञान के बन्धन में जीता है और जो इस विधान से परिचालित होकर जीता है वह स्वार्थमयी आसक्ति से रहित हुआ कर्म बन्धन से मुक्त हो जाता है। यज्ञ चेतना से जीने वाला व्यक्ति प्राप्त होने वाली हर वस्तु को प्रभु प्रसाद के रूप में ग्रहण करता है जिससे उसका जीवन पवित्रता से भर उठता है। *गीता* के अनुसार यज्ञ की अवधारणा उपयोगितावादी सामाजिक आदर्श नहीं वरन् एक आध्यात्मिक विकास का पथ है जिस पर चलकर व्यक्ति कर्ममय रहते हुए भी सदैव कर्ममुक्त चेतना में रहता है। *गीता* ऐसे व्यक्ति को यज्ञशिष्टा कहती है जो अपने जीवन की आहुति देकर आत्मतुष्ट, आत्मतृप्त, आप्तकाम आदि सोपानों को पार करते हुए आत्माराम हो जाता है। आध्यात्मिक दृष्टि से सुख और शान्ति के लिए पदार्थ पर निर्भर न होकर आत्मनिर्भर हो जाता है। यज्ञार्थ भाव से कर्म करना व्यक्तित्व विकास की वह अवस्था है जहाँ कर्म आत्मा के लिए बन्धनकारी न रहकर बन्धन से मुक्त करने का माध्यम बन जाता है।

लोक संग्रह – लौकिक जीवन में कर्म के महत्त्व से हम सभी भलीभाँति परिचित हैं, परन्तु *गीता* ने इसे लोक संग्रह का रूप देकर इसे व्यक्तिगत और सामूहिक आन्तरिक उत्कर्ष का साधन बना दिया है। आन्तरिक विकास की प्रक्रिया एवं भूमिका में *गीता* लोक संग्रह के लिए राजा जनक और स्वयं भगवान् श्रीकृष्ण का आदर्श रखती है। भगवान् कहते हैं कि व्यक्ति को श्रेष्ठ

पुरुषों के अनुसरण के साथ-साथ सचेतन आध्यात्मिक विकास भी करना होता है। अर्वाचीन काल में भारत ने कर्म को अनावश्यक और अप्रसांगिक मानकर इसे तुच्छ और त्याज्य घोषित कर दिया था। ऐसा कर देने से लोगों के मन में कर्ममय जीवन से अश्रद्धा उत्पन्न हो गई और इस कारण लोग कर्म से होने वाले आध्यत्मिक विकास से वंचित हो गए। ऐसी संभावना को टालने के लिए भगवान् कहते हैं, "हे अर्जुन! कर्म में आसक्त हुए अज्ञानीजन जिस प्रकार कर्म करते हैं, आसक्तिरहित विद्वान व्यक्ति लोकसंग्रह चाहता हुआ उसी प्रकार कर्म करे" (3/25)।

निष्काम कर्म - निष्काम कर्म कर्मयोग का वह सोपान है जहाँ आत्मानुभूति के फलस्वरूप अनासक्ति का विकास होता है। साधारण मनुष्य से अनासक्ति की अपेक्षा नहीं की जा सकती क्योंकि वह जीवन और जगत को सही रूप में नहीं जानता, परन्तु गीतोक्त साधक जानता है कि सभी कर्म वस्तुतः प्रकृति के गुणों द्वारा किए जाते हैं, अहंकार के कारण मनुष्य स्वयं को कर्ता मान लेता है। तत्त्ववेत्ता पुरुष इस उच्च सत्य को जानकर कर्म में आसक्त नहीं होता। इस उच्च स्थिति को प्राप्त करने के लिए व्यक्ति को आशा, अपेक्षा, कामना, वासना को त्यागकर उच्चतर चेतना में जागना होगा। इसी को निष्काम कर्म कहा जाता है। आध्यात्मिक परिपक्वता आने पर आत्मानुभूतिजन्य असंगता जीवन में स्वतः ही प्रकट होगी, परन्तु साधना का प्रारंभ श्रद्धा और विश्वास से करना होगा।

स्वधर्म पालन : *गीता* के अनुसार व्यक्तित्व विकास में स्वधर्म या स्वकर्म या नियतकर्म का स्थान विशेष रूप से महत्त्वपूर्ण है। विकासोन्मुखी जीवन के लिए *गीता* की वाणी है - "अच्छी प्रकार आचरण में लाए हुए दूसरे के धर्म से गुण रहित होते हुए भी अपना धर्म ही श्रेष्ठ है। स्वधर्म में मरना भी कल्याणकारक है और दूसरे का धर्म भय को देने वाला है" (3/35)। यहाँ स्वधर्म से भगवान् का तात्पर्य है - 'व्यक्ति के जीवन का आन्तरिक और बाह्य विधान।' जीवन में कई बार आकर्षणों के कारण एक सुनिश्चित निर्णय करने में मनुष्य स्वयं को असमर्थ पाता है। अपने स्वयं के धर्म केसम्बन्ध में अज्ञान तथा दूसरों के साथ स्वयं की तुलना इस कारण उत्पन्न राग-द्वेष ही इसके प्रमुख कारण होते हैं। अर्जुन की समस्या भी स्वधर्म विषयक ही थी। इसका एक मात्र समाधान भगवान् और उनकी वाणी में श्रद्धा और विश्वास रखना ही है। सौभाग्य था अर्जुन का कि वह स्वयं विचार करते हुए भगवान् की

ओर मुड़ता है। मनुष्य की सबसे बड़ी कठिनाई यह है कि वह अपने व्यक्तित्व की संरचना को नहीं जानता। इसलिए धन्य है अर्जुन का वह प्रश्न जिसने भगवान् श्रीकृष्ण को सामान्य जीवन से ऊपर उच्चतर आध्यात्मिक जीवन के द्वार खोलने को प्रेरित किया।

व्यक्तित्व का विश्लेषण : तीसरे अध्याय के 36 वें श्लोक में अर्जुन पूछता है - "हे कृष्ण। स्वभाव से न चाहते हुए भी व्यक्ति किस बलात् चीज़ से प्रेरित होकर पापाचरण करता है?" भगवान् अर्जुन को उत्तर देते हुए कहते हैं, "रजोगुण से उत्पन्न काम और क्रोध ही वे कारण हैं जो व्यक्ति को विमोहित कर पापाचरण में लगाते हैं।" मानव व्यक्तित्व की संरचना, उसकी समस्या तथा उसके समाधान को भगवान् अत्यन्त सारगर्भित आध्यात्मिक - मनोवैज्ञानिक भाषा में इस प्रकार प्रस्तुत करते हैं - "इन्द्रियों को स्थूल शरीर से श्रेष्ठ, बलवान और सूक्ष्म कहा जाता है। इन इन्द्रियों से श्रेष्ठ मन है, मन से श्रेष्ठ बुद्धि है और जो बुद्धि से भी परे या श्रेष्ठ है वह आत्मा है। इस प्रकार बुद्धि से परे अर्थात् सूक्ष्म, बलवान और श्रेष्ठ आत्मा को जानकर और बुद्धि (विवेक) के द्वारा मन को वश में करके हे महाबाहो! तू इस कामरूपी दुर्जेय शत्रु को मार डाल" (3/42-43)। हम जानते हैं कि सामान्य रूप से जिसे हम जीवन कहते हैं वह इन्द्रिय जीवन होता है। हमारी जानकारी ज्ञानेन्द्रियों तक ही सीमित रहती है और कर्मेन्द्रियाँ तदनुरूप कार्य करती हैं। ऐन्द्रिक सुख ही इस जीवन का लक्ष्य होता है और इन्द्रियों की शक्ति के अधीन होकर बेचारा मनुष्य उनके वशीभूत हो जाता है। चेष्टा करने पर भी वह इन्द्रियों के आकर्षण को छोड़ नहीं पाता। कुछ उन्नत व्यक्ति ही इन्द्रियों की दासता से ऊपर उठ पाते हैं और वे जान पाते हैं कि इन्द्रियों का नियंत्रण उच्च स्थिति पर उठने का मार्ग है। बुद्धि में ज्ञानशक्ति और संकल्पशक्ति दोनों ही रहती हैं। इस कारण सामान्य व्यक्ति की अपेक्षा बुद्धिमान व्यक्ति अधिक श्रेष्ठ कार्य कर सकता है। आज तक के श्रेष्ठ और सुसंस्कृत कार्य बुद्धिमान व्यक्तियों द्वारा ही किए गए हैं। इन्द्रिय बद्ध मनुष्य और बुद्धि प्रेरित व्यक्ति में पाशविक और बौद्धिक वृत्तियों का ही अन्तर होता है। इन्द्रिय प्रधान व्यक्ति में पाशविक वृत्तियाँ अधिक होती हैं जबकि बुद्धिमान और विवेकी व्यक्ति अधिक सुसंस्कृत एवं संयमित होता है। परन्तु आध्यात्मिक साधना द्वारा व्यक्ति और भी ऊँचे स्तर-आत्म चैतन्य पर पहुँच सकता है और तब वह शरीर, इन्द्रिय, मन और

बुद्धि सभी को आत्मा के द्वारा एकीकृत कर के रख सकता है। अपने आत्म स्वरूप को जानकर वह रागद्वेष से ऊपर उठकर मुक्त जीवन का रसास्वादन कर सकता है। *गीता* के दूसरे अध्याय में स्थितप्रज्ञ की जिस स्थिति का वर्णन किया गया है उसी दशा को प्राप्त करने का निर्देश भगवान् अर्जुन को कर्मयोग के प्रसंग में देते हैं। इस सम्बन्ध में और भी अधिक गहन और सूक्ष्म सत्य का अन्वेषण कर *गीता* ने कहा है कि मनुष्य को अपने व्यक्तित्व के विकास हेतु न केवल निम्न चेतना से ऊपर उठना है अपितु उच्च चेतना से निम्न चेतना पर शासन करते हुए जो कुछ निम्न और निकृष्ट है उसका बहिष्कार करना है और साथ ही जो अदिव्य है उसका परिष्कार भी करना है।

निष्कर्ष : अनासक्ति, अकर्मण्यता से नहीं उपजती अपितु कर्मफल एवम् कर्तृत्वाभिमान को भगवान् को समर्पित करने से प्राप्त होती है। कर्म में अनासक्ति तथा आत्मा की निर्लिप्तता का ज्ञान परस्पर विरोधी नहीं अपितु परिपूरक हैं।

अध्याय 4. संवर्धनशील व्यक्तित्व

गीता के संदर्भ में मानव व्यक्तित्व की समस्या कर्म और ज्ञान के सामंजस्य की है जो अर्जुन के प्रश्नों से प्रकट होती है। *गीता* धीरे-धीरे कर्म और ज्ञान के सामंजस्य, समन्वय एवं समुच्चय की ओर अग्रसर हो रही है। *गीता* का बल आदि से अन्त तक व्यक्तित्व के सर्वांगीण विकास पर है। व्यक्तित्व विकास की प्रक्रिया का प्रारंभ सांख्य (ज्ञान) से होता है जो बुद्धियोग में व्यापक होते हुए यज्ञार्थ कर्म के द्वारा ऐसे निष्काम कर्मयोग का रूप धारण कर लेता है जिसमें से मानव व्यक्तित्व की निम्न चेतना का बहिष्कार तथा परिष्कार साथ-साथ होता चलता है। चौथे अध्याय में जीवन विकास की साधना और भी अधिक विशाल रूप धारण करती है जिसमें व्यक्ति समस्त कर्म करते हुए भी योगयुक्त रहता है तथा योगयुक्त होकर समस्त कर्म करता है। योग चेतना की इस अवस्था को 'ज्ञान-कर्म-संन्यास योग' कहा गया है जिसमें ज्ञान और कर्म का समन्वय और समुच्चय किया गया है। ज्ञान का प्रकाश और कर्म की प्रांजलता दोनों ही *गीता* के योग में अभिन्न हो गए हैं। इससे जीवन में ज्ञान और कर्म का पृथक् अस्तित्व होते हुए भी कर्म ज्ञानमय हो गया है तथा ज्ञान में कर्म का संन्यास होकर उनका मिलन भी हो गया है।

श्रीकृष्ण इस योग को अव्यय योग या नित्ययोग कहते हैं जिसे इन शब्दों में प्रकट किया गया है – "जो व्यक्ति कर्म में अकर्म देखता है और जो अकर्म में कर्म देखता है, वह मनुष्यों में बुद्धिमान है और वह योगी समस्त कर्मों को करने वाला है" (4/18)। इसके बाद वाले श्लोकों में ज्ञान और कर्म की ऐसी अभिन्नता दिखलाई गई है जिसे सामान्य तो क्या उच्च बुद्धि के द्वारा भी समझना कठिन है।

साधक जीवन में इस प्रकार की योग स्थिति की अभीप्सा ही की जा सकती है ताकि हमारा समस्त सक्रिय जीवन योगयुक्त होकर व्यक्तित्व के समग्र विकास की ओर अग्रसर हो सके। परिणामतः व्यक्ति जिस योग चेतना को प्राप्त करता है उसका वर्णन इस श्लोक में किया गया है – "जिस यज्ञ में अर्पण भी ब्रह्म है, हवन की सामग्री भी ब्रह्म है तथा ब्रह्मरूप कर्ता के द्वारा ब्रह्मरूप अग्नि में आहुति देना रूप क्रिया भी ब्रह्म है – उस ब्रह्मकर्म में स्थित रहने वाले योगी द्वारा प्राप्त किए जाने योग्य फल भी ब्रह्म ही

हैं" (4/24)। इस यज्ञमय साधना में परमात्मा स्वयं ही साधक हैं, स्वयं ही साधना एवं स्वयं ही साध्य तथा स्वयं ही सिद्धि हैं। इसके बाद वाले श्लोकों में विभिन्न प्रकार की साधनाएँ प्रस्तुत की गई हैं जो साधकों की अपनी-अपनी रुचि और योग्यता पर आधारित होते हुए भी यज्ञ के वैश्व सिद्धान्त पर आधारित हैं "जिनसे जीवन यज्ञमय हो जाने पर समस्त कर्म ज्ञान में समाप्त हो जाते हैं तथा समस्त कर्म ज्ञानयुक्त हो जाते हैं" (4/33)। भगवान् कहते हैं कि यह पवित्र ज्ञान उसी साधक को प्राप्त होता है जो इन्द्रिय संयमी, श्रद्धावान तथा भगवत्परायण है। इसके विपरीत असंयमी, अश्रद्धालु, अज्ञानी तथा संशयात्मा व्यक्ति अपने ऊर्ध्वमुखी विकास से च्युत हो जाता है (4/39,40)। इसी कारण भगवान् आध्यात्मिक विकास से संबंधित अज्ञान से उत्पन्न संशय को ज्ञान की तलवार से काटकर अविनाशी नित्ययोग में प्रतिष्ठित होने के लिए मानव मात्र का आह्वान करते हैं (4/41,42)।

अध्याय के आदि में भगवान् अव्यययोग के प्रादुर्भाव की उपदेश परम्परा की चर्चा करते हुए कहते हैं कि यह योग सर्वप्रथम मैंने बतलाया और बाद में यह राजर्षियों को प्राप्त हुआ था (4/1,2)। इस पर अर्जुन भगवान् से पूछता है, "हे कृष्ण! आपका जन्म तो अभी हाल का है और विवस्वान का जन्म बहुत पुराना है तो फिर कैसे माना जाए कि कल्प के आदि में आपने ही विवस्वान को यह योग कहा था" (4/4)? इस प्रश्न के उत्तर में भगवान् अवतार सिद्धान्त को प्रकट करते हैं।

गीता में अवतार के प्रयोजन एवं प्रक्रिया की विवेचना करते हुए 'धर्म संस्थापना' को अवतार का प्रयोजन बतलाया गया है। धर्म संस्थापना के दो पक्ष हैं - एक सामाजिक तथा दूसरा आध्यात्मिक। सामाजिक दृष्टि से साधुओं की रक्षा तथा दुष्टों का विनाश प्रमुख है। परन्तु *गीता* के अनुसार समाज व्यवस्था ऐसा प्रयोजन नहीं है जिसके लिए स्वयं भगवान् को ही आना पड़े। साधु-संरक्षण तथा दुष्ट-विनाश का कार्य तो महामानवों के द्वारा भी किया जा सकता है। अतः स्वयं भगवान् के अवतार का प्रयोजन मनुष्य के आध्यात्मिक विकास का पथ प्रशस्त करना, भगवत् प्राप्ति को मनुष्य के लिए सुलभ बनाना, भागवत जीवन के लिए मनुष्य को प्रेरित करना तथा इस हेतु कृपामयी भागवत सहायता का आश्वासन देना है।

गीता में भगवान् सभी को आश्वासन देते हुए कहते हैं कि सभी मार्ग

मेरे हैं, मैं सभी से प्यार करता हूँ। भगवान् का यह आश्वासन *गीता* की विशालता तथा उदारता का द्योतक है। मानव समाज के विकास के लिए इस तत्त्व की आज अतीव आवश्यकता है।

निष्कर्ष : ज्ञान के समान पवित्र वस्तु कुछ भी नहीं और यह ज्ञान कर्मयोग में सिद्ध मनुष्य के हृदय में स्वतः ही प्रकट हो जाता है।

अध्याय 5. विकासशील व्यक्तित्व

चौथे अध्याय में सर्वत्र ही कर्मयोग और कर्मसंन्यास की मिश्रित चर्चा की गई है जिसे सुनकर अर्जुन के मन में जिज्ञासा जगती है और वह पूछता है, "हे कृष्ण! आप कर्मों के संन्यास की और फिर कर्मयोग की प्रशंसा करते हैं। अतः इन दोनों में से मेरे लिए जो श्रेष्ठ है उसे सुनिश्चित रूप से कहिए (5/1)। अर्जुन का प्रश्न तर्कसंगत है, क्योंकि साधन की दृष्टि से कर्मयोग और कर्मसंन्यास दोनों एक-दूसरे से भिन्न हैं। इन दोनों में से वह किसे अपनाए यह स्पष्ट नहीं होता। प्रश्न का उत्तर देते हुए श्रीकृष्ण कर्मयोग और कर्मसंन्यास के बीच एक विलक्षण समन्वयात्मक सत्य प्रकट करते हैं जो आध्यात्मिक जीवन का उच्च मनोवैज्ञानिक सत्य है। उत्तर स्पष्ट है जिसका सम्बन्ध सांख्य की ज्ञान साधना तथा योग की कर्म साधना से है। साधना की दृष्टि से दोनों में अन्तर होते हुए भी साध्य दृष्टि से दोनों एक ही हैं (5/4,5)। इन दोनों में पारस्परिकता इतनी घनिष्ट है कि इन दोनों को एक ही साधना के दो अंग समझा जाना चाहिए। सांख्य विवेक द्वारा सत्य का बोध कराता है तथा योग उस सत्य को सक्रिय जीवन में चरितार्थ करता है। *गीता* खुलकर कहती है कि एक में भी जिसकी आस्था हो वह दोनों का फल प्राप्त कर लेता है।

इस सम्पूर्ण विवेचना में भ्रम का कारण सांख्य, योग और वेदान्त दर्शन की समन्वित भाषा का प्रयोग है। अर्जुन इस शब्दावली का अर्थ परम्परा के अनुसार सीमित एवं अपूर्ण अर्थों में ग्रहण करता है जबकि श्रीकृष्ण का अभिप्राय उनके सार्विक अर्थ को प्रकट करना है। *गीता* कहती है, "तत्त्व को जानने वाला सांख्य योगी देखता हुआ, सुनता हुआ, छूता हुआ, सूँघता हुआ, खाता हुआ, चलता हुआ, आँख खोलता हुआ, बन्द करता हुआ भी यह मानता है कि सब इन्द्रियाँ अपने अपने अर्थों में बरत रही हैं, इस प्रकार मैं कुछ भी नहीं करता हूँ" (5/8,9)। *गीता* की इस भाषा में यह भ्रम हो सकता है कि सभी कार्य प्रकृतिजन्य हैं तथा पुरुष (आत्मा) से कर्मों का कोई सम्बन्ध नहीं है, किन्तु *गीता* के अनुसार सांख्य का यह आंशिक सत्य है। *गीता* के अनुसार कर्म का संचालन केवल प्रकृति नहीं करती बल्कि ब्रह्म की पराशक्ति करती है। अतः ब्रह्म में ही कर्मों का न्यास करने का आदेशोपदेश दिया गया

है (5/10) । व्यक्तित्व विकास की दृष्टि से एक आध्यात्मिक दृष्टि सम्पन्न तथा भौतिकवादी दृष्टि सम्पन्न व्यक्ति में कितना बड़ा अन्तर है, यह बात अगले श्लोक में स्पष्ट रूप से प्रकट होती है – "कर्मयोगी कर्मों के फल का त्याग करके भगवत्प्राप्ति रूप शान्ति को प्राप्त होता है जबकि सकाम पुरुष कामना प्रेरित फल में आसक्त होकर बँधता है" (5/12) ।

गीता कर्म को त्याग देने को नहीं कहती बल्कि योगयुक्त होकर ब्रह्म चेतना से युक्त होकर कर्म करने का उपदेश देती है। यही *गीता* की दृष्टि में सच्चा कर्मसंन्यास एवं सच्चा कर्मयोग है। वस्तुतः कर्म स्वयं में बन्धनकारक न होकर, फलासक्ति ही बंधन का कारण है। आसक्ति अज्ञान के कारण होती है और अज्ञान को मिटाने का उपाय आत्मबोध है। आत्मबोध के लिए साधारण देह-प्राण-मनोमयी चेतना से ऊपर उठना अनिवार्य है। मानव व्यक्तित्व के दो भाग होते हैं। एक साधारण देह-प्राण-मनोमय व्यक्तित्व और दूसरा इससे परे चेतन अंतरात्मा। वास्तव में मनुष्य का असली व्यक्तित्व 'चैत्य पुरुष' अंतरात्मा है जिसके अधीन बाह्य व्यक्तित्व रहता है। साधना की दृष्टि से सांख्य और योग अर्थात् ज्ञान और कर्म परस्पर घुल-मिलकर एक समन्वित साधना का रूप ले लेते हैं जिसके सम्बन्ध में *गीता* की वाणी इस प्रकार है – "परमात्मा के ज्ञान द्वारा जिनका अज्ञान नष्ट हो चुका है, उनका वह ज्ञान सूर्य के समान परम तत्त्व को प्रकाशित कर देता है। उनका मन, उनकी बुद्धि, उनकी निष्ठा तथा उनकी अन्तरात्मा भगवन्मय हो जाती है" (5/16,17) । कहने की आवश्यकता नहीं कि यह आध्यात्मिक स्थिति कर्मत्याग की स्थिति नहीं बल्कि इसमें मनुष्य का सम्पूर्ण व्यक्तित्व भगवान् के साथ अभिन्न हो जाता है।

योग साधना से व्यक्तित्व में जो परिवर्तन आता है वह दृष्टिकोणीय परिवर्तन भर नहीं बल्कि चेतना का रूपान्तरण है जो आध्यात्मिक अनुभूति पर प्रतिष्ठित है। आध्यात्मिक अनुभूति का प्रतिफल है 'समत्व का दर्शन।' सामान्य मानव जीवन अज्ञानमय जीवन है जिसमें सुख-दुख, शुभ-अशुभ, अनुकूल-प्रतिकूल तथा इष्ट-अनिष्ट बना ही रहता है। योग चेतना प्राप्त होने पर वे सब विलीन हो जाते हैं। सर्वत्र ब्रह्म दर्शन ही होता है। योगी की बुद्धि स्थिर हो जाती है। यहाँ, ध्यान रखने योग्य बात यह है कि गीतोक्त समत्व दर्शन न तो समता की मानवीय अवधारणा है और न परलोक की वस्तु। *गीता* स्पष्ट रूप से कहती है कि चेतना की यह उच्चावस्था इसी लोक

में और मानव जीवन में ही प्राप्त होती है (5/19)। निश्चय ही इसके लिए व्यक्तित्व के आध्यात्मिक विकास एवं रूपान्तरण की अनिवार्यता है। 'अभितो ब्रह्मनिर्वाणं' (5/26) कहकर *गीता* ने स्पष्ट कर दिया है कि यह ऐसा 'ब्रह्म निर्वाण' है जिसका जीवन और जगत से पूरा-पूरा सम्बन्ध है। भगवान् कहते हैं कि ब्रह्म चैतन्य केवल वह नहीं है जो गुह्य रूप से हमारे भीतर निहित है अपितु वह है जिसमें हम रहते और जीते हैं। आध्यात्मिक शब्दावली में जिसे हम मुक्ति कहते हैं वह निःसंदिग्ध रूप से अंतश्चेतना की वह मुक्तावस्था है जो यत्नशील साधकों को मन, बुद्धि और इन्द्रियों पर नियंत्रण करने से प्राप्त होती है। योग के प्रतिफल के रूप में अध्याय का अंत करते-करते *गीता* कर्म और ज्ञान के साथ भक्ति का तत्त्व भी मिला देती है। श्रीकृष्ण कहते हैं, "समस्त यज्ञ और तपस्या के वे ही भोक्ता हैं, वे ही सर्वलोक महेश्वर हैं वे स्वयं ही समस्त भूतों के सुहृदय हैं" (5/29)। इस सत्य की अनुभूति होने पर व्यक्ति की चेतना में भगवान् ही सर्वस्व हो जाते हैं। चूँकि भगवान् ही समस्त यज्ञों के भोक्ता हैं, अतः व्यक्ति के सभी कर्म यज्ञार्थ होने चाहिए, भगवान् ही सर्वलोक महेश्वर हैं, इसलिए मनुष्य को अपने सभी कर्म उन्हीं के विधानानुसार लोक संग्रह के लिए करने चाहिए, भगवान् सबके सुहृद हैं अतः गीतोक्त योगी सभी के कल्याण के लिए सचेष्ट रहता है। तात्पर्य यह कि भगवान् को सर्वभावेन जानना, उनसे प्रेम करना तथा अपने समग्र व्यक्तित्व को उनके लिए ही निवेदित कर देना, *गीता* का सार सन्देश है।

निष्कर्ष : कर्ममय जीवन में अनासक्ति, आध्यात्मिक जीवन का सार है, और यदि यह प्राप्त हो गई तो कर्ममय या एकान्त जीवन का प्रश्न ही निरर्थक है।

अध्याय 6. आरोही व्यक्तित्व

पाँचवें अध्याय के अन्त तक कर्म (योग) और ज्ञान (सांख्य) का द्वन्द्व समाप्त कर दिया गया है तथा इस अध्याय के प्रारंभ में इस बात की पुनः पुष्टि की गई है कि आध्यात्मिक विकास के लिए सक्रिय जीवन आवश्यक है तथा भावी विकास में सहायक है। व्यक्तित्व के विकास में कर्म की महती भूमिका है। निश्चित रूप से *गीता* अकर्म से कर्म को श्रेष्ठ बतलाती है तथा मुक्तावस्था में भी कर्म के अस्तित्व एवं महत्त्व को स्वीकार करती है। *गीता* का बल पूर्ण रूप से अनासक्त होकर स्वयं के जीवन और कार्यों को उच्च आयाम देने पर है (6/1-4)। *गीता* मानव मात्र को सन्देश देती है कि व्यक्ति अपना विकास (उद्धार) स्वयं करे और स्वयं को अधोगति में न जाने दे। व्यक्ति स्वयं अपना मित्र है और वह स्वयं ही अपना शत्रु (6/5)। यह सन्देश जीवन के इस सत्य पर आधारित है कि हमारा व्यक्तित्व दुहरा है। एक है देह-प्राण-मन से युक्त बाहरी व्यक्तित्व तथा दूसरा है हमारा सच्चा 'स्व' जिसे अन्तरात्मा कहा गया है। व्यक्तित्व विकास की दृष्टि से जो मनुष्य बाहरी व्यक्तित्व के अधीन रहता है वह स्वयं का शत्रु है तथा जो इस व्यक्तित्व को अपने अन्तरात्मा के अधीन रखता है वह स्वयं का मित्र है (6/6)।

आध्यात्मिक विकास के लिए व्यक्ति को अपने जीवन को भली प्रकार व्यवस्थित करने की आवश्यकता है। सामान्य जीवन में भी अव्यवस्थित, असन्तुलित तथा असंयमित जीवन हमारी परेशानियों का मूल कारण है। अतः *गीता* अपने व्यावहारिक जीवन को सुव्यवस्थित तथा सुगठित करने पर बहुत बल देती है। हमारा आहार और विहार, श्रम और विश्राम, शयन और जागरण सब कुछ यथायुक्त होने चाहिए (6/17)।

व्यक्तित्व को बिखराव से बचाने के लिए *गीता* एक ही शब्द का प्रयोग करती है और वह शब्द है - 'युक्त।' श्रीकृष्ण 'युक्त' शब्द की आध्यात्मिक अवधारणा की ओर हमारा ध्यान आकृष्ट करते हुए कहते हैं कि हमारा जीवन केवल व्यावहारिक दृष्टि से ही सुव्यवस्थित नहीं अपितु योग-चेतना से युक्त भी होना चाहिए। आत्म चैतन्य से युक्त करने के लिए जीवन का व्यावहारिक व्यवस्थीकरण सहायक है। आत्म चेतना से युक्त होकर जीवन निर्विकार होने लगता है (6/18-22)। इसी प्रकार व्यक्तित्व के विकास के लिए *गीता* उत्साह

की अनुशंसा भी करती है (6/23) तथा अपने 'स्व' से जुड़ने के लिए *गीता* ध्यान के अभ्यास पर भी बल देती है (6/24-29)।

ध्यान की प्रक्रिया वाले श्लोक आधुनिक उपयोगितावादी मानसिकता के लिए स्वार्थ केन्द्रित बनाने वाले प्रतीत हो सकते हैं। परन्तु ऐसी मान्यता तब दूर हो जाती है जब अगले ही श्लोकों (6/30-32) में चेतना के विस्तार को *गीता* ध्यान का परिणाम बतलाती है। ध्यान साधना द्वारा व्यक्तिगत तथा पारिवारिक जीवन में सुख-शान्ति तथा संतोष का आना तो आधुनिक मानसिकता को स्वीकार्य है ही *गीता* इसके साथ ध्यान को सर्वात्मबोध तथा सर्वत्र भगवद्दर्शन का सोपान मानती है।

गीतोक्त ध्यान साधना सांख्य के आत्मबोध तथा कैवल्य अनुभूति तक ही सीमित नहीं है। *गीता* प्रतिपादित ध्यान की अनुभूति सर्वत्र भगवद्दर्शन द्वारा सृष्टि के पार्थक्य और विभाजन को मिटाने वाली है। जगत के साथ योगी का ऐक्य कोरी मानवतावादी मान्यता अथवा सामाजिक समता की अवधारणा नहीं है। *गीता* व्यावहारिक और भागवत जीवन की खाई को पाट देती है।

व्यक्तित्व विकास में संयम और ध्यान की बात सुनकर अर्जुन सहज ही प्रश्न कर बैठता है कि चंचल मन के लिए क्या यह साधना संभव है (6/33,34)? भगवान् अर्जुन की शंका के उत्तर में कठिनाई को स्वीकार करते हुए उसका समाधान भी प्रस्तुत करते हैं। समाधान है सतत् अभ्यास और अभीप्सा। सामान्य स्वार्थमय जीवन का बहिष्कार (वैराग्य) तथा उच्च आध्यात्मिक जीवन के लिए आकर्षण एवं समर्पण तो चाहिए ही, परन्तु सत्य के लिए तीव्र अभीप्सा के अभाव में पथ में प्रगति संभव नहीं है (6/35)।

आज के उपभोक्तावादी युग में ध्यान साधना को भी मात्र सामान्य घरेलू सुख-शान्ति का साधन बना लेने की प्रवृत्ति बढ़ती जा रही है और आत्म संयम जैसे मूल्य को हेय या अनावश्यक समझा जा रहा है। ऐसी सुखवादी प्रवृत्ति के लिए भगवान् का उत्तर स्पष्ट है - "जिसका मन वश में नहीं है, उसके लिए यह योग असंभव है तथा जिसने अपने मन को वश में कर लिया है, ऐसे प्रयत्नशील साधक के लिए यह योग संभव है" (6/36)।

गीता प्रतिपादित व्यक्तित्व विकास की साधना मानव के उत्तरोत्तर जीवन विकास का सुनिश्चित मार्ग है जिस पर चलकर व्यक्ति दिव्य जीवन की ओर

उन्मुख हो जाता है। यहाँ तक कि मृत्यु भी इस प्रगति में व्यवधान नहीं बन पाती। अर्जुन के शंकाग्रस्त मन को आश्वासन देते हुए श्रीकृष्ण कहते हैं इस कल्याणकारी पथ का अनुसरण करने पर मनुष्य की इस लोक या अन्य लोक में अधोगति नहीं होती। जन्म-जन्मान्तर में भी उसे योग के अनुकूल सुयोग प्राप्त होता ही रहता है और अन्त में वह भगवत चेतना में प्रवेश होने योग्य हो जाता है (6/40-47)।

निष्कर्ष : एकाग्रता के साथ तीव्र भगवत्प्रेम अनिवार्य है। इस स्थिति में ही योग आध्यात्मिक साधना का रूप ले सकता है।

अध्याय 7. प्रगतिशील व्यक्तित्व

गीता के छठवें अध्याय का समापन करते हुए श्रीकृष्ण व्यक्तित्व की उस स्थिति को बतलाते हैं जब व्यक्ति अन्तरात्मा से भगवान् से प्रेम करता है (6/47)। *गीता* के इन शब्दों को भगवान् उस उच्चतम भागवत रहस्य की संज्ञा देते हैं जिसका अभी तक संकेत तो दिया गया, परन्तु उसका उद्घाटन सातवें अध्याय से प्रारंभ होता है। *गीता* के छठवें अध्याय तक भगवान् मानव व्यक्तित्व के आध्यात्मिक रूपान्तर हेतु क्रमशः आत्मतत्त्व, परमात्मतत्त्व, बुद्धियोग, यज्ञमय जीवन, ज्ञानयुक्त संन्यास तथा सर्वत्र समदर्शन का उपदेश दे चुके हैं। अब वे कहते हैं कि अर्जुन! अब तुम वह सब कुछ समझ लो जिसे जानने के बाद कुछ भी जानना शेष नहीं रहता और उसका मार्ग है मुझ अवतार में आश्रित होकर मुझसे प्रेम करते हुए बहुआयामी समग्र ज्ञान की अभीप्सा करना (7/1)। श्रीकृष्ण इसके निहितार्थों को स्पष्ट करते हुए कहते हैं कि इसे जानकर व्यक्ति का समस्त व्यवहार ही ज्ञानमय, प्रेममय तथा कर्ममय हो जाएगा। इस समग्र ज्ञान के दो पक्ष हैं – सारतत्त्वात्मक ज्ञान तथा विभूत्यात्मक विस्तृत विश्व विज्ञान। ज्ञान और विज्ञान मिलकर सम्पूर्ण भागवत ज्ञान होगा (7/2)।

व्यक्तित्व को उत्कृष्टता प्रदान करने वाले इस दुर्लभ मार्ग के सम्बन्ध में भगवान् श्रीकृष्ण कहते हैं, "हज़ारों मनुष्यों में कोई एक मेरी प्राप्ति के लिए प्रयास करता है और उन प्रयास करने वालों में कोई एक मुझको यथार्थरूप से जान पाता है। मेरी दो प्रकृतियाँ हैं। एक, आठ प्रकार की निश्चेतन जड़ प्रकृति तथा दूसरी चेतन प्रकृति जिससे जीवों का उद्भव होता है। ये दोनों मुझ परमेश्वर की ही प्रकृतियाँ हैं" (7/3-6)। दोनों को एक परमेश्वर की ही प्रकृतियाँ बतलाकर *गीता* मानव को एक व्यापक सत्य की ओर अग्रसर होने की ओर प्रेरित करती है। यह व्यापक सत्य है सम्पूर्ण सृष्टि का भागवत विधान जो सृष्टि की भगवन्मयता को सिद्ध करता है। भगवान् सृष्टि में उसी प्रकार ओत-प्रोत है जिस प्रकार मणि सूत के धागे में पिरोये रहते हैं (7/7)। भगवान् श्रीकृष्ण भाव से अन्तर्यामी रूप में रहते हैं (7/8-12)।

भगवद्गीता की यह वाणी जगत सत्ता के तत्त्वतः दिव्यस्वरूप की पुष्टि कर रही है। जगत और उसकी घटनाएँ भगवान् की ही अभिव्यक्तियाँ हैं।

भगवान् सर्वरूप होते हुए भी सर्वातीत होने के कारण सृष्टि के कार्य से प्रभावित नहीं होते। श्रीकृष्ण के इन उपदेशों में मानव व्यक्तित्व के उच्च दिव्य भाव तथा बाहरी अभिव्यक्तियों में सम्बन्ध निहित हैं। मनुष्य चाहे तो दिव्यस्वभाव की ओर आरोहण कर सकता है अथवा स्वेच्छा से जब चाहे तब तक प्रकृति के त्रिगुणात्मक खेल में भटका हुआ भी रह सकता है। भगवान् कहते हैं कि मेरी गुणमयी माया बड़ी दुस्तर है, परन्तु जो मेरी ओर उन्मुख हो जाते हैं वे माया से परे चले जाते हैं। दूसरी ओर जो आसुरी स्वभाव के मनुष्य हैं वे मेरी माया से मोहित हो जाने के कारण मेरी ओर उन्मुख नहीं होते (7/13–15)।

इस सम्बन्ध में श्रीकृष्ण आसुरी लोगों की चर्चा करते हुए स्पष्ट कहते हैं कि असुर का अर्थ मनुष्य से भिन्न प्राणी नहीं। असुर से अभिप्राय उस मनुष्य से है जो अहंकार से परिचालित होकर निम्न प्रकृति का दास बनकर दुष्कर्म की ओर प्रवृत्त हो जाता है। दूसरी ओर मनुष्य वह है जो अहंकार से परिचालित न होकर निम्न प्रकृति के वशीभूत न होते हुए, सुकृत करते हुए भगवान् की ओर उन्मुख हो जाता है। ऐसे भक्तों की चार श्रेणियाँ होती हैं – अर्थार्थी, आर्त, जिज्ञासु और ज्ञानी – जो मनुष्य के प्रगतिशील व्यक्तित्व का विवेचन करती हैं (7/16)। *गीता* इन चार प्रकार के विकासशील मानव व्यक्तित्वों की, भगवान् के साथ आत्मीयता तथा अभिन्नता भी दर्शाती हैं। इसी प्रसंग में *गीता* भक्ति और ज्ञान के बीच प्रचलित भ्रान्त विवाद को दूर कर आध्यात्मिक जीवन में दोनों के महत्त्व का उद्घाटन करती है। *गीता* के उपासक में कर्म, भक्ति और ज्ञान समरसता के साथ जुड़े रहने चाहिए (7/17-29)। अन्तिम श्लोक में श्रीकृष्ण समग्र ज्ञान के विविध पक्षों की चर्चा करते हुए मानव व्यक्तित्व को बहु आयामी बनाने की ओर अग्रसर हो जाते हैं (7/30)।

निष्कर्ष : विविधतामय जगत वासुदेवमय है – यह उच्चतम आध्यात्मिक अनुभूति है।

अध्याय 8. अभ्यासोन्मुखी व्यक्तित्व

सातवें अध्याय का समापन करते हुए भगवान् ने कहा था कि जो पुरुष अधिभूत-अधिदैव-अधियज्ञ सहित ब्रह्म, अध्यात्म व कर्म को मृत्यु के समय भी जान जाता है वह मेरे साथ समग्र रूप से युक्त हो जाता है (7/29,30)। इस पर अर्जुन के मन में जिज्ञासा जग जाती है और वह श्रीकृष्ण से प्रश्न करता है और इस प्रश्न से ही *गीता* का यह अध्याय प्रारंभ होता है। अर्जुन के सात प्रश्न हैं जिनका सम्बन्ध सृष्टि में भगवान् की अभिव्यक्ति होने के कारण व्यक्तित्व की पूर्णता से है (8/1,2)। श्रीकृष्ण उत्तर देते हुए जगत के रहस्य का उद्घाटन करते हैं (8/3-5)। रहस्य यह है कि जगत जैसा हमें अपनी इन्द्रियों से दिखलाई देता है वैसा ही नहीं है, उससे परे भी बहुत कुछ है। इस तरह, इस जगत को दो भागों में विभाजित किया जा सकता है। एक है भौतिक तथा दूसरा अतिभौतिक। *गीता* के अनुसार अतिभौतिक सत्य को जाने बिना भौतिक जगत का ज्ञान अपूर्ण है। केवल भौतिक दृष्टि में बद्ध होकर जीना और मर जाना जीवन का सत्य नहीं है। इस बहुआयामी जीवन के केन्द्र हैं समस्त सृष्टि के अधिष्ठाता परब्रह्म पुरुषोत्तम भगवान् श्रीकृष्ण तथा जीवन का प्रयोजन भगवान् की प्राप्ति ही है। हाँ, भगवान् की प्राप्ति का अर्थ है सम्पूर्ण जीवन को भागवत जीवन में रूपान्तरित कर देना। इसी को अध्यात्म भी कहा जाता है। इस अध्याय में कहा गया है कि अन्तकाल में भगवान् का स्मरण करते हुए अपने शरीर को छोड़ने वाला व्यक्ति अन्त में भगवान् को प्राप्त कर लेता है। इन शब्दों से व्यक्ति को यह भ्रम हो सकता है कि भागवत सत्य केवल अतिभौतिक या अभौतिक में ही निहित है। परन्तु *गीता* के अनुसार भगवत्स्मरण का सम्बन्ध व्यक्ति की अंतश्चेतना से है। भगवत स्मरण करने का अभिप्राय सम्पूर्ण जीवन को ईश्वरोन्मुखी बनाने से है। यथार्थ और समर्थ आध्यात्मिक जीवन सुबह-शाम अथवा यदा-कदा भगवान् का स्मरण करने तक सीमित नहीं है। यह समस्त जीवन का ही मोड़ है तथा जीवन के अन्तिम क्षण का स्मरण भी जीवन भर के स्मरण का परिणाम है। इस सम्बन्ध में *गीता* एक नैसर्गिक विधान की चर्चा करती हुई कहती है कि जो व्यक्ति अन्तकाल में जिस भाव का स्मरण करता है, दूसरे जन्म में उसी को प्राप्त करता है (8/6) परन्तु *गीता* का यह आशय नहीं है

कि केवल अंतकाल में ही भगवान् का स्मरण किया जाए। इसके विपरीत *गीता* इस नैसर्गिक नियम को बतलाकर स्पष्ट रूप से निर्देश देती है कि हर घड़ी, हर मुहूर्त मेरा स्मरण करो और जीवन का कार्य भी करो। भगवान् आश्वासन देते हैं कि मेरे प्रति समर्पित मन और बुद्धि से युक्त होकर व्यक्ति निश्चित रूप से भागवत चेतना में वर्धित होकर रूपान्तरित हो जाता है (8/7)। इस प्रसंग में *गीता* पुनः अभ्यास के नैसर्गिक नियम का उद्घाटन करती हुई कहती है कि परमेश्वर के ध्यानरूप योग का अभ्यास करता हुआ, व्यक्ति परम प्रकाश रूप दिव्य पुरुष परमेश्वर को प्राप्त कर लेता है (8/8)। अन्त में इस योग युक्त अवस्था को प्राप्त करने के साधन के रूप में *गीता* सतत स्मरण को सबसे सुलभ साधन के रूप में स्थापित करती है। (8/14) सतत स्मरण से युक्त व्यक्ति को *गीता* नित्ययोगी की संज्ञा देती है जो विकसित उच्च भागवत चेतना से ही संभव है। यह स्मरण केवल एकान्त में किया हुआ स्मरण नहीं अपितु जीवन संग्राम के बीच की प्रगाढ़ चेतना है।

गीता में भगवत प्राप्त मनुष्य को जन्म-मरण के चक्र से छूट जाने का आश्वासन दिया गया है, (8/15,16) परन्तु कुल मिलाकर *गीता* मानव की जन्म-जन्मान्तर यात्रा को अभिशाप न मानती हुई मृत्यु को इच्छामृत्यु के रूप में स्वीकार करती है। निश्चय ही प्रकृति की अधीनता एवं विवशता से ऊपर उठ जाने की बात तो *गीता* कहती है किन्तु आवागमन के चक्र से मुक्त हो जाने की तुलना में भागवत साधर्म्ययुक्त दिव्यजीवन की प्राप्ति को श्रेष्ठ मानती है। योगी और भोगी में यही अन्तर है। योगी प्रकृति की बाध्यता से स्वतंत्र होता है, जबकि भोगी प्रकृति के वशीभूत होकर कार्य करता है। इसके बाद *गीता* में काल-गति तथा लोकान्तर की चर्चा की गई है जिसमें पुरुषोत्तम भगवान् को सर्वातीत बतलाया गया है परन्तु इसके साथ ही *गीता* की यह घोषणा भी है कि परमपुरुष सम्पूर्ण सृष्टि में ओत प्रोत है तथा सभी भूतप्राणी उसके अन्तर में ही स्थित हैं (यस्यान्त स्थानि भूतानि)। *गीता* में यह एक महत्त्वपूर्ण आध्यात्मिक सत्य का उद्घाटन है। *गीता* स्पष्ट रूप से कहती है कि परम पुरुष अनन्य प्रेम और समर्पण से प्राप्त होता है (8/17–22)। चूँकि परमतत्त्व इस जागरूक जीवन में विद्यमान है तथा यह जगत उसमें स्थित है, मानव व्यक्तित्व का विकास भागवत व्यक्तित्व तक तथा मानव जीवन का विकास भागवत चेतना की सीमा तक भी संभव है। भगवत्प्राप्ति किसी अन्य लोक या धाम भर की उपलब्धि न होकर इसी लोक में संभव

है तथा इसे प्राप्त करने के लिए, मानव जीवन का तिरस्कार नहीं अपितु उसका आन्तरिक विकास और आध्यात्मिक रूपान्तरण करना है। इसी कारण भगवान्- 'तस्मात्सर्वेषु कालेषु योगयुक्तो भवार्जुन' (8/27) कहकर अर्जुन को और उसके माध्यम से मानव जाति को जीवनव्यापी योग को अपनाने का निर्देश देकर जीवन को आध्यात्मिक दृष्टि से नित्य समृद्ध बनाने के लिए प्रेरित करते हैं।

निष्कर्ष : जो जीवन भर भगवान् का स्मरण करते रहते हैं वे ही मृत्यु की घड़ी में भगवान् का स्मरण कर पाते हैं। अतः मनुष्य को अपने कर्तव्य कर्मों का पालन करते हुए सर्वदा भगवान् का स्मरण करने का अभ्यास करते रहना चाहिए।

अध्याय 9. उत्सर्गशील व्यक्तित्व

पूर्व अध्याय में भगवान् अर्जुन के माध्यम से समग्र जीवन को योगयुक्त बनाने का सन्देश दे चुके हैं। अपने उसी सन्देश को परिपूर्ण बनाते हुए श्रीकृष्ण मनुष्य मात्र को आश्वासन दे रहे हैं कि मैं एक विज्ञान युक्त ज्ञान बतलाता हूँ जो गुह्य होने के साथ ही सुलभ भी है। एक खुला रहस्य है। भगवान् कहते हैं कि यह योग राजगुह्य होते हुए व्यवहार्य भी है। हाँ, इसकी साधना के लिए श्रद्धा का सम्बल अनिवार्य है अन्यथा मनुष्य संसार की भूल-भुलैया में भटक सकता है (9/1-3)।

श्रीकृष्ण केवल दो श्लोकों में इसे इस प्रकार कहते हैं - "यह नित्य परिवर्तनशील जगत जिसमें प्रत्यक्षतः दिव्यता का कोई चिन्ह भी दिखलाई नहीं पड़ता उस नित्य परमात्मा से ही ओतप्रोत है अर्थात् यह व्यक्त जगत उस अव्यक्त की ही अभिव्यक्ति है" (9/4,5)। यद्यपि अनित्य भूतों में नित्य तत्त्व की कोई संगति प्रतीत नहीं होती, तो भी ईश्वर विश्वातीत होते हुए भी विश्वाधार है। इस कथन में ज्ञान और विज्ञान दोनों समाहित हैं। जैसे वायु आकाश में स्थित है, वैसे ही जीवन और जगत जगदीश में स्थित हैं (9/6)।

भगवान् कहते हैं कि इस सृष्टि में 'विसर्जन' और 'सर्जन' दो प्रकार की क्रियाएँ होती हैं। प्रकृति की अंधी अनिवार्यता के रूप में होने वाली सृष्टि की गति, भगवान् का आत्म विसर्जन है जिसमें भगवान् स्वयं ही विवश और निरुपाय भूत समूह बने हुए हैं (9/8)। आत्म-सर्जन की प्रक्रिया द्वारा भगवान् स्वयं ही लोकोद्धार के लिए अवतार भी लेते हैं (4/6-9)। आत्म-सर्जन की प्रक्रिया में प्रकृति उनके अधीन होती है, (प्रकृतिं स्वामधिष्ठाय सम्भवाम्यात्ममायया - 4/6) तथा दूसरी आत्म-विसर्जन की प्रक्रिया में प्रकृति शासन करती है (प्रकृतिं स्वामवष्टभ्य विसृजामि - 9/8)। गुह्य रहस्य यह है कि सामान्य सृष्टि और विशेष अवतार दोनों ही भगवन्मय हैं तथा दोनों में ही भागवत विधान चरितार्थ हो रहा है। इस विधान के अन्तर्गत भगवान् सर्वातीत होने के कारण सर्वानुगत होते हुए भी सृष्टि क्रिया से सर्वथा अप्रभावित ही बने रहते हैं। मनुष्य मात्र के लिए इस महान् सत्य का सन्देश है कि मनुष्य स्वरूपतः भगवत स्वरूप है, परन्तु सृष्टि की उस भगवन्मयता को अस्वीकार कर स्वयं ही क्षुद्र देह मन के अधीन सामान्य मानव चेतना में बद्ध हो जाता

है। *गीता* कहती है कि इस मान्यता का परिणाम होता है क्षुद्रभाव, आसुरी प्रकृति, चेतना की विकृति, कर्मों की निकृष्टि तथा जीवन की विनष्टि। (9/11,12) दूसरी ओर जिन मनुष्यों को सृष्टि की भगवन्मयता का बोध होता है उनकी प्रकृति दैवी होती है, जिसके द्वारा वे अनन्य मन से दृढ़तापूर्वक भगवान् की उपासना करते रहते हैं (9/13,14)।

इस विवरण से स्पष्ट है कि *गीता* जिस भगवान् की उपासना की अनुशंसा करती है वह केवल लोकातीत भगवान् नहीं बल्कि सर्वभूतान्तर्यामी भगवान् की बोधरूपी, प्रेममयी सक्रिय उपासना है। इस उपासना का लक्ष्य सम्पूर्ण मानव व्यक्तित्व को रूपान्तरित कर देना है। यही *गीता* का आदर्श है। मनुष्यों की रुचि और अधिकार भेद से एकता भाव से, पृथक् भाव से विराट की उपासना इतना रहस्यमय तत्त्व है जो विरोधीभावों का समन्वय तो करता ही है, साथ ही इहलोक में मनुष्य को सच्चे पुरुषार्थ की ओर भी प्रेरित करता है। इस सम्बन्ध में श्रीअरविन्द लिखते हैं – "केवल यहीं इसी मर्त्यलोक में अन्यत्र कहीं नहीं सर्वोच्च ऐश्वर्य की प्राप्ति करनी है, केवल यहीं स्थूल भौतिक तुच्छ मानव प्रकृति में से अंतरात्मा के दिव्य स्वभाव का विकास करना है और भगवान् और मनुष्य तथा विश्व के साथ, एकीभाव के द्वारा यहीं अपनी सत्ता का व्यापक और विस्तृत समग्र सत्य उद्घाटित करना है, इसे जीवन्त बनाना है और प्रत्यक्ष रूप से उसे भव्य बनाना है।"

मन में सहज ही एक प्रश्न उठता है कि इस उच्चतम सत्य को द्वंद्वात्मक जगत में जीना क्या असंभव या कठिन नहीं है? साधारणतः ऐसा ही प्रतीत होता है किन्तु *गीता* पुण्यजनित लोकों के प्रति विरक्ति तथा इस मर्त्यलोक में दिव्य जीवन की संभावना प्रकट करती है। भगवान् बारम्बार आश्वासन देते हुए कहते हैं कि इस जगत में ही दिव्य जीवन की प्राप्ति अनुपम तो है ही, आध्यात्मिक दृष्टि से पूर्ण भी है, बस चाहिए केवल भगवान् में अनन्य अनुराग। विचार, भावना, स्मृति, विश्वास, वाणी, कर्म तथा व्यवहार में अनन्य अनुराग उत्पन्न होने पर व्यक्ति भगवान् के साथ नित्ययुक्त हो जाता है और ऐसे नित्ययुक्त योगी का योगक्षेम स्वयं भगवान् वहन करते हैं (9/22)। भगवान् स्वयं उसकी आवश्यकता की पूर्ति करते हैं। यही है इस जगत में धन्य हो जाने का सुगम उपाय। *गीता* कहती है कि स्वयं भगवान् ही देवों के देव हैं तथा उनके प्रति आत्मनिवेदन, मानव व्यक्तित्व के रूपान्तरण का श्रेष्ठ तथा सुगम उपाय है। भगवान् के प्रति आत्मनिवेदन हेतु षोडषोपचार

पूजन की आवश्यकता नहीं। पत्र, पुष्प, फल या जल जो भी हो, उसे ही भक्तिभाव से अर्पित करना होता है। *गीता* की यह सांकेतिक भाषा है जिसके सम्बन्ध में श्री अरविन्द लिखते हैं, "यहाँ जीवन की साधारण से साधारण, तुच्छ से तुच्छ परिस्थिति, छोटे से छोटा कर्म भी दिव्य एवं अलौकिक महत्त्व प्राप्त कर लेता है और उस परमेश्वर के लिए स्वीकार्य नैवेद्य, बन जाता है।"

गीता का आह्वान है, "तुम जो कुछ भी करो, जो कुछ भी खाओ, जो कुछ भी दान करो, जो भी तप करो, हे कौन्तेय! वह तुम मुझे अर्पित करो" (9/27)। वास्तव में *गीता* का यह आह्वान मानव जीवन को, अपनी सम्पूर्ण सत्ता को, उसकी समस्त गति और कर्म को भगवान् के प्रति नैवेद्य बना देने तथा समग्र जीवन को योग युक्त चेतना में विकसित करने, उसे भगवन्मय बना देने की प्रेरणा है। जीवन में शुभाशुभ कर्मों से छुटकारा एक दार्शनिक समस्या है किन्तु आत्मनिवेदन की इस साधना से मनुष्य के पृथक् भाव का उन्मूलन हो जाता है, जिसमें व्यक्ति शुभाशुभ कर्मों के बन्धन से सर्वथा मुक्त हो जाता है (9/28)।

भगवत्प्राप्ति मनुष्य मात्र के लिए सुलभ है किन्तु इस सत्य की अनुभूति सब को नहीं है। जब हमारी चेतना इस सत्य में लग जाती है तो व्यक्ति के लिए यह एक सजग और सचेत तथ्य बन जाता है। इस जाग्रत चेतना में तल्लीनता ही भागवत व्यक्तित्व में विकसित होते जाने का सीधा और सरल उपाय है। भगवान् मानव मात्र को आश्वासन देने में कोई कोर कसर नहीं रख छोड़ते कि साधारण मनुष्य ही नहीं अपितु दुराचारी मनुष्य भी भक्ति और समर्पण से दिव्य जीवन को प्राप्त कर सकता है। भगवान् ऐसे व्यक्ति की चेतना स्वयं व्यवस्थित कर देते हैं। अन्त में *गीता* निर्देश देती हुई कहती है कि इस अनित्य और सुखहीन संसार में आकर मुझमय ही हो जाओ (9/33)। ऐसा करने से भगवान् के साथ नित्य एकता का अनुभव करते हुए यह मानव जीवन दिव्य जीवन हो जाएगा।

निष्कर्ष : वासना शून्य होकर जो भगवान् पर पूर्ण निर्भर रहते हैं, उनकी देखभाल भगवान् स्वयं करते हैं।

अध्याय 10. अडिग व्यक्तित्व

जीवन और जगत में लोक-लोकान्तर में सर्वत्र भगवान् ही ओतप्रोत हैं तथा इस विश्व की गति के स्रोत भी स्वयं भगवान् हैं – इस सत्य का प्रतिपादन किया जा चुका है। इस ज्ञान की फलश्रुति बतलाते हुए भगवान् कहते हैं – "जो व्यक्ति मुझको अज और अनादि लोकमहेश्वर के रूप में जानता है वह समस्त पापों से छूट जाता है" (10/3)। आगे भगवान् श्रीकृष्ण और भी अधिक व्यापक तथा सारगर्भित भाषा का प्रयोग करते हुए कहते हैं कि सभी भूतगण, उनके सभी 'भाव' तथा उनका 'उद्‌भव' स्वयं भगवान् से ही होता है। भगवान् इस ज्ञान को अपना विभूतियोग बतलाते हैं तथा कहते हैं जो इसे अच्छी तरह जान लेता है वह अविकम्प आस्था में स्थित हो जाता है। इस अडिग आस्था का परिणाम यह होता है कि इस भाव से परिपूर्ण बोधयुक्त भगवान् के भक्त तल्लीन होकर परस्पर चर्चा करते हुए मेरे लिए ही जीते हैं। इस प्रकार उनका सम्पूर्ण जीवन भगवदोन्मुखी हो जाता है। ऐसे भक्तों को अन्धकारमुक्त करने के लिए स्वयं भगवान् उनके अन्तर में ज्ञानदीप प्रज्ज्वलित कर देते हैं। उनका सम्पूर्ण जीवन भागवत ज्योति से भर उठता है। इस अभय एवं आश्वासन वाणी को सुनकर अर्जुन भगवान् की स्तुति करने लगता है तथा विभूतियोग को और भी अधिक विस्तार से जानना चाहता है। वह अपनी रहस्यानुभूति को प्रकट करते हुए कहता है, "अमृतवाणी का पान करते हुए मेरी तृप्ति ही नहीं हो रही है" (10/12-18)। अर्जुन की जिज्ञासात्मक प्यास को देखकर भगवान् अपनी प्रमुख विभूतियों का वर्णन करते हैं (10/20-42)।

विभूति वर्णन का सारांश यह है कि श्री भगवान् सृष्टि के न केवल आदि कारण एवं उद्‌गम हैं अपितु वे इस विश्व की विकासमयी गति भी हैं। सर्वत्र वे ही अभिव्यक्त हो रहे हैं। लोक-लोकान्तर में जो कुछ भी जड़चेतन चर-अचर संभूति है वह अपनी विकास गति में उन्हीं की विभूति है। *गीता* के अनुसार इस भागवत सत्य में हम यदि जाग जाएँ तो हमें अडिग आस्था एवं अविकम्पयोग चेतना प्राप्त हो सकती है (10/7)।

निष्कर्ष : प्राणपण से जिनकी ऊर्जा भगवान् में लगी हुई है, उनके हृदय में भगवान् ज्ञानदीप प्रज्ज्वलित कर देते हैं।

अध्याय 11. वैश्व व्यक्तित्व

भगवान् के विभूति रहस्य को जानकर अर्जुन की और अधिक जानने की उत्सुकता बढ़ जाती है। अपने प्रिय सखा श्रीकृष्ण से यह सुनकर कि पाण्डवों में धनंजय (पाण्डवानां धनंजयः 10/37) भी भगवान् की ही विभूति है अर्जुन अपनी सामान्य चेतना से ऊपर उठ जाता है, उसका हृदय कृतज्ञता से भर उठता है तथा उसमें दिव्य रूपदर्शन की अभीप्सा जग जाती है। वह भगवान् के ऐश्वर्ययुक्त दिव्य रूप को देखना चाहता है (11/1-4)। हमारे लिए यह एक महत्त्वपूर्ण संकेत है कि मानव व्यक्तित्व एक सतत संवर्धनशील चेतना है तथा *गीता* का प्रगतिशील दर्शन उसकी प्रतिपूर्ति करता है। *गीता* का जीवन दर्शन गहन से गहनतर, पर से परात्पर तथा रहस्य से परम रहस्यमय ज्ञान की ओर अग्रसर होता है।

यहाँ भगवान् मानव व्यक्तित्व की सीमा और सामर्थ्य बतलाते हुए यह भी कहते हैं कि चर्म चक्षुओं से इस दिव्य रूप के दर्शन संभव नहीं है। इस कारण वे अर्जुन को दिव्य दृष्टि प्रदान करते हैं। यहाँ *गीता* का संकेत स्पष्ट है कि व्यक्ति और समाज दोनों ही स्तरों पर मानव पूर्णता (Human Perfection) पर्याप्त नहीं है। जीवन की पूर्णता *गीता* के अनुसार दिव्य स्तर पर ही संभव है और अभीप्सा ही दिव्यता का प्रवेश द्वार है जिसकी पूर्णता के लिए भगवान् का आश्वासन एवं आशीर्वाद सदैव प्राप्त है। इस अध्याय में हम देखते हैं कि आध्यात्मिक अनुभूति जैसे-जैसे प्रगाढ़ होती जाती है, दिव्य चेतना में व्यक्तित्व की स्थिति अधिकाधिक दृढ़ होती जाती है (11/5-8)।

सामान्य धार्मिक मान्यता है कि भगवद्दर्शन प्रेम, आनन्द और शान्ति से परिपूर्ण होता है, परन्तु *गीता* हमें दिखलाती है कि जीवन और जगत का संघर्षात्मक तथा विनाशकारी पक्ष भी होता है (11/15-34)। व्यक्तित्व विकास की दृष्टि से यह दर्शन विशेष महत्त्व रखता है। ऐसा परस्पर विरोधी दर्शन आज के जगत का सत्य है, जिसे देखकर अर्जुन की तरह हर व्यक्ति भयभीत, विस्मित एवं जिज्ञासु हुए बिना नहीं रहता। यह अभीप्सु की अनुभूति है जो मनुष्य के सर्वांगीण विकास में सहायक है।

विश्वरूप दर्शन के परिणाम से अर्जुन की मानसिक स्थिति का पता चलता है कि वह इस दिव्य दर्शन को सहन करने में समर्थ नहीं है। इसी

कारण वह भगवान् की स्तुति करता है (11/36-46) तथा भगवान् उसे उग्र रूप के स्थान पर देव रूप के दर्शन कराते हैं (11/47-50)। अर्जुनकृत भगवान् की स्तुति मनुष्य के व्यक्तित्व विकास में सहायक है। इस स्तुति के माध्यम से मनुष्य मात्र को *गीता* का यह आमंत्रण है कि भागवत ज्ञान को धारण करने के लिए वह मानवी असमर्थता से ऊपर उठे तथा इस असमर्थता से उबारने के लिए भगवान् अर्जुन को निमित्त बनाकर मानव मात्र को इन शब्दों में आश्वासन देते हैं, "जो मेरे लिए मेरा ही कर्म करता है, मेरे परायण रहता है, मुझसे प्रेम करता है तथा संसार में असंग और निर्वैर रहता है वह अंततः अपने सीमित व्यक्तित्व से ऊपर उठकर मुझमें प्रवेश करता है और मुझमें ही निवास करता है" (11/55)।

निष्कर्ष : समर्पण का वास्तविक अर्थ है अहम् केन्द्रित जीवन दृष्टि का सर्वथा त्याग करते हुए भगवान् का उपकरण बनकर कार्य करने में अहोभाग्यता का अनुभव करना।

अध्याय 12. समरस व्यक्तित्व

एकादश अध्याय में भाव, बोध और संकल्प से युक्त होकर भागवत जीवन में विकसित हो जाने की प्रेरणा दी जा चुकी है, किन्तु निर्गुण निराकार, अव्यक्त, अक्षर और अनिर्देश्य ब्रह्म जो सृष्टि से परे है, उसकेसम्बन्ध में अर्जुन के मन में जिज्ञासा जगती है। अर्जुन पूछता है कि निर्गुण-निराकार तथा सगुण-साकार के उपासकों में श्रेष्ठ योगी कौन है (12/1)? व्यक्तित्व विकास की दृष्टि से अर्जुन के इस प्रश्न का महत्त्व बहुत अधिक है। श्रीकृष्ण का उत्तर स्पष्ट है जो व्यक्ति समग्र ब्रह्म पुरुषोत्तम भगवान्‌ के उपासक हैं वे योगवित्तम हैं, कारण समग्र भगवान्‌ की अनुभूति ही उच्चतम और सरलतम आदर्श है। परब्रह्म पुरुषोत्तम के साथ निर्गुण निराकार अक्षर ब्रह्म की तात्विक एकता होने के कारण, अक्षर और अव्यक्त की उपासना करने वाले भी अंततः भगवान्‌ को ही प्राप्त करते हैं, परन्तु एकांगी रूप में। इसके साथ ही देहधारी के लिए अव्यक्त की उपासना कठिन भी होती है (12/2-5)।

मनुष्य देह-प्राण-मन-बुद्धि युक्त प्राणी है। इस कारण उसकी चेतना मूर्त और सक्रिय रूप में सहजता का अनुभव करती है और भगवान्‌ भी उसके विकास में उसकी सहायता करते हैं। भगवान्‌ के अवतार का प्रयोजन भी देह-प्राण-मन- बुद्धि युक्त मानव व्यक्तित्व की चेतना को ऊँचा उठाते हुए मर्त्य जीवन को अमृतत्व की ओर ले जाना है तथा वे भगवदोन्मुखी मनुष्य की चेतना को ऊर्ध्वमुखी करने का आश्वासन भी वे देते हैं (12/6-7)। ध्यान रहे कि मनुष्य का व्यावहारिक व्यक्तित्व बाहर से सतत्‌ परिवर्तनशील दिखते हुए भी उसमें भागवत चैतन्य रहता है और वह चाहे तो अपने व्यक्तित्व को ऊँचा उठाकर उस चैतन्य में निवास कर सकता है (12/8)। मनुष्य अपनी मानवता से उठकर भगवत्ता में निवास कर सकता है, *गीता* का यह एक अनुपम आश्वासन है। गीतोक्त आदर्श व्यक्तित्व न तो इहलोक का तिरस्कार करता है और न परलोक में जाने की इच्छा करता है। वह तो अनन्य भाव से अपने व्यक्तित्व को पुरुषोत्तम भगवान्‌ के साथ जोड़ देने की अभीप्सा करता है। इस उच्च स्थिति को प्राप्त करने के लिए *गीता* मानव जाति के सामने अनेक विकल्प भी रखती है। वे विकल्प हैं - चित्त एकाग्रता, अभ्यास, ईश्वरार्थ कर्म तथा सर्वकर्म फलत्याग (12/9-12)। ये उपाय मानव स्वभाव की

विविधता और योग्यता के अनुसार बतलाए गए हैं। इनमें से चित्त एकाग्रता तथा भगवान् के लिए कर्म मानव व्यक्तित्व को अन्दर और बाहर दोनों ओर से गठित करते हुए भागवत चेतना की ओर ले जाते हैं। *गीता* कर्मफल त्याग पर बहुत बल देती हुई इसे ज्ञान और ध्यान की अपेक्षा भी श्रेष्ठ बतलाती है। *गीता* के अनुसार कर्मफल त्याग ध्यान की अपेक्षा सरल तो है ही, शक्तिशाली भी है जिसकी परिणति अपनी इच्छा को भागवत विधान में उन्नत कर देने में होती है। दैनन्दिन जीवन में अहर्निश कर्मफल की चिन्ता के कारण हमारा मन, हमारे व्यक्तित्व की बिखरी हुई शक्तियाँ, कर्मफल त्याग से उच्च लक्ष्य तथा दिव्य जीवन की ओर पूँजीभूत हो जाती हैं। इस प्रकार कर्मफल त्याग द्वारा *गीता* दिव्य जीवन की मानो आधारशिला रख देती है। भक्तियोग मानव व्यक्तित्व की इस गहरी अभीप्सा की पूर्ति करता है। मानव मन किसी न किसी को प्यार करना चाहता है और स्वयं भी प्यार पाना चाहता है। वस्तुतः यह उसकी आध्यात्मिक आवश्यकता है जिसे न समझ पाने के कारण वह इन्द्रिय विषयों में भटकता रहता है।

इस साधना द्वारा मनुष्य सिद्धि की जिस अवस्था में पहुँचता है उसे भक्ति कहा जाता है। साधारणतः भक्त को जगत से पलायनवादी माना जाता है, परन्तु गीतोक्त भक्त ऐसा नहीं होता। भक्ति वह साधन है जिसके द्वारा मानव चेतना भागवत चेतना से युक्त होती है। गीतोक्त भक्ति में भक्त भगवान् से अनुराग करते हैं और भगवान् उस अनुराग का प्रत्युत्तर अनुकम्पा के रूप में देते हैं। इस प्रकार व्यक्तित्व के विकास में एक ओर जहाँ अनुराग के द्वारा मानव चेतना का आरोहण होता है वहीं दूसरी ओर भागवत चेतना का अवतरण भी होता है। दोनों क्रियाओं के फलस्वरूप जो सिद्धि प्राप्त होती है वह मनुष्य को उच्च चेतना पर आसीन कर देती है। भगवान् अपने प्रिय भक्तों के लक्षणों का वर्णन (12/13–16) करते हुए कहते हैं कि 'मेरा भक्त वह नहीं है जो लौकिक जीवन की उपेक्षाकर अज्ञेय में विलीन होना चाहता है। गीतोक्त भक्त वह है जो समग्र जीवन को भगवान् के लीला विकास के रूप में स्वीकार करते हुए सभी पदार्थों तथा परिस्थितियों में उन्हीं का दर्शन करता है। परन्तु यहाँ यह ध्यान रखना आवश्यक है कि इस प्रकार से रूपान्तरित व्यक्तित्व जीवन के लौकिक विधान का अनुसरण नहीं करता अपितु, उसका जीवन एक महत्तर चेतना से परिचालित होता है। परिणामस्वरूप भक्त का जीवन प्रेममय, रसमय, आनन्दमय हो जाता है।

गीता भक्त के आन्तरिक तथा बाह्य लक्षणों की चर्चा करती हुई कहती है कि भक्त विश्व चेतना में उठकर अहंता-ममता से मुक्त किन्तु करुणाभाव से युक्त, जीवन के द्वन्द्वों में सम, प्रभु-विधान से सन्तुष्ट, भाववान, ध्यानशील, दृढ़ निश्चयी एवं अनिकेत होता है (12/17,18)। 'निर्भयता एवं निराभिमानता उसका ऐसा गुण होता है जिसके कारण वह न तो दूसरों से आतंकित होता है और न दूसरों को आतंकित करता है।' वह सृष्टि और स्रष्टा दोनों के साथ समरस हो जाता है। भक्त के इन लक्षणों का पठन-पाठन, चिन्तन-मनन व्यक्तित्व विकास में बहुत सहायक है। इन लक्षणों के गायन से साधक अपने प्रेमास्पद में तन्मय हो जाता है, और अपनी आन्तरिक चेतना में वह साधन तथा साध्य की एकता का अनुभव भी करता है। अन्त में भगवान् कहते हैं कि वह भक्ति की साध्यावस्था पर पहुँचा हुआ भक्त तो भगवान् को प्रिय है ही, परन्तु जो साधक श्रद्धा से युक्त होकर इन लक्षणों का अभ्यास करते हुए बरतता है वह उन्हें अत्यन्त प्रिय है। इस अवस्था को प्राप्त मनुष्य का व्यक्तित्व वैश्व चेतना से युक्त होने के कारण धर्ममय तथा विश्वातीत होने के कारण अमृतमय भी हो जाता है।

निष्कर्ष : प्रेमी व्यक्ति भगवान् को परम प्रेमी के रूप में मानकर उनकी उपासना करता है और भगवान् भी उसकी श्रद्धा के अनुसार संसार सागर से उसका उद्धार कर देते हैं।

अध्याय 13. समन्वित व्यक्तित्व

सामान्य रूप से आध्यात्मिक क्षेत्र में ज्ञान और भक्ति का द्वन्द्व देखा जाता है, परन्तु *भगवद्गीता* इस द्वन्द्व का अवसान ज्ञान-विज्ञान युक्त सामंजस्य और समन्वय से युक्त उस पूर्ण ज्ञान में करती है जहाँ भक्ति और ज्ञान दोनों पारस्परिकता के साथ जुड़े हुए हैं। भगवान् मानव व्यक्तित्व को इस द्वन्द्व से रहित करने के लिए उच्च ज्ञान का रहस्य बतलाते हुए कहते हैं कि इस समन्वय को न जानने के कारण यह जीवन प्रारंभ में आत्म-अनात्म या क्षेत्र-क्षेत्रज्ञ का द्वन्द्व प्रतीत होता है परन्तु क्षेत्र-क्षेत्रज्ञ का जो संयुक्त ज्ञान है यही यथार्थ ज्ञान है (13/1,2)। *गीता* क्षेत्र-क्षेत्रज्ञ परक जानकारी प्रस्तुत करती हुई (13/3-6) स्पष्ट रूप से कहती है कि इस क्षेत्र में सर्वज्ञ, सर्वान्तर्यामी, सर्वेश्वर पुरुषोत्तम भगवान् ही इसके स्वामी के रूप में विचरते हैं (13/2)। इस प्रकार क्षेत्र और क्षेत्रज्ञ का यह ज्ञान ही यथार्थ ज्ञान है जो इन्द्रिय ज्ञान अथवा मनोगत विचार या बौद्धिक मीमांसा मात्र नहीं अपितु आध्यात्मिक प्रकाश है। मानव के व्यक्तित्व विकास में इस प्रकाश की महती भूमिका है। इसी दृष्टि से *गीता* में इस ज्ञान को न केवल परिभाषित किया गया है बल्कि उसकी प्राप्ति के साधनों एवं लक्षणों का वर्णन भी किया गया है।

अभिमान और दम्भ का अभाव, किसी भी प्राणी को न सताना, क्षमाशीलता, सरलता, श्रद्धा, शुचिता, अंतःकरण की स्थिरता, मन और इन्द्रियों का निग्रह, विषयों से वैराग्य, निरहंकार, जन्म-मृत्यु-जरा-व्याधि आदि दोषों का चिन्तन, स्वजनों में अनासक्ति, इष्ट और अनिष्ट परिस्थिति में समता, परमेश्वर के प्रति अनन्य भक्ति, एकान्त सेवन, दुःसंग का त्याग, अध्यात्म ज्ञान में स्थिति तथा तत्त्वज्ञान का दर्शन तो ज्ञान है और इसके विपरीत जो कुछ है वह अज्ञान है (13/7-11)। ऐसे वर्णनों से स्पष्ट है कि ये लक्षण व्यक्तित्व की एक विकसित होती हुई चेतना के लक्षण हैं और उसके साधन भी हैं। इन लक्षणों में व्यावहारिक जीवन सम्बन्धी भाव, बोध और कर्म का पूर्ण समन्वय है। व्यक्तित्व विकास की दृष्टि से इसमें सामान्य जीवन से उच्चतर जीवन तथा उच्चतर जीवन से भागवत जीवन की चेतना का स्पष्ट दर्शन होता है।

इसके बाद भगवान् ज्ञेय तत्त्व की व्याख्या (13/12) करते हुए कहते हैं कि यह तत्त्व यथार्थतः वर्णन से परे है। उसके वर्णन में भाषा की एक

सीमा है, और इसी कारण वह गीतोक्त वर्णन, गहन और रहस्यमय है। यहाँ इसका वर्णन 'नेतिनेति' तथा 'इतिइति' दोनों ही रूपों में एक ऐसे तत्त्व के रूप में किया गया है जो सर्वातीत, सर्वमय, साकार-निराकार, सगुण-निर्गुण, व्यक्त-अव्यक्त, अन्तः-बाह्य, चर-अचर, स्थूल-सूक्ष्म, दूरस्थ-निकट सभी प्रकार का है (13/13-15)। इस वर्णन में *गीता* द्वैत, अद्वैत, विशिष्टद्वैत आदि दार्शनिक प्रणालियों, योग तथा आध्यात्मिक साधनाओं का समन्वय करती है जो प्रायः मानव मन को सदैव मथते रहते हैं। गीतोक्त समन्वय ऐसा विलक्षण है कि इस वर्णन में एकांगीपन तथा संकीर्णता का लेशमात्र भी नहीं है। *गीता* स्पष्ट रूप से प्रतिपादित करती है कि इस तत्त्व का कथन भले ही न किया जा सके, परन्तु इसका अनुभूतिजन्य ज्ञान संभव है जिसे प्राप्त कर मनुष्य का जीवन आनन्दमय और रसमय हो जाता है (13/16-18)।

साधनों के स्तर पर *गीता* मानव व्यक्तित्व पर प्रकृति के प्रभाव की चर्चा करती हुई उसके लोक लोकान्तर तथा जन्म जन्मान्तर की चर्चा भी करती है (13/19-21)। *गीता* पुरुष-प्रकृति दर्शन के वर्णन में प्रकृति को मूलरूप में चिन्मयी, महेश्वरी तथा पुरुष को महेश्वर बतलाती हुई जीवन को भगवान् की लीला और जगत का लीला निकेतन निरूपित करती है तथा इस ज्ञान को प्राप्त कर मनुष्य एक मरणधर्मा प्राणी न रहकर जन्म और कर्म का स्वामी हो जाता है (13/22,23)। इस स्थिति को प्राप्त करने के लिए *गीता* आगे श्लोकों (13/24,25) में पुनः स्पष्ट रूप से ध्यान योग, ज्ञान योग, कर्म योग तथा भक्ति योग को सत्य की प्राप्ति के स्वतंत्र मार्ग घोषित करती है। *गीता* का कथन है कि इस प्रकार विकसित व्यक्ति एकमात्र अविनाशी परमेश्वर को ही देखता हुआ स्वयं जन्म-मरण के अधीन न होकर परम भागवत स्थिति को प्राप्त करता है (13/26-28)। अध्याय का उपसंहार करते हुए *गीता* व्यावहारिक और पारमार्थिक जीवन की ऐसी भिन्नता और अभिन्नता का प्रतिपादन करती है जिसमें सभी प्रकार की तात्त्विक जिज्ञासाओं का समाधान उस परमैक्य में होता है जो मात्र सैद्धान्तिक मतवाद न होकर एक विकसित चेतना की अनुभूति है जिसमें उनके जीवन की गति परम सत्य में होती है (13/29-34)।

निष्कर्ष : प्रकृति और आत्मा की पृथक्ता की अनुभूति ही यथार्थ ज्ञान है। अतः मनुष्य को प्रकृति से अपना सम्बन्ध विच्छेद करते हुए परमेश्वर के साथ अपने सम्बन्ध को दृढ़ करना चाहिए।

अध्याय 14. गुणातीत व्यक्तित्व

त्रयोदश अध्याय में क्षेत्र-क्षेत्रज्ञ ज्ञान को भेदात्मक मीमांसा से ऊपर उठाकर, उस विशेष ज्ञान के रूप में निरूपित किया गया है जिसे जानकर मानव व्यक्तित्व दिव्यभाव में विकसित होने के योग्य हो जाता है। इस अध्याय में भगवान् पुनः उसी ज्ञान को इस प्रकार प्रस्तुत कर रहे हैं जिसके द्वारा दिव्यज्ञान और दिव्यभाव की परमस्थिति प्राप्त हो जाती है। इस ज्ञान से चेतना के आरोहण द्वारा मानव व्यक्तित्व भागवत स्वभाव तथा साधर्म्य में रूपान्तरित हो जाता है। इस स्थिति को प्राप्त कर वह मनुष्य प्रकृति की विवशता से मुक्त होकर भगवान् की दिव्य लीला में उपनीत हो जाता है (14/1,2)। भगवान् अपनी सृष्टि के रहस्य का उद्घाटन करते हुए कहते हैं कि वे स्वयं ही सृष्टि के बीज, गर्भ, गर्भाशय एवं गर्भाधान करने वाले माता-पिता हैं (14/3,4)। भगवान् यहाँ अपनी त्रिगुणामयी लीला का विवेचन इस प्रकार करते हैं जिससे मानव व्यक्तित्व पर सत्व, रज और तम तीन गुणों की क्रिया का स्पष्ट प्रभाव व्यक्ति को समझ में आ जाता है। इन गुणों के परिणाम स्वरूप इस लोक में तथा लोकान्तर में ऊर्ध्व तथा अधोगति का क्रम चलता रहता है (14/5-18)। व्यक्तित्व विकास की दृष्टि से इसकी जानकारी होना एवं व्यक्तित्व को तदनुसार ऊर्ध्वमुखी करने का प्रयास करना परम आवश्यक है। चेतना को तमोगुण से हटाकर तथा रजोगुण से उठाकर सत्वगुण में पहुँचाना व्यक्तित्व के ऊर्ध्वमुखी विकास की गीतोक्त प्रक्रिया है। भगवान् कहते हैं कि मनुष्य जब तीन गुणों से परे साक्षी रूप से आत्मतत्त्व का अनुभव करता है तब वह भगवद्भाव में वर्धित हुआ माना जाता है। इस स्थिति को प्राप्त कर साधक अमृतत्व का रसास्वादन करता है (14/19,20)। सामान्य जीवन में बद्ध मानव तो जीवन में इस उच्च स्थिति की कल्पना भी नहीं कर सकता। यहाँ तक कि आध्यात्मिक साधक भी इस स्थिति को लोक तिरस्कारी मानकर जीवन और जगत से पलायन मान लेते हैं। *गीता* इस विचार का समर्थन नहीं करती। गीतोक्त त्रिगुणातीत जीवन लोक तिरस्कारी न होकर उसका परिष्कार करता है। व्यक्तित्व विकास की दृष्टि से इस अध्याय में जीवन को दो भागों में विभाजित किया गया है - गुणाधीन साधारण जीवन तथा गुणातीत भागवत जीवन। अर्जुन गुणातीत जीवन की अभीप्सा करता हुआ उसके लक्षण जानना चाहता है

(14/21)। भगवान् उन लक्षणों में प्रधान लक्षण समता मानते हैं और कहते हैं कि यह 'समता', 'सामाजिक आदर्श' न होकर आध्यात्मिक है जो गुणों का अतिक्रमण करने से प्राप्त होती है। ऐसा व्यक्ति आध्यात्मिक समता में स्थित होने के कारण कर्तृत्वाभिमान से मुक्त हो जाने के कारण सर्वारम्भ परित्यागी माना जाता है (14/22-25)। भगवान् आगे कहते हैं कि गुणातीत होकर ब्रह्मभाव और भागवत चेतना प्राप्त करने का सर्व समर्थ उपाय प्रभु भक्ति है (14/26,27)। *गीता* के अनुसार भगवान् की ओर मुड़ना, प्राण और मन से उनका हो जाना, हृदय से उन्हें प्यार करना तथा उन्हें ही अपना सर्वस्व जानकर उनको अपने सम्पूर्ण जीवन का आत्मदान कर देना ही त्रिगुणातीत होने तथा भागवत जीवन में प्रतिष्ठित होने का मूलमंत्र है।

निष्कर्ष : जो भगवान् के साथ प्रेम व भक्ति में तल्लीन हो जाता है वह त्रिगुणातीत अवस्था को प्राप्त कर लेता है।

अध्याय 15. संतुलित व्यक्तित्व

गीतोक्त सत्य को समग्र रूप से उद्घाटित करने वाला पंचदश अध्याय सर्वाधिक महत्त्व का है। इस अध्याय के अंत में इसे गुह्यतम शास्त्र कहा गया है तथा इसके रहस्य को जानने वाले व्यक्ति को कृतकृत्य की संज्ञा दी गई है। इसका कारण यह है कि इस अध्याय में उस सत्य का पूर्णरूपेण उद्घाटन किया गया है जिसका अभी तक संकेतमात्र दिया गया है। भागवत सत्ता को स्वीकार करने वाले सामान्यतः दो विभागों के अंतर्गत रखे गए हैं। एक वे जो भगवान् को केवल निर्वैयक्तिक सत्य बतलाते हैं तथा दूसरे वे जो उन्हें वैयक्तिता की सीमा में आबद्ध कर देते हैं। इस प्रकार परम सत्य को लेकर दार्शनिक जगत में एक असंतुलित स्थिति बनी हुई है। यह मानव चिन्तन की कठिनाई है जो परस्पर विरोधी सत्यों के बीच संतुलन स्थापित नहीं कर पाती तथा एक पक्ष को ही परम सत्य मानकर दूसरे सत्य को उसके अधीन कर देती है। परन्तु *गीता* इस अध्याय में जिस सत्य का उद्घाटन करती है वह समग्र एवं संतुलित है। भगवान् जहाँ 'अहम्' 'माम्' पदों से परमसत्य का परिचय देते हैं उसमें वैयक्तिक-निर्वैयक्तिक दोनों पक्षों का एक साथ समावेश एवं सन्तुलन किया गया है। इस अध्याय के सत्य को हृदयंगम करना बहुत आवश्यक है।

गीता का यह अध्याय वैश्व सत्ता की चर्चा से प्रारंभ होता है। वैश्व सत्ता को एक ऐसे पीपल वृक्ष के रूप में प्रस्तुत किया गया है जिसका मूलोद्गम ऊपर है तथा विस्तार नीचे की ओर है (5/1)। *गीता* कहती है कि इस विश्व की वास्तविकता को जानने वाले को वेदविद् कहा जाता है न कि वेदों के अध्येता को। यह जगत नाशवान है। अतः इसके मूल सत्य को खोजने के लिए इसमें असंग होकर आध्यात्मिक सत्य की ओर मुड़ना ही जीवन और जगत का सत्य और रहस्य है। ऐसा न करने पर मनुष्य बन्धन में पड़ जाता है। इसके विपरीत जो व्यक्ति मान और मोह रहित होकर समस्त आसक्ति को त्यागकर कामनाओं से निवृत्त होकर, सत्य की खोज करता है, वह जीवन और जगत के परम सत्य की खोज कर सकता है (15/2-5)। अतः इस व्यक्त जगत से न चिपकते हुए, उससे परे के सत्य को खोजने के प्रयास में अपने जीवन को लगाना व्यक्तित्व विकास की पहली शर्त है। *गीता* इस सत्य के

साथ कोई समझौता नहीं करती। इस लौकिक जगत को ही सब कुछ न मानते हुए, अलौकिक पद की खोज करना जीवन के विकास में एक बहुत बड़ा पग है (15/6)। यहाँ तक तो *गीता* जीवन का संन्यास करती हुई प्रतीत होती है, परन्तु इसके तुरन्त बाद लौकिक जीवन की चर्चा करते हुए उसके पारमार्थिक स्वरूप का उद्घाटन किया जाता है। भगवान् कहते हैं - जिस जगत को हम आपाततः अनित्य और असुख मानते हैं, उसके मूल में भी भगवान् ही है तथा मनुष्य रूप प्राणी भी भगवान् का ही अंश है।

जिन लोगों में आध्यात्मिक दृष्टि का अभाव है, वे इस सत्य को नहीं समझ पाते। आध्यात्मिक दृष्टि से सम्पन्न व्यक्ति ही मानव व्यक्तित्व के इस अधिष्ठान को देखने में समर्थ हैं (15/7-11)। अतः व्यक्तित्व विकास का प्रथम सोपान है ईश्वर अंश रूप अपनी सच्ची सत्ता से अभिज्ञ होना। भगवान् पुनः कहते हैं कि यह सृष्टि मिथ्या माया नहीं अपितु भगवान् से ही ओतप्रोत है। *गीता* के इस वर्णन में हम देखते हैं कि जीवन और जगत की समस्त गति भगवान् की ही कृति है। जगत का समस्त वैविध्य और वैचित्र्य भगवान् की ही अभिव्यक्ति है (15/12-15)। इसके बाद *गीता* उच्च से भी उच्चतर और फिर उच्चतम सत्य का उद्घाटन करती है - "इस लोक में दो पुरुष हैं : क्षर और अक्षर। समस्त भूतादि क्षर पुरुष है और कूटस्थ अक्षर पुरुष है, परन्तु उत्तम पुरुष इन दोनों से भिन्न है जो ईश्वर रूप में तीनों लोकों में प्रविष्ट होकर उनका नियमन करता है" (15/16,17)।

इस वर्णन में ध्यान में देने योग्य बात यह है कि जगत में परिवर्तनशील और अपरिवर्तनशील दो अवस्थाएँ हैं। इस कारण यह जगत परस्पर विरोधी प्रतीत होता है। परन्तु भगवान् कहते हैं कि पुरुषोत्तम वह है जो इन दोनों परस्पर विरोधी भावों का न केवल सन्तुलन करता है अपितु इनका अतिक्रमण भी करता है। इससे भी विलक्षण सत्य को बतलाते हुए श्रीकृष्ण कहते हैं, "क्षर से सर्वथा परे और अक्षर से भी परे उत्तम पुरुष मैं स्वयं हूँ।" अतः मैं स्वयं ही ब्रह्म, परमात्मा और भगवान् हूँ जो सर्वमय, सर्वान्तर्यामी, सर्वातीत तथा सर्वेश्वर होते हुए भी युग-युग में अवतार लेकर मानव के चिन्तन-मनन का विषय बनकर मानव चेतना को भागवत चेतना में रूपान्तरित करने की ओर प्रेरित करता हूँ, और स्वयं की भागवत चेतना को मानव चेतना में प्रवाहित भी करता हूँ ताकि आरोहण और अवतरण की प्रक्रिया द्वारा मानव व्यक्तित्व का समग्र और सन्तुलित रूपान्तर हो सके (15/18)। अवतार

के इस रहस्य को प्रकट करते हुए वे कहते हैं,"जो व्यक्ति मुझे पुरुषोत्तम जानकर मेरा चिन्तन करता है वही सर्वविद् है" (15/19)।इन दो पंक्तियों में व्यक्तित्व विकास का सम्पूर्ण रहस्य समाया हुआ है। सामान्यतः मनुष्यों की दो श्रेणियाँ हैं – अविकसित व्यक्तित्व (Individual) तथा विकसित व्यक्तित्व (Person)। परन्तु गीतोक्त विकसित व्यक्ति (Developed Person) वह होता है जो व्यक्तिभाव (Individuality) तथा विकसित व्यक्तिभाव (Personality) को स्वयं में समाहित करते हुए भी इन दोनों का अतिक्रमण कर जाता है और इसी कारण वह सन्तुलित व्यक्तित्व कहलाता है। भगवान् श्रीकृष्ण ऐसे ही अवतारी पुरुष हैं। उनके लोकोत्तर व्यक्तित्व के सम्बन्ध में स्वामी विवेकानन्द के उद्गार ये हैं – "वे एक ही स्वरूप में अपूर्व संन्यासी और अद्भुत गृहस्थ थे, उनमें अत्यन्त अद्भुत रजोगुण तथा शक्ति का विकास था और साथ ही वे अत्यन्त अद्भुत त्याग का जीवन बिताते थे। बिना *गीता* का अध्ययन किए श्रीकृष्ण चरित्र कभी समझ में नहीं आ सकता, क्योंकि अपने उपदेशों के वे आकार स्वरूप थे।" (*स्वामी विवेकानन्द साहित्य संचयन*, पृष्ठ 180) इसी कारण हम श्रीकृष्ण को अच्युत और अनन्त की संज्ञा देते हैं। परमहंस श्री रामकृष्ण देव व्यक्तित्व विकास की व्यावहारिक प्रक्रिया को प्रकट करते हुए कहते हैं, "अनन्त चतुर्दशी को व्रत अनन्त का किया जाता है परन्तु पूजा शालिग्राम की की जाती है।" तात्पर्य यह है कि व्यष्टि में समष्टि का दर्शन करना चाहिए। इस प्रकार का व्यक्तित्व विकास *गीता* के आलोक में योग साधना द्वारा ही सम्पन्न किया जा सकता है।" ऐसे योगी केसम्बन्ध में श्री अरविन्द कहते हैं – "और यह सब भी वह अपनी सत्ता के किसी एक ही पार्श्व या अंश के द्वारा, एकमात्र अध्यात्मीकृत मन, हृदय की चौंधियाने वाली प्रखर परन्तु संकीर्ण ज्योति या केवल कर्मगत संकल्प की अभीप्सा के द्वारा नहीं, बल्कि अपनी सत्ता एवं संभूति, अपनी आत्मा एवं प्रकृति के सभी सुप्रदीप्त साधनों के द्वारा, सर्वभाव से करता है।" (श्री अरविन्द, *गीता-प्रबन्ध*, पृष्ठ 417) इसे भगवान् परम रहस्यमय सत्य बतलाते हुए इस ज्ञान के द्वारा मनुष्य को दिव्यभाव प्राप्त कराने का आश्वासन देते हैं।

निष्कर्ष : भगवत्कृपा से जो कार्य हो सकता है वह स्वप्रयत्न से नहीं हो सकता, परन्तु स्वप्रयत्न कृपा प्राप्ति के लिए आधार तैयार करता है।

अध्याय 16. परिष्कृत व्यक्तित्व

व्यावहारिक जीवन को भगवदोन्मुखी बनाते हुए दिव्य ज्ञान, दिव्य प्रेम तथा दिव्य संकल्प से युक्त होकर दिव्य जीवन में प्रतिष्ठित होना *गीता* के अनुसार मानव जीवन का युक्तिसम्मत तथा धर्मसम्मत लक्ष्य है। इस लक्ष्य की प्राप्ति त्रिगुणात्मक प्रकृति के परिमार्जन एवं परिवर्तन के बिना संभव नहीं। प्रकृति परिवर्तन के पूर्व *गीता* मानव समाज को दो भागों में विभक्त करती है - दैवी स्वभाव वाले तथा आसुरी स्वभाव वाले। *गीता* इन दोनों वर्गों में पाए जाने वाले व्यक्तियों की विशेषताओं का वर्णन करती है, ताकि यह स्पष्ट हो जाए कि भगवतविरोधी जीवन कैसा होता है तथा जीवन को अधोमुखी होने से बचाने के लिए वह सर्वदा सचेष्ट रहे। सर्वप्रथम भगवान् दोनों वृत्तियों वाले पुरुषों के लक्षणों का वर्णन करते हैं।

दैवी सम्पदा युक्त पुरुषों के लक्षण - "अभय, अन्तःकरण की निर्मलता, तत्त्वज्ञान हेतु योग साधना में स्थिति, दान, इन्द्रियों का दमन, यज्ञ, स्वाध्याय, तप, सरलता, अहिंसा, सत्य, अक्रोध, त्याग, शान्ति, निन्दा न करना, दया भाव, अलोलुपता, मृदुता, शील, अचपलता, तेज, क्षमा, धैर्य, शुचिता, अद्रोह, निराभिमानता दैवी सम्पदा युक्त पुरुषों के लक्षण हैं। इन लक्षणों को बतलाने के बाद भगवान् बतलाते हैं कि दैवी सम्पदा मोक्ष में सहायक है तथा आसुरी सम्पदा मनुष्य के लिए बन्धनकारी है" (16/1-5)।

आसुरी सम्पदा युक्त पुरुषों के लक्षण - संक्षिप्त में आसुरी स्वभाव के पुरुषों के लक्षणों को बतलाने के बाद भगवान् विस्तारपूर्वक स्थूल भाषा में उनके स्वभाव का वर्णन करते हैं ताकि हर व्यक्ति यह समझ सके कि उसकी स्वयं की स्थिति कहाँ है। भगवान् कहते हैं, "आसुरी स्वभाव वाले मनुष्य कर्तव्य और अकर्तव्य दोनों को नहीं जानते। उन्हें शुचिता, सदाचार तथा सत्य का ज्ञान नहीं होता। वे कहते हैं कि यह जगत सत्य पर प्रतिष्ठित नहीं है। अतः वह सर्वथा आश्रय रहित, बिना ईश्वर के केवल स्त्री-पुरुष के संयोग से उत्पन्न है। अतएव यह केवल कामनाओं के भोग के लिए ही है। इसके सिवा और हो ही क्या सकता है? इस प्रकार की दृष्टि का आश्रय लेकर मन्दबुद्धि नष्ट चेतना वाले क्रूरकर्मा मनुष्य जगत का अहित करने वाले ही होते हैं। दम्भ, मान और मद से युक्त मनुष्य कभी पूरी न होने वाली

कामनाओं का सहारा लेकर मिथ्या सिद्धान्तों में जीवन भर अशुभ आचरणों में लगे रहते हैं। कामना और भोग ही जीवन का उद्देश्य है तथा इसी में सुख है, ऐसा मानने वाले सैकड़ों आशा-पाशों से बँधे हुए काम और क्रोध के परायण होकर अन्यायपूर्वक अर्थोपार्जन करते हुए कामना और भोग के लिए ही चेष्टा करते रहते हैं। अज्ञान से विमोहित ऐसे मनुष्य सोचा करते हैं कि मैंने यह प्राप्त कर लिया और अब इस मनोरथ को प्राप्त करूँगा, यह धन तो मेरा ही है और भी धन मेरा हो जाएगा। इस शत्रु को तो मैंने मार डाला है, औरों को भी मारूँगा, मैं ईश्वर हूँ, मैं ऐश्वर्य को भोगने वाला हूँ, मैं बलवान, धनवान तथा सुखी हूँ, मैं उच्च कुल वाला हूँ, मेरे समान दूसरा कौन है, मैं यज्ञ करूँगा, दान दूँगा और आमोद-प्रमोद करूँगा। इस प्रकार अज्ञान से मोहित रहने वाले तथा अनेक प्रकार से भ्रमित चिन्ता वाले मोह रूपी जाल से समावृत तथा विषय भोगों में अत्यन्त आसक्त आसुरी लोग अत्यन्त अपवित्र नरक में गिरते हैं। वे स्वयं को श्रेष्ठ समझने वाले घमण्डी पुरुष, धन और मान के मद से युक्त होकर केवल नाम मात्र के यज्ञों द्वारा पाखण्ड से शास्त्र विधि से रहित यज्ञ करते हैं। वे अहंकार, बल, घमण्ड, काम और क्रोध आदि के परायण तथा दूसरों की निन्दा करने वाले पुरुष स्वयं के और दूसरों के शरीर में स्थित मुझ अन्तर्यामी से द्वेष करते हैं। इन द्वेष करने वाले क्रूर और नराधमों को मैं संसार में बार-बार आसुरी योनियों में ही डालता हूँ। वे मूढ़ मुझको प्राप्त न होकर जन्म-जन्म में आसुरी योनियों को प्राप्त होते हैं और फिर उससे भी अधम गति को प्राप्त होते हैं" (16/6-20)।

उक्त वर्णन का तात्पर्य यह नहीं कि इस सृष्टि में देव और दानव दो स्वतंत्र योनियाँ सदा से हैं तथा उनमें परिवर्तन की कोई संभावना नहीं है। वस्तुतः प्राणिमात्र भगवान् का सनातन अंश है और इस कारण शास्त्रों में अनेक उदाहरण हैं कि न केवल असुरों में अपितु अन्य योनियों में भी जीव भगवान्‌की ओर मुड़े हुए थे तथा उनका जीवन भी धन्य था। वास्तव में दैवी और आसुरी योनियों का आधार मानव व्यक्तित्व में सद्गुणों का तारतम्य है। दैवी सम्पदा सत्वगुण की प्रधानता से प्राप्त होती है जबकि आसुरी सम्पदा के पीछे तमोगुण और रजोगुण की प्रधानता रहती है। अतः मानव मात्र को रजोगुण के शमन तथा सत्वगुण की वृद्धि के लिए तत्पर हो जाना चाहिए, ताकि सात्विकता द्वारा दिव्यजीवन का पथ प्रशस्त हो सके। भगवान् का स्पष्ट निर्देश है कि काम, क्रोध तथा लोभ अधःपतन के कारण हैं। अतः तीनों का

त्याग करना उचित है। इसके साथ ही भगवान् मानव मात्र को आश्वासन देते हैं, "इन तीन नरक के द्वारों से मुक्त पुरुष जीवन के लक्ष्य को प्राप्त कर परमगति को प्राप्त करता है" (16/21–22)। भगवान् का यह निर्देशोपदेश ही शास्त्र कहलाता है। उचित अनुचित तथा कर्तव्याकर्तव्य के सम्बन्ध में शास्त्र ही प्रमाण स्वरूप है जिसके अनुशासन द्वारा व्यक्ति अपने व्यक्तित्व का परिमार्जन करता हुआ जीवन के लक्ष्य को प्राप्त कर लेता है। इस दृष्टि से *गीता* जैसे सार्वभौमिक शास्त्र का आश्रय लेकर व्यक्तित्व विकास के पथ पर अग्रसर होना, आज व्यक्ति, परिवार, राष्ट्र तथा मानव समाज के लिए परम आवश्यक है।

निष्कर्ष : प्राकृत मनुष्य को परिमार्जित करने हेतु शास्त्र का मार्गदर्शन अनिवार्य है और गीता से श्रेष्ठ और सार्वभौमिक शास्त्र दूसरा कोई नहीं है।

अध्याय 17. श्रद्धामय व्यक्तित्व

गत अध्याय में कहा गया है कि व्यक्तित्व विकास एवं उसके परिमार्जन में शास्त्र बहुत सहायक है। जीवन विकास में शास्त्र के महत्त्व को सुनकर अर्जुन के मन में प्रश्न जगा कि जो लोग शास्त्रों की ओर ध्यान न देते हुए अपनी स्वयं की श्रद्धा के अनुसार जीवन यापन करते हैं उनकी निष्ठा का निर्धारण कैसे किया जाए (17/1)? अर्जुन के प्रश्न का उत्तर देते हुए भगवान् कहते हैं कि ऐसे मनुष्य के आचरण का निर्धारण उसकी श्रद्धा के अनुसार किया जाता है। श्रद्धा का अर्थ होता है मनुष्य का स्वयं का अंतर्भास तथा उसका स्वभाव। इस दृष्टि से मनुष्य के व्यक्तित्व के वैशिष्ट्य को बतलाते हुए भगवान् कहते हैं, 'मनुष्य स्वयं श्रद्धामय ही होता है।' अतः उसी के अनुसार उसके अंतर्बाह्य जीवन को समझा जा सकता है। व्यक्ति के यज्ञ, तप, दान–आहार आदि जीवन के सभी व्यवहार श्रद्धा के द्वारा ही निर्धारित किए जा सकते हैं (17/3)।

इस आधार पर *गीता* मनुष्यों का वर्गीकरण तीन श्रेणियों में करती है – सात्विक, राजसिक तथा तामसिक। इन तीन प्रकार के व्यक्तियों की रुचि भिन्न-भिन्न होती है और उसी के अनुसार उनके आचरण होते हैं। इसी के साथ *गीता* सात्विक, राजसिक तथा तामसिक पदार्थों तथा क्रियाओं के मानव व्यक्तित्व पर प्रभाव की चर्चा भी करती है। इससे यह निष्कर्ष निकलता है कि पदार्थ और क्रियाओं के मानव व्यक्तित्व पर पड़ने वाले प्रभाव के कारण मनुष्य को पदार्थों और क्रियाओं के चयन में सावधानी बरतनी चाहिए। इस संदर्भ में आराधना और तप के प्रकार की चर्चा *गीता* में विशेष रूप से की गई है (17/4-6)। सात्विक मनुष्य जीवन को ऊर्ध्वमुखी बनाने वाली आराधना और तप साधना का आश्रय लें। रजोगुणी तथा तमोगुणी आराधना तथा उपासना से व्यक्ति आसुरी स्वभाव का हो जाता है और अन्त में उसका अधःपतन होता है। अतः तमोगुणी एवं रजोगुणी तप एवं आराधना *गीता* के अनुसार त्याज्य हैं। आहार, यज्ञ, तप तथा दान का विभाजन भी सात्विक, राजसिक तथा तामसिक श्रेणियों में किया गया है (17/7-22), परन्तु उस आधार पर भोजन का चयन सरल नहीं है। अतः इन सभी क्रियाओं में साधक को भगवद्भाव के विकास के लिए *गीता* की मूल भावना – 'ईश्वरार्पण'

पर ही बल देना चाहिए (17/22-24)। जैसा कि श्रीअरविन्द कहते हैं, "जब हम भोजन करते हैं तो हमें इस बात से सचेतन होना चाहिए कि हम अपने अन्दर की उस "उपस्थिति" को भोजन दे रहे हैं, यह मन्दिर में पवित्र उत्सर्ग होना चाहिए और मात्र भौतिक आवश्यकता और आत्म-तुष्टि से हमें ऊपर उठना चाहिए। इसका अर्थ है, आहार को अहंकार या कामना के प्रति नहीं, बल्कि उन प्रभु को अर्पण करना जो समस्त क्रिया के पीछे विद्यमान रहते हैं।"

इन सभी क्रियाओं के पीछे *गीता* का उद्देश्य पारमार्थिक ही है जिसे ॐ तत् सत् इन तीन शब्दों द्वारा प्रकट किया गया है (17/23)। ॐ के उच्चारण से सभी क्रियाओं को परमात्मा की प्राप्ति का साधन बनाने की चेतना जाग्रत होती है। 'तत्' शब्द सम्पूर्ण प्राकृतिक सत्ता के आधार का द्योतक है जिसके प्रभाव से फल की आकांक्षा ढीली पड़ जाती है (17/25)। 'सत्' शब्द का उच्चारण यज्ञादि समस्त पवित्र क्रियाओं में सद्भाव को जागृत करने में सहायक एवं समर्थ है (17/26)। इस विवेचन के अनुसार यज्ञ, दान तथा तप में स्थिति को 'सत् स्थिति' तथा तदर्थ कर्म को 'सत्कर्म' कहा जाता है (17/27)। निश्चय ही *गीता* के अनुसार अश्रद्धा से किया हुआ यज्ञ-दान-तप सभी प्रकार से असत् एवं निष्फल माना गया है।

'श्रद्धा' पर कुछ और भी विचार किया जाना आवश्यक है। सर्वोच्च आध्यात्मिक आदर्श को हृदय के अन्तर्भास से दृढ़ता के साथ स्वीकृत करने को 'श्रद्धा' कहा जाता है जो जीवन को सार्थकता तथा दिशा प्रदान करती है। इस प्रकार की स्वीकृति के साथ ही व्यक्ति में उस सत्य को जीने तथा तद्रूप हो जाने की तत्परता भी होनी चाहिए। जीवन में यह तत्परता सच्ची श्रद्धा की कसौटी है। परम्परा से प्राप्त स्वीकृति को जिसमें न दृढ़ता है और न तत्परता, श्रद्धा नहीं कहा जा सकता। शास्त्रों के उपदेशों तथा आचार्यों के आदेशों से श्रद्धा का विकास होता है। इन दो स्रोतों के अभाव में भी लोगों में श्रद्धा का विकास देखा जाता है जो उनके अन्तःकरण की वृत्ति तथा पर्यावरण के प्रभाव पर निर्भर होता है। और उसी के अनुसार वह तामसिक, राजसिक तथा सात्विक श्रद्धा का रूप लेती है। यह निश्चित है कि केवल तर्क तथा इन्द्रिय ग्राह्य प्रमाणों से श्रद्धा का प्रादुर्भाव नहीं होता अपितु मन की पवित्रता से यह भाव उपजता है कि आध्यात्मिक सत्य की खोज के बिना जीवन निरर्थक एवं निःसार है। मनुष्य में सात्विकता के उदित होने पर ही

श्रद्धा का विकास होता है तथा बाहरी पदार्थों एवं क्रियाओं के प्रभाव से वह राजसी या तामसी रूप ग्रहण करती है।

इस दृष्टि से श्रद्धा मनुष्य को ईश्वर की ओर से एक अनुपम भेंट है जैसे कि विचार ईश्वर की एक देन है। आज के तर्कवादी युग में कुछ अति तर्कवादी श्रद्धा को अंधश्रद्धा कहकर उसका तिरस्कार एवं बहिष्कार करते हैं यह न केवल उनकी भूल है अपितु उनके अज्ञान की द्योतक भी है। निश्चय ही प्राप्त श्रद्धा का परिष्कार करना अनिवार्य एवं लाभदायक है। ध्यान रहे जिस प्रकार युक्ति केवल मनुष्य को प्राप्त है, पशु को नहीं, उसी प्रकार श्रद्धा भी मनुष्य के लिए ही संभव है। पशु विचार के साथ-साथ श्रद्धा से भी वंचित है। श्रद्धा मनुष्य के जीवन में विकसित किया जाने वाला तत्त्व है जो पवित्रता के अनुपात में उत्तरोत्तर विकसित होता है। जैसे विवेक मनुष्य का भूषण है, उसी प्रकार श्रद्धा भी मानव श्रेष्ठता का मापदण्ड है। जिस प्रकार विकास क्रम में मानव स्तर पर पहुँचकर तर्क के अभिमान में आध्यात्मिक आदर्श में अविश्वास तर्क की विकृति है उसी प्रकार निम्न स्तर की श्रद्धा भी पाशविक प्रभावों का परिणाम है।

अध्याय सोलह में आसुरी और दैवी सम्पदा का वर्णन किया गया है। मनुष्य को आसुरी भाव से छुटकारा दिलाकर उसे दैवी भाव में ऊपर उठाना है। यह आरोहण क्रम *गीता* के चतुर्दश अध्याय में स्पष्ट रूप से बतलाया गया है। अतः व्यक्ति को अपने प्राकृतिक जीवन को शास्त्रों के आदेश द्वारा संचालित करने का मार्ग स्वीकार करना चाहिए। तदुपरान्त अपने प्राकृतिक जीवन का परिमार्जन करना चाहिए। प्राकृतिक जीवन से तमोगुण को रजोगुण के अधीन तथा रजोगुण को सतोगुण के अधीन लाना है। इसके बाद विशुद्ध सत्व में पहुँचकर तीनों गुणों का अतिक्रमण करते हुए 'निस्त्रैगुण्यः' की स्थिति प्राप्त करनी है। अन्त में अव्यभिचारिणी भक्ति के द्वारा भगवद्भाव को प्राप्त कर दिव्यभाव में प्रतिष्ठित होना है।

निष्कर्ष : तर्क के समान ही श्रद्धा भी मनुष्य के लिए प्रकृति का एक अनुपम उपहार है। अतः मानव के स्तर पर नास्तिकता तर्क का दुरुपयोग है।

अध्याय 18. समर्पित व्यक्तित्व

भगवद्गीता एक ऐसा कर्मयोग शास्त्र है जिसमें कर्म, भक्ति और ज्ञान का उच्च समुच्चय है, परन्तु अर्जुन प्रारंभ से ही अज्ञानवश कर्म से संन्यास करना चाहता है। इसीलिए अन्तिम अध्याय में संन्यास और त्याग के अन्तर को वह फिर से समझना चाहता है (18/1)। भगवान् दोनों के अन्तर को स्पष्ट करते हुए कहते हैं कि काम्य कर्मों के न्यास को संन्यास कहते हैं तथा त्याग के सम्बन्ध में भगवान् पहले अन्य मनीषियों के मत की चर्चा करते हुए कहते हैं कि त्याग तामसिक, राजसिक तथा सात्विक प्रकार का होता है। भगवान् कहते हैं कि जिस कर्म में आसक्ति नहीं है, वह सात्विक त्याग कहलाता है। अतः फलासक्ति को त्यागकर नियत कर्म को यज्ञ भाव से करने की संज्ञा त्याग है (18/2-6)।

कर्म संन्यास और कर्मफल त्याग के सूक्ष्म अन्तर को स्पष्ट करते हुए भगवान् कहते हैं कि शरीर धारी के लिए सम्पूर्ण रूप से कर्म का संन्यास एक अनैसर्गिक अवधारणा है। अतः कर्मफल में आसक्ति का त्याग ही सच्चा संन्यास और सच्चा त्याग भी है। *गीता* के अनुसार कर्मों का संन्यास यद्यपि अनैसर्गिक है किन्तु समस्त कर्म प्रवृत्ति को ही तप (एकाग्रता) दान (समर्पण) और यज्ञ (नैवेद्य) में रूपान्तरित किया जा सकता है। *गीता* के अनुसार चेतना की यह वह अवस्था है जो व्यक्ति को सत्वगुण में स्थित होने से प्राप्त होती है, जिसमें उठ जाने पर घोर कर्म के प्रति द्वेष तथा सौम्य कर्म के प्रति राग सर्वथा मिट जाता है। व्यक्ति आप्तकाम (18/6-11) हो जाता है। कर्मफल त्याग के सम्बन्ध में आधुनिक दृष्टि बहुधा भ्रमित होकर इसे असंभव मान बैठती है। इसी कारण मनुष्य की मनोवैज्ञानिक संतुष्टि के लिए *गीता* कर्म सम्पादन के व्यापक सत्य का उद्घाटन करती है। इस व्यापक सत्य के अनुसार कर्मफल सिद्धि पाँच कारकों पर निर्भर करती है। वे हैं – अधिष्ठान, कर्ता, करण, प्रयत्न तथा दैव। अतः मनुष्य मात्र का यह कर्तव्य है कि कर्मफल को अपने अधिकार क्षेत्र से बाह्य मानकर स्वयं को ही एक मात्र अधिकारी कर्ता मानने वाली अहंकारी दुर्गति से बचते हुए अपने को एक उपकरण या निमित्त समझे। जैसे-जैसे व्यक्ति की इस सत्य में निष्ठा दृढ़ होती जाएगी, वैसे-वैसे उसका व्यक्तित्व अहंकार से निर्लिप्त रहते हुए

कर्मबन्धन से मुक्त होकर सकाम से आप्तकाम और फिर पूर्णकाम की स्थिति की ओर अग्रसर होता चला जाएगा (18/12-17)।

कर्म को प्रभावित करने वाले उपर्युक्त कारकों के साथ *गीता* कर्मप्रेरणा तथा कर्मसंग्रह का विश्लेषण करती हुई (18/18,19) ज्ञान, कर्म, कर्ता, बुद्धि, धृति, सुख, वर्ण का भी गुणों के तारतम्य के आधार पर विभाजन करती है। *गीता* का यह गुणात्मक विवेचन व्यक्तित्व विकास की दृष्टि से व्यावहारिक साधना हेतु अति महत्त्व का है जो साधक को पद-पद पर सचेत करते हुए प्रकाश तथा प्रेरणा प्रदान करता है। इनका वर्णन नियमित स्वाध्याय तथा साधना का अंग बनना चाहिए। *गीता* इस सम्बन्ध में व्यक्ति को सात्विकता में वृद्धि करते हुए ऊर्ध्वचेतना में उठ जाने को प्रेरित करती है। *गीता* के अन्य अंशों की तरह यह अंश भी व्यक्ति की चेतना को निम्न स्तर से उच्च स्तर की ओर उठाने में उद्बोधक सिद्ध होगा। धार्मिक परम्परा में *गीता* के सामूहिक पठन-पाठन की योजना सामुदायिक जीवन को उन्नत करने के लिए बनाई गई है। *गीता* के नित्य और नियमित स्वाध्याय से व्यक्ति में साधना की अनिवार्यता के संस्कार निर्मित होते हैं। सम्पूर्ण सृष्टि त्रिगुणात्मक है। अतः त्रिगुणात्मक जीवन के लिए सर्वप्रथम सात्विक जीवन को स्वीकार करना परम आवश्यक है। सात्विक जीवन ही दिव्य जीवन की ओर आरोहण का मार्ग है।

इस संदर्भ में चातुर्वर्ण का विवेचन विशेष रूप से माननीय है। *गीता* में ब्राह्मण, क्षत्रिय, वैश्य तथा शूद्रों के स्वभाव का विवेचन गुण और कर्म के अनुसार किया गया है। सामान्यतः इस विवेचन को सामाजिक श्रम विभाजन तथा प्रचलित जाति प्रथा से जोड़ दिया जाता है, परन्तु तनिक विचार करने से ही स्पष्ट हो जाता है कि *गीता* का उद्देश्य सामाजिक वर्गों से न होकर मनुष्य की नैसर्गिक प्रवृत्ति से है। साथ ही इस विभाजन को केवल भारतीय समाज व्यवस्था तक सीमित रखना भी बहुत बड़ी भूल है। *गीता* वर्णित चार वर्ण किसी देश विशेष की सामाजिक श्रेणियाँ नहीं हैं, बल्कि सम्पूर्ण मानव जाति की मनोवैज्ञानिक श्रेणियाँ हैं जिनका सम्बन्ध मनुष्य की स्वाभाविक योग्यताओं तथा क्षमताओं के विकास से है (18/41-44)।

व्यक्तित्व विकास और कर्ममय जीवन का कितना घनिष्ट सम्बन्ध है, इसका मार्मिक और सारगर्भित विवेचन करते हुए भगवान् कहते हैं, सभी

कर्मों के मूल में व्यक्ति का स्वभाव होता है जिससे कर्म की प्रवृत्ति होती है। यह स्वभाव ही *गीता* के अनुसार व्यक्ति का आन्तरिक केन्द्र होता है। इस अन्तःकेन्द्र में ही व्यक्ति के विकास का वास्तविक विधान निहित रहता है। *गीता* न केवल कर्ममय जीवन में उच्च आध्यात्मिक परिपूर्णता का आश्वासन देती है अपितु उस साधना का भी उद्घाटन करती है जिसके द्वारा वह सिद्धि प्राप्त होती है। यहाँ यह ध्यान रखना आवश्यक है कि सिद्धि से *गीता* का अभिप्राय कर्म की बाह्य सफलता से नहीं जीवन की परिपूर्णता से है। कर्ममय जीवन के इस आध्यात्मिक विधान में *गीता* कहती है कि सम्पूर्ण सत्ता तथा जीवन की सम्पूर्ण प्रवृत्ति भगवान् से ही ओतप्रोत है। व्यक्ति का स्वकर्म इसकी अर्चना का रूप धारण करने वाला बनना चाहिए। स्वकर्म के अर्चना रूप हो जाने पर यह कर्म ही भागवत चैतन्य की अनुभूति कराने में सहायक होकर भागवत जीवन में उन्नत होकर, भागवत कर्म की अभिव्यक्ति बन जाएगा। *गीता* में कर्ममय आध्यात्मिक जीवन के आदर्श और व्यवहार को प्रस्तुत करते हुए यह भी स्पष्ट कर दिया गया है कि आसक्ति के कारण कर्मों का आरंभ अवश्य दोषपूर्ण होता है, परन्तु जैसे-जैसे यह आसक्ति दूर होती है व्यक्ति को कर्म का निर्दोष स्वरूप भी दृष्टिगोचर होने लगता है। वेदान्त दर्शन में वर्णित यही वह नैष्कर्म्य सिद्धि है जो कर्ममय जीवन से पलायन करने पर नहीं बल्कि कर्म को पूर्ण आध्यात्मिक अवस्था तक उठा देने से प्राप्त होती है (18/45-49)।

भगवद्गीता व्यक्तित्व विकास की इस अवस्था को ब्रह्मभूतावस्था कहती है तथा उसके क्रम विकास का वर्णन भी करती है (18/50-53)। इस क्रम विकास के सोपान हैं - बुद्धि का शुद्धिकरण, सन्तुलित और संयमित जीवनचर्या, विषय परित्याग, रागद्वेष का उत्सर्ग, एकान्त सेवन, मिताहार, वैराग्य, ध्यान का अभ्यास, अहंकार, बल, दर्प, काम, क्रोध, परिग्रह इत्यादि का त्याग तथा ममत्वहीन शान्त जीवन। इस वर्णन से व्यक्ति को ऐसा लग सकता है कि ब्रह्मज्ञान की यह उच्चावस्था कर्म त्याग से प्राप्त होती है, परन्तु गीताकार ज्ञान, भक्ति और कर्म के दिव्य समुच्चय की अवस्था को प्राप्त करने के लिए इस आरोहण क्रम को और भी आगे बढ़ाते हुए पुरुषोत्तम भगवान् की चेतना में प्रवेश करने के लिए प्रेरित करते हैं जहाँ मानव चेतना पूरी तरह रूपान्तरित होकर भगवन्मय हो जाती है। इस चेतना में ज्ञान और भक्ति की अभिन्नता के साथ कर्म की दिव्यता भी विद्यमान रहती है। भगवान्

स्पष्ट रूप से कहते हैं कि व्यक्ति समस्त कर्मों को करता हुआ भागवत कृपा से व्यक्तित्व को शाश्वतता की आभा से भर देता है (18/56)। जीवन विकास की इस सर्वोच्च स्थिति को प्राप्त करने हेतु *गीता* मानवात्मा को आश्वासन भी देती है कि भगवान् की अनुकम्पा से जीवन की समस्त बाधाओं को पार करते हुए व्यक्तित्व की दुरूह ऊँचाइयों को प्राप्त किया जा सकता है (18/57,58)।

व्यक्तित्व विकास की यह कोई सामान्य अवस्था नहीं है जिसे मनुष्य केवल अपने बलबूते पर प्राप्त कर ले। यह एक आध्यात्मिक ऊँचाई है जिसमें सबसे प्रधान बाधा है मनुष्य का स्वयं का अहंकार। अतः *गीता* का आदेश है कि मनुष्य को अहंकार के वशीभूत होकर अपने स्वधर्म का त्याग नहीं करना चाहिये। जैसा कि पहले कहा जा चुका है कि जगत में मनुष्य भागवत विधान के अन्तर्गत कर्मरत है। अतः व्यक्ति को न तो जीवन में निष्क्रिय होना है और न अहंकार से परिचालित होना है। जीवन की सार्थकता सर्वभाव से हृदय स्थित भगवान् के शरण होकर उनका दिव्य उपकरण बन जाने में है (18/59–62)।

भ्रान्तिवश मनुष्य ईश्वर शरणागति को परवशता मानकर उससे विद्रोह करते हुए उच्छृंखलता को ही आत्मा की स्वतंत्रता मान बैठता है। इसमें मूल कारण स्वयं को दिव्य सत्ता से भिन्न समझना है। वस्तुतः मनुष्य भगवान् का ही दिव्य अंश है और इस न्याय से व्यक्ति का उसके प्रति समर्पित होना पराधीनता नहीं, अपितु परिपूर्णता है। कारण, भगवान् मनुष्य से पराये नहीं उसके स्वयं के अपने हैं। दोनों परस्पर अभिन्न हैं। गीतोक्त अर्जुन और श्रीकृष्ण का मैत्रीभाव, वस्तुतः मानव आत्मा और भगवान् की परस्पर मैत्री का ही द्योतक है। अतः अपने अंतरात्मा से इन्द्रिय, प्राण तथा बुद्धि के सक्रिय उपकरण से सर्वथा और सर्वशः समर्पित हो जाना ही व्यक्तित्व विकास की वह पराकाष्ठा है जिससे समग्र मानव व्यक्तित्व पूर्णता को प्राप्त कर लेता है। गीतोक्त व्यक्तित्व विकास की प्रक्रिया मानव पूर्णता नहीं अपितु भागवत पूर्णता की ओर से ले जाने वाली है (18/63–66)। वस्तुतः मानव पूर्णता जैसी कोई वस्तु है ही नहीं। भागवत पूर्णता ही एकमात्र पूर्णता है। अर्जुन के माध्यम से मानव मात्र का यह सौभाग्य है कि उसे *गीता* का दिव्य ज्ञान प्राप्त हुआ है और धन्य है वे लोग जो उसके अध्ययन, मनन, चिन्तन द्वारा स्वयं अपना आत्म विकास करते हुए अन्य लोगों के जीवन विकास में भी सहायक होकर

इस सत्य का प्रतिपादन करते हैं। जहाँ धनुर्धर अर्जुन के रूप में पुरुषार्थ है तथा योगेश्वर कृष्ण के रूप में भागवत कृपा है, वहीं श्री विजय, विभूति तथा ध्रुवगति विद्यमान रहती है (18/78)।

निष्कर्ष : देहधारी के द्वारा कर्मों का बाह्य त्याग कभी संभव नहीं है। अतः जो अनासक्त होकर भगवत्समर्पित भाव से कर्म करता है, वही सच्चा त्यागी है और वहीं सच्चा संन्यासी भी।

6

विकसित व्यक्तित्व से बना गीतोक्त समाज

राजनीतिक, सामाजिक तथा आर्थिक क्षेत्रों में आज सर्वत्र आर्थिक विकास की चर्चा है और इस दृष्टि से भिन्न-भिन्न प्रकार की सामाजिक संरचनाएँ और उनके साथ-ही-साथ अनेक विसंगतियाँ सामने आ रही हैं। इस आपा-धापी में मनुष्य आंतरिक शांति खोकर यांत्रिक बनता जा रहा है। यहीं *गीता* की उपादेयता सामने आती है। *गीता* का दर्शन हमें व्यक्तिगत और सामूहिक जीवन के हर पक्ष के पुनर्गठन हेतु सुनिश्चित सूत्र प्रदान करता है। इसकी दृष्टि से जीवन का कोई पक्ष बचता नहीं और न ही यह काल से सीमित है।

इसके लिए आवश्यकता है श्रद्धा की, ग्रंथ की मूल भावना से पूरी तरह एकाकार होने की, *गीता* में गहराई से गोता लगाने की तथा अविभाजित समर्पण की। *गीता* को जब हम इस भाव से पढ़ते हैं तो उसमें से एक सुसंगठित एवम् आर्थिक दृष्टि से सम्पन्न समाज व्यवस्था हेतु अनिवार्य अवधारणाएँ बटोरना कठिन नहीं है।

आदर्श समाज

भगवद्गीता में एक ऐसे कल्याणकारी समाज की परिकल्पना प्राप्त होती है जो प्रगतिशील, आशावादी और सफल होने के साथ-ही-साथ पूर्ण न्याय के सिद्धान्तों द्वारा शासित होता हो। *गीता* का आदर्श समाज एक ऐसा समाज है जिसका विकास सर्वांगीण होने के साथ सर्वकल्याणकारी भी होना चाहिए। *गीता* इस अवधारणा का समर्थन नहीं करती कि आध्यात्मिक दृष्टि से उन्नत समाज को भौतिक विकास की ओर से मुँह मोड़ लेना चाहिए। *गीता* के अनुसार भौतिक सफलता तथा आध्यात्मिक आलोक परिपूरक तथा परस्पर अभिन्नभाव से जुड़े हुए हैं। *गीता* के अंतिम श्लोक (18/78) के माध्यम से

संक्षिप्त में स्पष्ट रूप से आदर्श समाज की परिकल्पना प्रस्तुत कर दी गई है तथा इस महान् आदर्श को प्राप्त करने हेतु आवश्यक साधनों का भी प्रतिपादन कर दिया गया है – "हे राजन्! जहाँ योगेश्वर भगवान् कृष्ण हैं और जहाँ गाण्डीव धनुषधारी अर्जुन हैं, वहीं पर श्री, विजय, विभूति और अचल नीति है – ऐसा मेरा मत है।" जब दो महत्त्वपूर्ण अंग-योगेश्वर कृष्ण तथा धनुर्धर पार्थ – एक साथ रहें तभी इस प्रकार का आदर्श समाज अस्तित्व में आ सकता है। यहाँ योगेश्वर कृष्ण से तात्पर्य है दिव्य रथी जिसके हाथों में घोड़ों की लगाम हो, यह ज्ञान हो कि किधर जाना है तथा धनुर्धर पार्थ से तात्पर्य है, संसाधनों के ज्ञान युक्त पुरुषार्थ से, जिनका उपयोग इस समाज के निर्माण में किया जाना है। कृष्ण दृष्टि के प्रतीक हैं तो अर्जुन कार्य के। *गीता* के अनुसार अभ्युदय और निःश्रेयस ही वह दिशा है जिस ओर समाज को जाना है। कर्म की प्रेरणा तथा पथ-प्रदर्शन पूर्ण भागवत चेतना के साथ युक्त हो तभी अभ्युदय और निःश्रेयस की प्राप्ति संभव हो पाती है। सफलता (विजय), कल्याण (भूति) और न्याय पर दिया गया बल यह दिखाता है कि वांछित समृद्धि (श्री) धर्म पर आधारित होनी चाहिए। संक्षिप्त में यही *भगवद्गीता* द्वारा प्रस्तुत आदर्श समाज की कल्पना है।

इस कल्पना को साकार करने के लिए श्रीकृष्ण और अर्जुन की ऊर्जाओं को सम्मिलित होना चाहिए। दृष्टि की ऊर्जा और कर्म की ऊर्जा। अतः दृष्टि जिसके मूर्तरूप कृष्ण हैं तथा उसके कार्यान्वयन जिसके मूर्तरूप कर्मठ अर्जुन हैं, के सम्मिलित प्रयास द्वारा ही किसी राष्ट्र में श्री, विजय, विभूति एवम् ध्रुवनीति संभव हो पाती है। मानव के लिए यही *गीता* का सन्देश है। जब हमारे जीवन में *गीता* का यह सन्देश उतरता है तो हमारे कर्म आदर्श समाज के गठन में अवतरित हो जाते हैं। ध्यान और कर्म दोनों साथ-साथ चलने चाहिए।

दिव्य दृष्टि

गीतोक्त दिव्य दृष्टि क्या है? इसकी एक झलक हम *गीता* के ग्यारहवें अध्याय में पाते हैं जहाँ भगवान्, अर्जुन के सामने अपना विराट रूप प्रकट करते हैं। यद्यपि प्रारंभ में उसे देखकर अर्जुन भ्रमित और भयभीत हो जाते हैं परंतु उसका सच्चा अभिप्राय कुछ देर बाद प्रकट हो जाता है। इस विश्वरूप में अनन्त व्यक्त और अव्यक्त ब्रह्माण्ड समाहित थे। इसका न कोई आदि था, न

मध्य और न ही अंत। इनके बीच हमारी पृथ्वी भी सम्मिलित थी जो अत्यंत ही क्षुद्र थी और फिर इस विराट के समक्ष मनुष्य के अस्तित्व की क्षुद्रता की तो गणना भी नहीं की जा सकती। इस दिव्य दृष्टि के सन्देश का एक पहलू तो यह है कि महाद्वीप, द्वीप और देशों में विभाजित भौतिक अस्तित्व तुच्छ है। परंतु इसका दूसरा पहलू यह है कि इस विस्तार का क्षुद्रतम कण और जीव समग्र ब्रह्म पुरुषोत्तम का अभिन्न अंश है और उसमें उसी ब्रह्म की अपार क्षमता समाई हुई है। वस्तुतः अंश, अंशी से पृथक नहीं है। दोनों अभिन्न हैं। नगण्य मानव प्राणी वस्तुतः अव्यक्त रूप में भागवत स्वरूप और व्यक्त रूप में भागवत संकल्प की चिनगारी है। यह बोध और उससे उत्पन्न भाव ही मानव कार्यों का आधार होना चाहिए। यह हमारे मन में, प्रचण्ड आत्म विश्वास और महान् आशावादिता का संचार कर देता है और साथ ही यथार्थ विनम्रता तथा निराभिमानता उत्पन्न कर देता है।

विश्वरूप दर्शन से एक और महत्त्वपूर्ण बात उभर कर आती है वह है मनुष्य को भगवान् के एक विनम्र यंत्र के रूप में कार्य करना चाहिए। उसे सम्पूर्ण अहंकार एवम् स्वार्थपरता से मुक्त होकर इस पृथ्वी पर भगवद् संकल्प को साकार करने के लिए स्वयं को ईश्वर को सौंप देना चाहिए। इस रहस्यमय वैश्विक दृष्टि से युक्त होकर जब मनुष्य भगवान् के यंत्र के रूप में कार्य करता है तो उसके जीवन में सफलता आना सुनिश्चित है, क्योंकि ईश्वर की इच्छा को कोई विफल नहीं कर सकता। आध्यात्मिकता से आलोकित, भौतिक दृष्टि से समृद्ध तथा नीति और न्याय पर आधारित समाज व्यवस्था भगवद्संकल्प का ही परिणाम होती है।

गीता के अनुसार सफलता और वैभव प्राप्त करने हेतु नेतृत्व एवम् दृढ़ संकल्प की आवश्यकता है। बाधाओं, यहाँ तक कि साक्षात् मौत का भी, सामना करते हुए जीवन में कुछ महान् वस्तु प्राप्त करने का प्रयास करो। यही *गीता* का सन्देश है। जब तुम महान् कार्य करते हो तो तुम्हें गौरव प्राप्त होता है। तुम्हें यदि मौत का भी सामना करना पड़े तो भी क्या हुआ? यह है वह दर्शन जिससे समाज में वीरों की उत्पत्ति होगी। यह सुख-सुविधा और प्रमाद से उत्पन्न होने वाले दुर्बल दर्शन के सर्वथा विपरीत है। यह सूक्ष्म दृष्टिकोण ही *गीता* का सन्देश है। समाज में व्याप्त अन्याय, भ्रष्टाचार, चालाकी एवं इसी प्रकार की अन्य नकारात्मक बातों का सामना करने तथा उन्हें दूर करने के लिए *गीता* से हमें एक स्वस्थ जीवन दृष्टि प्राप्त होती है।

जिन महापुरुषों ने किसी भी क्षेत्र में, जो कुछ भी उपलब्धियाँ प्राप्त की थीं, वे सब इसी श्रेणी के लोग थे। परन्तु कालक्रम से यह दृष्टि धूमिल हो जाती है तथा हम आने वाली संतति को प्रभावित करने में समर्थ नहीं हो पाते। तब ऐसी ही दृष्टि (धर्म) की संस्थापना करने के लिए ईश्वर अवतार लेते हैं। अतः किसी देश या समाज को सशक्त और समृद्ध बनाने के लिए इसी दिव्य दृष्टि के प्रकाश में कार्य करते हुए अपने समाज को भी प्रेरित करते रहना होगा।

कर्म की अपरिहार्यता

इस प्रकार के विविधतापूर्ण तथा लचीले सामंजस्य के लिए *गीता* कर्म की अपेक्षा रखती है। कोई भी व्यक्ति चाहे वह कितना ही विकसित क्यों न हो, कर्म की परिधि से बाहर नहीं है। बद्ध और मुक्त, दोनों ही प्रकार के व्यक्तियों को कर्म करना होगा। बद्ध व्यक्ति एक प्रकृतिबद्ध प्राणी के रूप में कठपुतली की तरह कार्य करता है, जबकि मुक्त व्यक्ति को अज्ञानी लोगों को अकर्मण्यता से बचाने के लिए निरंतर कर्म करना चाहिए, ताकि समाज की विध्वंस होने से रक्षा की जा सके। कर्म से ही समाज एकजुट रहते हुए प्रगति के पथ पर अग्रसर होता है। समाज का हर घटक समग्र समाज के लिए जब तक अपना योगदान नहीं देता तब तक समाज न सम्पत्ति उत्पन्न कर सकता है, और न हर व्यक्ति का कल्याण कर सकता है। कर्म सभी प्रकार की सम्पत्ति और प्रगति का मूल है। *गीता* किसी भी व्यक्ति को अकर्मण्य नहीं देखना चाहती, क्योंकि उसका कहना है कि व्यक्ति की शरीर यात्रा भी बिना कर्म किए नहीं चल सकती। व्यक्ति को अपनी आजीविका के लिए भी अपना पसीना बहाना पड़ता है अन्यथा गीता उसे चोर की संज्ञा देती है।

गीता के अनुसार निरर्थक और निष्क्रिय रहते हुए स्वयं के निर्वाह के लिए समाज का शोषण करना न केवल अनुत्तरदायी सोच है, अपितु अनैतिक भी है। जो मनुष्य उत्पादक काम नहीं करता, उसे स्वयं के भरण-पोषण के लिए भी समाज से अपेक्षा रखने का कोई अधिकार नहीं है। व्यक्ति को एक स्वस्थ कर्म-संस्कृति विकसित करनी चाहिए। वस्तुतः वह जितना उपभोग करता है, उससे कहीं अधिक उसे उत्पादन करना चाहिए। हमें स्वयं में आत्म-सम्मान विकसित करना चाहिए ताकि हम अपनी योग्यता के अनुसार दिए हुए कार्य को सम्पन्न कर सकें।

लोक-संग्रह

कर्म की अनिवार्यता का प्रतिपादन करते हुए *गीता* हमारे समक्ष लोक-संग्रह का विचार रखती है। मनुष्य प्रकृतिबद्ध होने के कारण विवशतापूर्वक कर्म करता है, परन्तु *गीता* के अनुसार विकास की यह उच्च अवस्था नहीं है। *गीता* हमें एक महान्, उच्च और उदार उद्देश्य सामने रखकर कर्म करने की ओर प्रेरित करती है। यह उच्च और उदार उद्देश्य है - लोक-संग्रह। लोक-संग्रह *गीता* का एक व्यापक शब्द है जो हमें ईश्वर की विभूतियों की भाँति निस्वार्थ और निराभिमानी भाव से कर्म करने की प्रेरणा देता है। इसका मूल उद्देश्य समाज को सुदृढ़ सुखी और स्वस्थ रखना है। पौराणिक युग में ब्रह्मर्षि और राजर्षियों ने, ऐतिहासिक काल के महान् नायकों ने तथा हमारे अपने आधुनिक युग में देश-प्रेमियों ने हमारे समक्ष अनुकरणीय उदाहरण प्रस्तुत किए हैं, जो जन-मानस के लिए आज भी प्रेरणा के स्रोत बने हुए हैं। *गीता* कहती है कि हम परस्पर निर्भरता के भाव से जुड़े हुए हैं (3/11)। *गीता* का अध्येता स्वयं से यह प्रश्न किए बिना नहीं रह सकता कि समाज में जब तक लाखों लोग दुखी हैं, तब तक मैं अकेला सुखी कैसे हो सकता हूँ? आज भी अपने देश में दो प्रकार के वर्ग हैं - एक वह वर्ग जो दारिद्रय एवम् अज्ञान में डूबा हुआ है, तथा दूसरा वह वर्ग जो भोगोन्मुखी जीवन जी रहा है। ऐसी स्थिति समाज में तभी आती है जब लोग 'आत्मवत् सर्वभूतेषु' की दृष्टि से रहित संवेदना शून्य एवम् मृतवत् हो जाते हैं। अतः *गीता* हमें इस सामाजिक विषमता को दूर करने के लिए प्रेरित करती है। इसी कारण भगवान् कहते हैं कि मनुष्य को लोक संग्रह के लिए कार्य करना चाहिए (चिकीर्षुर्लोक संग्रहम् 3/25)। सम्पूर्ण विश्वहित एवम् विश्व कल्याण (सर्वभूतहिते रताः 12/4) *गीता* का एक अद्‌भुत विचार है। जब हम प्रजातंत्र में नागरिक दायित्त्व की चर्चा करते हैं तब यही विचार सामने आता है। किसी राष्ट्र में रहने भर से व्यक्ति राष्ट्र का नागरिक नहीं हो जाता है। राष्ट्रीय नागरिक में यह बोध होना चाहिए कि वह इस देश में न केवल रहता है अपितु वह इस देश का है और इस देश के लिए है। अपने देशबन्धुओं के प्रति अपनत्व की भावना रखना एवम् तदर्थ कार्य भी करना एक नागरिक या प्रदीप्त नागरिक (Enlightened Citizen) का प्रधान लक्षण है जो कुछ न कुछ आध्यात्मिक विकास (Spiritual Growth) के फलस्वरूप आता है। *गीता* इसे 'आत्मौपम्मेन' (6/32) दृष्टि कहती है तथा व्यक्ति और समाज में इस दृष्टिकोण के विकास पर बल देती है।

सात्विक कर्ता

ध्यान रहे *गीता* केवल कर्म करने पर बल नहीं देती अपितु कर्ता की मनोवृत्ति को परिवर्तित करने को वह सदैव अपने समक्ष रखी है। *गीता* के अनुसार आदर्श 'सात्विक कर्ता' वह कहलाता है जो अनासक्त है, निराभिमानी है, धृति और उत्साह से युक्त है और सफलता एवम् असफलता से अप्रभावित रहता है (18/26)।

गीता सात्विक कर्ता एवम् राजसिक कर्ता में विभेद करती हुई कहती है कि राजसिक कर्ता वह व्यक्ति है जो अत्यधिक सक्रिय होते हुए भी क्षण-क्षण बदलने वाली मनोदशा का हो सकता है, हर्ष और शोक के कारण उसकी मनस्थिति स्थिर नहीं रहती (18/27)। इसके विपरीत सात्विक कर्ता परिवर्तित परिस्थितियों में अविचलित, ध्येयनिष्ठ, शान्त और सन्तुलित होता है, चाहे उसका लक्ष्य कितना भी दूर क्यों न हो। आधुनिक भाषा में यह सुयोग्य और साहसी 'एन्टरप्रन्योरशिप' के गुण से युक्त व्यक्ति है जो किसी भी स्वस्थ समाज में होना चाहिए और ऐसा व्यक्ति जीवन के किसी भी क्षेत्र में एक सफल व्यक्ति होगा। 'धृति' मनुष्य का वह सूक्ष्म गण है जो उसे निर्दिष्ट लक्ष्य की ओर अध्यवसाय करने की प्रेरणा देता रहता है, तथा जब उसके सामने बाधायें आती हैं तो उन्हें चीरते हुए लक्ष्य की ओर बढ़ते रहने का प्रयास कराता है। 'उत्साह' का अर्थ होता है गतिशीलता के साथ सफलता के मार्ग पर आत्मनिवेदन।

यज्ञ

गीता जिस कर्म की बात करती है कि वह सामान्य तौर पर समझा जाने वाला प्रतिफलदायी कर्म नहीं होता। कर्म, समर्पण से युक्त होना चाहिए। कर्म-समर्पण के भाव को *गीता* 'यज्ञ' के नाम से प्रस्तुत करती है। फल की कामना से रहित, संगठित रूप से किए जाने वाले निस्वार्थ कार्य को यज्ञ कहते हैं। जब समाज का हर व्यक्ति एक दूसरे के साथ सहयोग करते हुए भगवान्के प्रति भाव भक्ति से प्रेरित हो अपने सभी कर्म एवम् कर्मफल यज्ञरूप में अर्पित करता है तो कोई कारण नहीं कि उसका परिणाम समाज का बहुमुखी विकास न हो। *गीता* सहयोग के महत्त्व पर बल देती है (सहयज्ञा 3/10)। सहयोग के बल से प्रगति को संभव मानती है (श्रेयः परमवाप्स्यथ 3/11) यहाँ तक कि *गीता* केवल मनुष्यों के बीच सहयोग की अपेक्षा

नहीं करती, बल्कि उसे सूक्ष्मस्तर तक उठा देती है।

सूक्ष्मस्तर एवं अदृश्य शक्तियाँ

गीता कहती है कि भौतिक स्तर पर तो सहयोग की आवश्यकता है ही इसके साथ ही अन्तिम सफलता के लिए भौतिक स्तर से परे सूक्ष्मस्तर पर पहुँचने के लिए प्रोत्साहित करती है। सत्ता के सूक्ष्म स्तर पर भी शक्तियाँ हैं जो भौतिक जीवन को नियंत्रित करती है। *गीता* उन्हें देव शक्तियाँ कहती है जिन्हें सन्तुष्ट किया जाना चाहिए (3/11)। *गीता* के अनुसार लेन-देन का सिद्धान्त न केवल मनुष्यों के बीच अपितु मनुष्यों और देवताओं के बीच भी होना चाहिए। यह सिद्धान्त सामाजिक जीवन को नैतिक तथा आध्यात्मिक बनाता है। खेद का विषय है कि वैज्ञानिक जड़वाद तथा अध्यात्महीन बुद्धिवाद के कारण आज समाज विशुद्ध जड़वादी एवम् भोगवादी होता जा रहा है। यज्ञ की अवधारणा तथा मनुष्यों और देवों के बीच परस्पर पोषण में वह रहस्य समाया हुआ है, जिसे आज की भाषा में धारणक्षम (Sustainable Development) पर्यावरण सन्तुलन (Environmental Equilibrium) कहा जाता है। आज का समाज प्रकृति से केवल लेता ही जा रहा है, लौटाने का नाम भी नहीं लेता। यह सीधा-सीधा शोषण है। *गीता* उसकी अनुमति नहीं देती और इस प्रकार के विकास को आसुरी विकास की संज्ञा देती है। *गीता* के सोलहवें अध्याय में इसका विस्तार से प्रतिपादन किया गया है तथा इसका मूल मानव की काम, क्रोध तथा लोभ की प्रवृत्तियों में निहित बताया है (16/21)। *गीता* यज्ञ को कामधेनु गाय का रूप मानती है जिसका दोहन तो उचित है, किन्तु शोषण कदापि नहीं (3/10)। शोषण अंततः विनाश का कारण बनता है। समाज में प्रचलित विकास की अवधारणा को *गीता* आसुरी विकास की संज्ञा देती है तथा इसी कारण व्यक्ति और समाज को इन नैसर्गिक प्रवृत्तियों से मुक्त करने पर बल देती है (16/21)। आसुरी प्रवृत्तियों के वर्जन के उपरान्त ही हम एक टिकाऊ आध्यात्मिक प्रगति की बात कर सकते हैं, इसके पहले नहीं (16/22)।

यज्ञशिष्टा उपभोग की अवधारणा

गीता वर्णित यज्ञ की अवधारणा में आर्थिक विकास की उदात्त व्यवस्था निहित है। यज्ञ का सम्बन्ध सम्पत्ति उत्पादन से है तथा यज्ञशिष्टा की अवधारणा

उत्पादन और वितरण से सीधा सम्बन्ध रखती है। यज्ञशिष्टा का अर्थ है - यज्ञ का बचा हुआ। इस प्रकार यज्ञशिष्टा की अवधारणा है - "अपने उत्पादन में से समाज, आश्रितों, जीव-जन्तुओं आदि की आवश्यकता पूर्ति के उपरांत बचा हुआ उत्पादन अपने उपयोग में लाना।" इस नीति से धारणक्षम आर्थिक व्यवस्था को साकार किया जा सकता है। हम जो कमाते हैं, उसका सम्पूर्ण उपभोग व्यक्ति को स्वयं नहीं करना चाहिए। परिवार और समाज में दूसरों की आवश्यकता का निश्चित आकलन करने के बाद ही व्यक्ति उसे ग्रहण कर सकता है। यज्ञशिष्टा उपभोग की अवधारणा का पालन करने वाले व्यक्ति को *गीता* साधु पुरुष की संज्ञा देती है तथा जो इस विधान का अनुसरण नहीं करता एवं स्वयं के उपभोग के लिए भोजन बनाता है उसे पाप भक्षण कहती है (3/13)। इस पद्धति से एक अति महत्त्वपूर्ण सिद्धान्त सामने आता है कि व्यक्ति जो कुछ भी उत्पन्न करता है उसे उसका सम्पूर्ण उपभोग स्वयं ही नहीं करना चाहिए। इसका तात्पर्य यह है कि समाज में अधिक से अधिक बचत को बढ़ावा दिया जाना चाहिए। बचत के बिना आर्थिक प्रगति के पहिए को गतिशील नहीं बनाया जा सकता। यज्ञ कई प्रकार के बतलाए गए हैं (बहुविधा यज्ञा 4/32) जिनका उद्देश्य सम्पत्ति उत्पन्न करना है तथा आधुनिक अर्थशास्त्र में इसे 'पूँजी निर्माण' के नाम से जाना जाता है। *गीता* यज्ञ अर्थात् उत्पादन के केवल भौतिक पक्ष की ही चर्चा नहीं करती, अपितु घर परिवार में उसके मनोवैज्ञानिक महत्त्व को भी स्थान देती है। *गीता* के अनुसार भोजन स्वार्थी भाव से नहीं बनाया जाना चाहिए, बल्कि उसमें अपने चारों ओर विचरने वाले ज़रूरतमंदों, अतिथियों एवं प्राणियों का भाग भी सुरक्षित किया जाना चाहिए। कारण, वे सभी प्राणी तथा समाज का दुर्बल वर्ग हमारे ऊपर निर्भर होता है। गीतोक्त यज्ञ की अवधारणा तथा उसका यज्ञशिष्टा सिद्धान्त इतना व्यापक एवम् लचीला है कि इसकी व्याख्या सरलतापूर्वक आधुनिक सुरक्षा योजनाओं की दृष्टि से भी की जा सकती है। इस व्याख्या एवम् विवेचना के आलोक में एक स्वस्थ समाज व्यवस्था में सामाजिक सुरक्षा योजनाओं को उचित और पर्याप्त स्थान दिया जाना चाहिए। इस प्रकार राज्य की कर प्रणाली को एक सशक्त संसाधन के रूप में देखा जाना चाहिए तथा कर चुराने को एक दण्डनीय अपराध ही नहीं अपितु पाप की श्रेणी में रखा जाना चाहिए। *गीता* के 17 वें अध्याय में वर्णित यज्ञ का आधार, उत्पादन एवम् वितरण को श्रद्धा के साथ सम्पन्न किए जाने में है, तथा इस श्रद्धा से रहित यज्ञ को

तामस यज्ञ (17/13) कहा गया है। इसी प्रकार देश, काल और पात्र के अनुसार सम्पत्ति के वितरण को *गीता* बहुत महत्त्व देती है। पूँजी के अविवेक पूर्ण वितरण को भी तामस यज्ञ कहा गया है और दान के रूप में अस्वीकार किया गया है (17/22)।

उपभोग एवम् उपभोक्तावाद

सार्वजनिक विनियोग के लिए संसाधन जुटाने में सबसे बड़ी बाधा जन सामान्य में पनपता हुआ अनियंत्रित भोगवाद है जिसके कारण समाज कल्याण की योजनाओं के लिए या तो कुछ भी शेष नहीं रहता या बहुत कम बच पाता है। इस प्रकार की मानसिकता की *गीता* में तीव्र भर्त्सना की गई है। *गीता* जीवन में पाँच पुरुषार्थों के सिद्धान्त को स्वीकार करती है। इनमें चार पुरुषार्थ तो अर्थ, धर्म, काम और मोक्ष हैं तथा पंचम पुरुषार्थ है – भगवत्प्रेम। इसके अनुसार अर्थ और काम का न्याय संगत स्थान तो है (7/11), परन्तु सीमा के परे अर्थ और काम के सेवन को *गीता* महाअशनी, पापमय एवम् आत्मघाती मानती हुई उनकी निन्दा करती है (3/37)। गीतोक्त समाज व्यवस्था न्यायसंगत इच्छाओं के उपभोग की पूर्ति के लिए अवसर देती हुई सादा-जीवन की समर्थक है। यहाँ तक कि *गीता* ईश्वरोपासना में भी प्राचुर्यपूर्ण आडम्बर को पसन्द नहीं करती, अपितु उसके स्थान पर पत्र, पुष्प, फल आदि सहज प्राप्त होने वाले साधनों से सम्पन्न उपासना को महत्त्व देती है (9/26)। अत्यधिक सुख भोग को *गीता* न केवल समाज विरोधी मानती है बल्कि व्यक्ति की आध्यात्मिक उन्नति में बाधक भी मानती है। *गीता* मानव मन के भ्रम को दूर करती हुई कहती है कि सच्चा सुख पदार्थों में नहीं अपितु आंतरिक चेतना (5/21-24) में है। परन्तु यहाँ यह भी ध्यान देने योग्य है कि आन्तरिक सुख की प्राप्ति हेतु *गीता* किसी भी व्यक्ति को कर्म-त्याग की अनुमति नहीं देती। मुक्त और मुमुक्षु दोनों के लिए ही कर्म अनिवार्य बतलाया गया है। हाँ, उसका उद्देश्य लोक संग्रह होना चाहिए। अतः भगवान् कहते हैं – "यद्यपि मेरे लिए कुछ भी अप्राप्य नहीं है, परन्तु मैं सदा कर्म करता ही रहता हूँ अन्यथा मेरा अनुकरण करते हुए समाज निष्क्रिय होकर दुख का भागी हो जाएगा (3/22-24)। यहाँ तक कि न केवल कर्म और अर्थ अपितु मोक्ष का अनुसरण भी धर्मसम्मत होना चाहिए।"

पूँजीवाद और साम्यवाद

आज का समाज दो प्रकार की व्यवस्थाओं से परिचित है। एक हैं पूँजीवादी व्यवस्था तथा दूसरी है साम्यवादी व्यवस्था। परन्तु गीतोक्त समाज की परिकल्पना इन दोनों व्यवस्थाओं को नकार देती है। गीतोक्त समाज़ व्यवस्था पूँजीवादी और साम्यवादी दोनों व्यवस्थाओं से सर्वथा पृथक एवम् अनोखी होगी। यह व्यवस्था व्यक्तिगत पूर्णता पर आधारित है। यह पूर्णता आध्यात्मिक है न कि भौतिक, जैसा कि अन्य दो व्यवस्थाएँ मानती हैं। *गीता* की व्यवस्था कर्म को सर्वाधिक महत्त्व देती हैं। जिसके अनुसार कर्म, ईश्वर आराधना का ही एक रूप है जो जगत का स्रोत है और जगत में व्याप्त भी है (18-46)। *गीता* कहती है कि इस प्रकार के समर्पण युक्त कार्य से मनुष्य सर्वोच्च परिपूर्णता को प्राप्त कर लेता है (सिद्धिं विदन्ति मानवः)। गीतोक्त समाजदर्शन हर व्यक्ति को ईश्वर आराधना के रूप में अपनी प्रतिभा को निखारने तथा उसका उपयोग करने का पूरा-पूरा अवसर प्रदान करता है। कर्म के प्रति सम्मान का यह भाव मनुष्य की गुणवत्ता तथा कार्य-क्षमता दोनों की वृद्धि में सहायक होगा और जो व्यक्ति ईश्वर आराधना के भाव से युक्त होकर कार्य करेगा, वह निश्चय ही मन की शान्ति, प्रसन्नता तथा दिव्यानन्द का भागीदार होगा। समाज के सभी सदस्य इसी भावना से अर्थात् यज्ञभाव से कार्य करेंगे तो उससे समाज को भौतिक तथा आध्यात्मिक दोनों ही लाभ प्राप्त होंगे। व्यक्तिगत शान्ति और सामाजिक समृद्धि दोनों मूल्य गीतोक्त व्यवस्था के प्रतिफल के रूप में सामने आएँगे। पूँजीवाद में सर्वत्र प्रतिस्पर्द्धा का ही बोलवाला है तथा जिसकी लाठी उसकी भैंस की कहावत पूरी तरह चरितार्थ होती है। आज विश्व भर में उपभोक्तावाद फैला हुआ है जो कि मनुष्य की जड़वादी सोच का परिणाम है। उपभोक्तावाद एक प्रकार की पाशविक प्रवृत्ति है जिसके कारण आर्थिक बर्बरता मानव समाज पर हावी है। *गीता* इस प्रवृत्ति की कठोरता से भर्त्सना करती है तथा हतोत्साहित भी करती है। आज के अनियंत्रित भोगवाद को *गीता* में कहीं पाप कहकर (3/36) कहीं आसुरी स्वभाव कहकर (16/4) तो कहीं सन्तुष्ट न होने वाली कामना कहकर (3/37) समाज विरोधी बतलाया गया है (16/9)। *गीता* हमें सावधान करती हुई कहती है कि भोग और ऐश्वर्य के साधनों को जुटाने में लगे हुए लोगों को कभी भी मानसिक शान्ति प्राप्त नहीं हो सकती (2/46) तथा उपभोक्तावाद की अनियंत्रित दौड़ के कारण पीड़ित मानव की पीड़ाओं का चित्रण करती हुई

(2/62-63) उससे बचने का एकमात्र उपाय आत्म नियंत्रण (2/64-65) मानती है। गीतोक्त समाज व्यवस्था सहयोग और परस्पर पोषण पर आधारित रहने के कारण पूँजीवादी व्यवस्था के सभी दोषों से मुक्त होगी। जगत की सभी समस्याएँ सामंजस्य की समस्याएँ हैं, गीतोक्त व्यवस्था में शान्ति और समृद्धि दोनों का सामंजस्य होगा।

गीतोक्त समाज व्यवस्था साम्यवाद से पृथक होगी। इसका कारण है कि मूल रूप से गीतोक्त आदर्श व्यवस्था अध्यात्म आधारित है जिसके अनुसार ईश्वर समस्त जगत का स्रोत है तथा सम्पूर्ण जगत उससे ओतप्रोत है। अतः उसमें वर्ग संघर्ष के लिए कोई स्थान नहीं है। एक ही सत्य बहुरूपों में प्रकट हो रहा है। निश्चय ही साम्यवादी विचारधारा सम्पत्ति के उत्पादन एवम् वितरण को लेकर गीतोक्त समाज व्यवस्था के निकट है, परन्तु गीतोक्त व्यवस्था आन्तरिक आत्मिक सत्य पर आधारित होने के कारण इसका स्तर साम्यवादी व्यवस्था से बहुत ऊँचा है। यज्ञ की अवधारणा साम्यवादी व्यवस्था के सामूहिक प्रयास के निकट है तथा पूँजी का स्वामी भी व्यक्ति न होकर ईश्वर ही है।

व्यक्तिगत एवम् सामाजिक सुरक्षा

अब तक की विवेचना से यह देखा गया कि *गीता* यज्ञ भावना, यज्ञशिष्टा तथा निराभिमानी एवम् निष्काम भाव से कर्म करने का आदेश देती है। इससे एक स्वाभाविक प्रश्न उठता है कि व्यक्ति यदि पूर्ण रूप से निष्काम एवम् फल निरपेक्ष हो जाएगा तो उसका और उसके परिवार का भरण-पोषण कैसे होगा। इसका उत्तर यह है कि पूर्ण निरपेक्ष एवम् निराकांक्षी व्यक्ति के भरण-पोषण का उत्तर दायित्त्व समाज ले लेता है। भगवान् स्वयं आश्वासन देते हुए कहते हैं कि अनन्य भाव से समर्पित व्यक्ति के योगक्षेम का वहन मैं स्वयं करता हूँ (9/22)। तात्पर्य यह कि स्वधर्म का पालन भगवान् की प्रत्यक्ष पूजा है जिससे समाज तो समृद्ध होगा ही और समाज के माध्यम से भगवान् सम्पत्ति का समुचित वितरण करेंगे। भगवान् का 'योगक्षेम' का आश्वासन शरणागत साधक के जीवन का व्यक्तिगत सत्य तो है ही, समाज का सामूहिक सत्य भी है।

एक स्वस्थ समाज का नैतिक दायित्त्व है कि समाज का कोई भी ईमानदार व्यक्ति तिरस्कृत और उपेक्षित न रहे। तात्पर्य यह कि *गीता* को एक परस्पर आश्रित समाज व्यवस्था मान्य है। इसी कारण *गीता* में परम्परागत

कृषि, वाणिज्य तथा पशुपालन आदि की चर्चा की गई है जो वैश्य वर्ग के अंतर्गत आते हैं। शारीरिक सेवा-कार्य शूद्रों को दिए गए हैं। ब्राह्मण और क्षत्रिय वर्ग को दिए गए कार्यों में उत्पादन से सम्बन्धित भागीदारी नहीं हैं। इससे यह दिखलाई देता है कि जो लोग प्रत्यक्ष रूप से उत्पादन से जुड़े हुए हैं उन पर शेष समाज के भरण-पोषण का दायित्त्व है। उत्पादन करने से मुक्त वर्ग का उत्तरदायित्त्व समाज का भौतिक संरक्षण करना, नीति, नियम, कानून आदि का निर्माण व पालन कराना है। उल्लेखनीय है कि *गीता* में चार वर्णों का वर्गीकरण जन्म के आधार पर नहीं बल्कि उनकी प्रवृत्ति और उनके द्वारा समाज के लिए किए जा रहे कर्मों के आधार पर किया गया है। संरक्षण पाने वालों में विद्यार्थी, शिशु, वृद्ध, अपाहिज तथा रोगी आदि हैं। कुल मिलाकर यह आदर्श समाज व्यवस्था का दायित्त्व है कि वह अपने ऊपर सभी निर्भर लोगों को संरक्षण प्रदान करे। इस दृष्टि से *गीता* डार्विन प्रतिपादित 'जीने के लिए संघर्ष' तथा 'बलिष्ठतम की अवस्थिति' जैसे सिद्धान्तों को अस्वीकार करती है तथा उसके स्थान पर 'सर्वे भवन्तु सुखिनः' के सिद्धान्त को स्वीकार करती है।

अध्यात्म और समृद्धि

गीता के गहन और निष्पक्ष अध्ययन से पता चलता है कि यह एक ऐसे सुविधापूर्ण एवम् समृद्ध समाज की कल्पना प्रस्तुत करती है जो धर्म पर आधारित है। *गीता* के अनुसार धर्म का अर्थ है - मनुष्य की अंतर्बाह्य प्रकृति का विधान। सामान्य तौर पर आध्यात्मिकता को लोग बेचारेपन या दारिद्रय से जोड़ देते हैं, परन्तु *गीता* इस मान्यता को अस्वीकार करती है। भगवान् श्रीकृष्ण अर्जुन को झकझोरते हुए कहते हैं कि वह युद्ध कर या तो विजय प्राप्त कर समृद्ध राज्य वैभव को ग्रहण करे, अथवा वीरगति को प्राप्त होकर स्वर्ग में जाए। भगवान् के इन शब्दों में भौतिक दृष्टि से समृद्ध जीवन का कहीं भी किसी भी प्रकार का तिरस्कार दिखलाई नहीं देता। यहाँ तक कि योग में असफल (पथभ्रष्ट) साधक का आगे का जन्म शुचि और श्रीमान पुरुषों के घर बतलाया गया है। इससे सिद्ध होता है कि *गीता* आध्यात्मिक साधना के नाम पर गरीबी का समर्थन नहीं करती। आध्यात्मिकता दरिद्रता का पर्यायवाची नहीं है जैसा कि आम तौर पर मान लिया जाता है। हाँ, यह अवश्य है कि समृद्धि के लिए शुद्ध और धर्म-सम्मत साधनों का आश्रय

लिया जाना चाहिए, अन्याय पूर्ण साधनों का बिल्कुल नहीं। *गीता* व्यक्तिगत जीवन में अतिवादिता को स्वीकार नहीं करती। न अति विलासिता और न अति सादगी। गीता आहार-विहार, सोने तथा जगने में मध्यम मार्गी संयमित जीवन का जोरदार समर्थन करती है (6/16-17)। जो व्यक्ति के सम्बन्ध में सत्य है, वही समाज के सम्बन्ध में भी सत्य है।

गीता के आलोक में एक आदर्श समाज-व्यवस्था

1. समृद्ध, सफल, सभी के लिए कल्याणकारी तथा न्यायकारी होना चाहिए।

2. समाज का प्रत्येक व्यक्ति स्वधर्म पालन में तत्पर होना चाहिए।

3. कर्म, यज्ञभाव (सहयोग) के साथ तथा सामूहिक हित के लिए किया जाना चाहिए।

4. व्यक्तियों को यज्ञशिष्टा होना चाहिए।

5. समाज के घटकों तथा प्रकृतिगत देवशक्तियों के बीच आदान-प्रदान का भाव होना चाहिए।

6. अर्थ और काम, धर्म के अधीन होना चाहिए।

7. मनुष्य को लोकसंग्रह के पथ का अनुसरण करते हुए प्रगतिशील होना चाहिए।

8. आदर्श समाज, धर्म अर्थात मनुष्य के आन्तरिक विधान पर आधारित होना चाहिए।

गीता-सार

जीवन कोई आकस्मिक संयोग या कारावास नहीं जिसमें मनुष्य हमेशा के लिए जकड़ लिया गया हो, अपितु खेल का मैदान है जिसमें खेल, खिलाड़ी और खेल सामग्री सब कुछ भगवान है।

———

मानव जन्म रोने या पलायन करने के लिए नहीं अपितु हँसते-हँसते और परिस्थितियों से जूझते हुए आत्म-विकास करने के लिए मिला है।

———

मानव शरीर प्राप्त कर यदि हम बाधाओं के सामने सिंह-गर्जन न करें और गरुड़ के समान उड़ान न भरें तो हमारा जीवन ही व्यर्थ है।

———

भगवान हम से उद्दंडता और लाचारी रहित तेजस्वी जीवन की माँग करते हैं तथा मानव को आश्वासन देते हैं, "रो मत, कार्य कर, मैं तेरे साथ हूँ।"

———

हम सदैव कहते रहें कि प्रभु की शक्ति से युक्त हो मैं सब कुछ कर सकता हूँ, बन सकता हूँ। यही भोग जीवन से भाव जीवन और भाव जीवन से भागवत जीवन की ओर अग्रसर होने का मार्ग है।